蚂蚁三部曲 1

LES FOURMIS
蚂蚁帝国

贝尔纳·韦尔贝[法]
Bernard Werber —— 著

蔡孟贞 —— 译

北京联合出版公司

献给我的父母
和所有那些朋友、研究员
是他们携来枝条为筑这巢

在你读这几行字的短短数秒间：

——地球同时诞生了 40 位新生儿以及 7 亿只蚂蚁。
——地球同时失去了 30 位人类以及 5 亿只蚂蚁。

人类：哺乳类动物；身长，1 至 2 米；体重，从 30 至 100 千克不等。
- 妇女妊娠期：9 个月。
- 营养方式：杂食。
- 估计现有数目：超过 50 亿个。

蚂蚁：昆虫类动物；身长，0.01 至 3 厘米；体重，从 0.1 至 1.5 克不等。
- 产卵期：任何时间，视精子数量而定。
- 营养方式：杂食。
- 估计现有数目：超过亿万只。

埃德蒙·威尔斯
《相对且绝对知识百科全书》

本书中出现的蚂蚁城市（蚂蚁生态学）名词解释

贝洛岗：褐蚁联邦的中央城邦。
贝洛·姬·姬妮：贝洛岗的蚁后。此名称的含义是"迷失的蚂蚁"。
327 号：贝洛岗的年轻雄蚁。
56 号：希丽·普·妮未交配前的称呼。
103683 号：贝洛岗的兵蚁。
4000 号：居住在居艾伊狄欧洛岗哨的褐蚁猎人。
801 号：希丽·普·妮的女儿，肩负间谍的任务。
希丽普岗：希丽·普·妮领导建立的城邦。
拉舒拉岗：联邦里位置最西边的城邦。
奴比奴比岗：东方城邦，以广大的蚜虫畜牧业闻名。
施嘉甫岗：西北边侏儒蚁城邦。
白蚁：褐蚁的宿敌。
守门蚁：头扁且圆，属蚂蚁的次层阶级；专司阻断重要地道的通行。
佣兵：孤独的蚂蚁，为了获得温饱或身份证明，而替另一个非本族的城邦作战。
收割蚁：东方从事农业耕作的蚂蚁。
易容蚁：非常擅于操作有机化学物质的种类。
纺织红蚁：东方的迁移性蚂蚁，把自己的幼蚁当作纺织机。
蓄奴蚁：一种兵蚁，若没有下人协助无法存活。
丽春花战役：在 100000666 年，联邦军队首次面对细菌战并应用坦克战术。
联邦：同种蚂蚁城市结盟。大体而言，褐蚁联邦有 90 个蚁窝，占地 6 公顷，挖掘开的地道总长 7.5 公里，气味路径则可长达 40 公里。
蚁后嘉言录：蚁后以触角母传女的珍贵资料总称。
城邦方位：褐蚁建筑城市一般将面积最广的部分朝东南方，以便在一日之始就获得最大量的阳光。
阶级：蚂蚁一般可分为三个阶级——生殖者、兵蚁、工蚁；而每一阶级又可细分次层阶级——农夫蚁、炮兵蚁……

蚂蚁的寿命：褐蚁蚁后的平均寿命高达 15 年。而无生殖力蚂蚁的寿命，如褐蚁工蚁与兵蚁，一般寿命为 3 年。

密度：在欧洲，平均每 1 平方米的面积，有 8 万只蚂蚁（不分种类）。

绝对沟通：利用触角进行的心灵完全交流。

费洛蒙：液态的句子和词汇。

养分交换：两只蚂蚁间的食物馈赠。

畜牧：某些物种发展的产业，驯服或采集蚜虫的分泌物。夏季，每只蚜虫 1 小时可以挤出 30 滴蜜露。

交尾庆典：天气回暖时举行的雌雄蚁交尾飞行。

颅：蚂蚁界的长度测量单位，约等于 3 毫米。

度：计算气温——时间和编年历史的单位。天气愈热，时间——度愈短；天气愈冷，时间——度愈长。

褐蚁平日的营养食谱：43% 的蚜虫蜜露，41% 的昆虫肉品，7% 的树汁，5% 的蘑菇，4% 的捣碎谷物。

蚂蚁的武器：弯刀般的大颚、毒针、胶水喷射器官、蚁酸发射囊及爪子。

蚁酸：发射的武器。蚁酸腐蚀性极强，浓度达 40%。

蚁窝内温度：褐蚁城邦的气温调节，依楼层需要大约维持在 20℃ 到 30℃ 间。

心脏：由数个梨形的囊相互重叠而成。位置在背部。

眼睛：眼球上面排列的复眼总和。每个复眼含有两个晶状体，一个大型凸透镜和一个小型凹透镜。每个细胞都和大脑相连。蚂蚁只能看见近在眼前的物体，而且虽然相距遥远，它还是有办法察觉出任何细微的动作。

影像：蚂蚁看见的影像仿佛透过铁栏杆望去一样。具生殖力者进入眼帘的影像是彩色的，但是色调偏向紫外线颜色。

嗅觉：无生殖力者的每一根触角上具有 6500 个嗅觉细胞。有生殖力者则有 30 万个。

身份气息： 本族城市的味道；赠予佣兵的味道。

力量： 褐蚁能够拉动比体重重达 60 倍的物体，大约是 3.2×10^{-6} 马力。

走路的速度： 气温 10℃时，褐蚁每小时可走 18 米；15℃时，每小时可走 54 米；20℃时，每小时可走 126 米。

十二进位法： 蚂蚁采用的数字进位方式。因蚂蚁有 12 根爪子（每只脚上有 2 根），因此以 12 为单位。

排泄物： 蚂蚁的排泄物是体重的 1‰。

居甫腺体： 含有各种路径费洛蒙的腺体。

几丁质： 蚂蚁盔甲的组成物质。

地球： 立体的行星。

人类： 某些现代传奇中提到的庞然大物。最为人知的是粉红色动物——手指。危险。

姬蜂： 在蚂蚁身上产下饥肠辘辘的卵。危险。

风： 风将蚂蚁带离地面，降落时却不知身在何处。

下雨： 致命的气候。

火： 严禁使用的武器。

捕蝇草： 贝洛岗附近常见的植物怪兽。危险。

目　录

第一章　苏醒　　　　　　1
第二章　永远更深入　　　73
第三章　三大历险记　　　159
第四章　路的尽头　　　　205

第一章

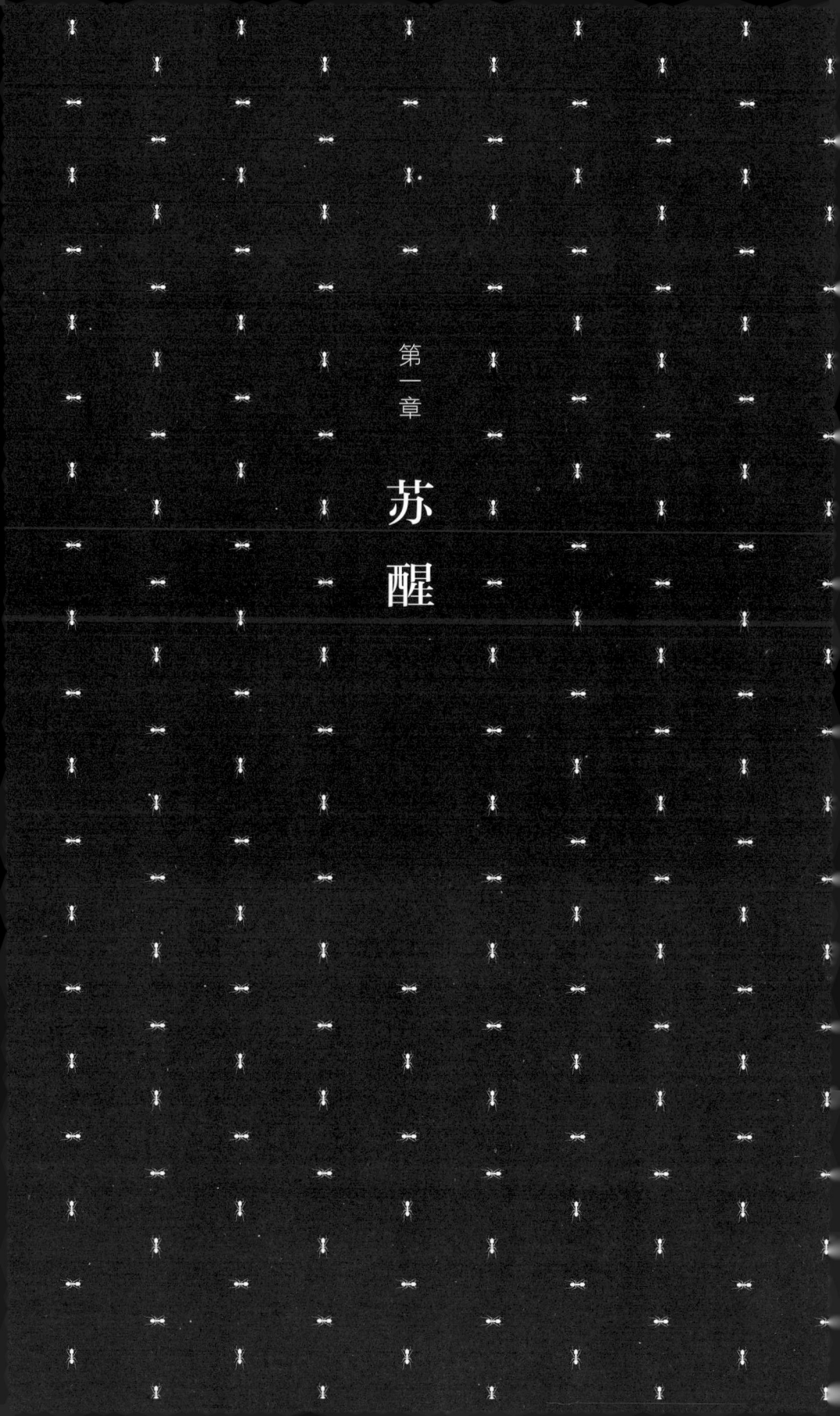

苏醒

"等着瞧吧！这全不是你们所想的那回事。"

公证人解释这栋已被列为古迹的房子，而且有几个文艺复兴时期的学者曾在此住过，只是他记不起是哪些人。

他们踏上楼梯，通往幽暗的长廊，公证人摸索良久，企图开启电源按钮，却徒劳无功，只得放弃说道：

"真倒霉！坏了。"

他们的身影在黑暗中隐没，公证人胡乱碰触着墙壁。终于，他找到了那扇门，打开门，按了电源，这次倒是非常顺利，他看见客户的脸色全变了。

"威尔斯先生，您是不是不舒服？"

"只是恐惧症，没关系。"

"怕黑？"

"是啊，好多了。"

他们浏览这个地方，约200平方米的地下室。这地方能向外开展的只有天花板顶端的气窗。尽管如此，乔纳坦对这地方还挺满意的。墙面都是一式的灰色壁纸，而且尘埃处处……但他不想鸡蛋里挑骨头。

他目前公寓的面积只有这儿的五分之一，更何况也付不起房租了；前不久，才被制锁工厂开除。

埃德蒙舅舅的这项遗产对他而言，无疑是意外之财。

两天后，他和太太露西、儿子尼古拉以及一只五短身材并被阉割过的卷毛狗"聒喳喳"，一起搬到希巴利特街3号。

"这地方还不错。这些灰色墙面，"露西一面将那头浓密的红棕色秀发往上拨，一面大声说，"我们可以随意装修，这里还要花点工夫清理，简直像把监狱变成饭店一样。"

"我的房间在哪儿？"尼古拉问道。

"最里边靠右。"

"汪！汪！"狗狗吠了两声，同时轻咬露西的小腿肚，完全没留意露西双手正捧着她结婚时用的餐具。

突然，露西以迅雷不及掩耳的速度将狗关进洗手间，并用钥匙锁上；因为它可以跳到门把的高度，开启把手。

"你跟这位出手阔绰的舅舅很亲吗？"露西接着问道。

"埃德蒙舅舅？老实说，我只记得小时候，他背我玩坐飞机，我怕极了，尿了他一身。"

他们笑了起来。

"真是胆小鬼，嗯？"露西取笑他。

乔纳坦假装没听见。

"他却没责怪我，只对我妈抛了句话：'好啦，我们知道，他是当不成飞机驾驶员了……'后来，妈妈说他一直很关心我的成长过程，可是再也没见过面。"

"他从事什么工作？"

"好像是生物学家。"

乔纳坦陷入沉思。他对这位恩人简直是一无所知。

▼

距此 6 公里：

贝洛岗

高 1 米
地下 50 层
地上 50 层

该地最大的城邦
估计人口：1800 万

年总产量：
> 蚜虫蜜露 50 升
>
> 介壳虫蜜露 10 升
>
> 蘑菇 4 千克
>
> 运出砾石 1 吨
>
> 挖掘走道 120 公里
>
> 平地面积 2 平方米

一道曙光掠过。一脚动了动，这是冬眠 3 个月后的首次惊蛰。另一脚缓缓前挪，足尖的细爪慢慢张开。第三脚开始伸展，然后是胸廓，接着是整个身躯。随后有 12 只也开始了。

他们抖动着，让透明的血液畅通，流经血管网络。透明的血液从浓稠的胶状物变成半浑浊液态，进而转成流动的液体。渐渐地，心脏泵启动，生命之液推送到身体肢节的最末端，生化机能再次活络。构造极巧的关节转动着，到处都是扭动的髋骨以及保护壳，企图找到最大弯曲点。

他们站起来。身躯再次呼吸。动作僵硬。慢动作舞着。轻轻摇晃并抖动着。前额的触角在嘴前交接，仿佛合十祈祷。不，他们是要湿润细爪，擦亮触角。

已苏醒的 12 只彼此磨蹭，并尝试摇醒其他同伴。可是，太虚弱了，体力只够支撑自己，根本没有余力帮助别人。宣告放弃。

此时，他们艰难地在姊妹僵硬的躯体间蹒跚前行，向无垠的户外前进。这一身冷血的器官需要白昼的热能。

精疲力竭地向前迈进。每一步都是痛楚。多渴望能再度睡去，像数百万同胞那样安详幸福。不行！他们是首批苏醒者，有责任让整个城邦恢复生气。

越过城邦表面，阳光令人目眩，但纯粹热能是多么舒服啊！

阳光溜进我们的甲壳里，轻揉我们疼痛的肌肉，并集中我们的注意力。

这是褐蚁流传千百万年的晨曲。早在那个时代，与热源初次接触时，她们就在脑中轻吟。

到了户外马上展开梳洗，同时分泌白色唾液，抹在上颚和脚上。

他们刷洗全身，这是亘古不变的仪式。首先是眼睛。一颗圆形眼睛是由1300粒小眼珠组成的。他们拂去尘土，弄湿并擦干。同样的步骤应用到触角、后足、中足及前足。最后细心地将红褐色的甲壳擦得闪闪发亮，如同火点般闪烁。

早起的12只蚂蚁中，有1只是具生殖能力的雄蚁。比起贝洛岗的居民，身材是小了些。他的上颚狭窄，生命周期也只有数个月而已。但是他拥有其他同种伙伴未知的特权。

雄蚁阶级的第一个特权：具生殖能力。因此他有5颗眼睛，两颗突出的大眼视野达180°。而前额上呈倒三角排列的3颗小型单眼，其实是红外线接收器。这些额外的眼睛让雄蚁在漆黑的环境中，也能探测到远处的光源。

这项特征，对居住在拥有千万年历史的古老城市里的居民而言，越加珍贵，因为大部分居民的双眼早已退化变盲。

他不仅有这个特点，还有一对翅膀（和雌蚁一样），有天将御风而行，完成交尾。

胸部有块特殊的中胸骨盾甲保护。

触角比其他居民的更修长、更敏锐。

这只年轻的雄蚁在屋顶上待了一段儿时间，让阳光濡浸全身，感到暖和后，回到城里。目前他暂属"气温信差"的行列。

在地下第3层的走道间穿梭，居民依旧沉浸在深深的睡眠中。躯体僵硬，触角凌乱下垂。

蚂蚁还神游在梦境中。

年轻雄蚁伸出脚，点向一只工蚁，希望唤起她的活力，温暖的碰触擦出一道惬意的电流。

门铃叮咚两响,小老鼠般的跑步声传来。打开门停顿一下,奥古斯妲外婆取下安全锁链。

自从仅有的一对儿女去世后,外婆便离群索居,独自守着30平方米大小的地方回忆过往,这对她很不好,不过和蔼可亲的模样始终没有改变。

"我知道这很愚蠢,但还是要踏在踩脚布上走,地板刚上过蜡。"

乔纳坦依言做了,外婆小跑步领他进入客厅。大部分家具都盖上了布套,一碰上沙发边缘,乔纳坦不免让塑胶布嘎吱作响。

"真高兴你来了……也许你不信,但我这几天的确想打电话给你。"

"真的?"

"你一定没想到,埃德蒙有样东西要给你,是封信。他嘱咐我:'如果我死了,无论如何你一定要把这封信转交给乔纳坦。'"

"一封信?"

"对!是封信……呃……想不起收到哪儿去了,等等……他把信给我,我收到一个盒子里。啊!一定在大橱子里的白铁盒中。"

她踏着踩脚布,滑了三步后停下来。

"哎呀,我真笨!都没招呼你!来杯马鞭草茶,怎么样?"

"好极了!"

她钻进厨房,翻动锅子。

"你的近况如何,乔纳坦?"她抛出一句话。

"不太顺利,我被解雇了。"

外婆探出像小白鼠般的头,随即整个人出现,套着蓝色长围裙,一脸忧虑神色。

"他们把你辞退了?"

"对。"

"为什么?"

"你知道,锁匠是门特殊的行业。我们公司'SOS开锁'提供巴黎地区24小时全天候的服务。在一位同事被袭击后，我拒绝晚上到治安差的地区出勤，就这样被开除了。"

"你做得对，宁愿是个身体健康的失业工人。"

"更何况，我和上司处不好。"

"你那些理想社区的实验呢？我们那个年代称之为新时代社区。（她暗自窃笑，因为发音不准，念成'窝囊'社区了）"

"比利牛斯山农场经营失败后，就放弃啦！露西再也受不了替所有的人烧饭洗碗，当中有些什么都不肯干的寄生虫。现在就我、露西和尼古拉住在一起。你呢？外婆你好吗？"

"我？还不就活着嘛！这是个分秒持续的重担。"

"幸运的人！目睹了世纪的交替……"

"哦！你知道吗？最让我惊讶的是居然什么都没变。当我还是小女孩时，人们说迈入新的世纪，会有了不得的大事发生。但你看，没什么不同。孤独的老人依然孤独，失业的也是大有人在，汽车一样冒着黑烟，甚至连观念都还在原地踏步。看见没，去年人们再度欣赏超现实主义，前年是摇滚乐，而报上预测今夏迷你裙将再领风骚。这样下去，20世纪初那些老掉牙的观念必定卷土重来，像是精神分析、相对论……"

乔纳坦微微一笑。

"总有些进步——人类寿命延长、离婚率提高、空气污染恶化和地铁线延伸……"

"还真了不起。我以为每个人都将拥有私人飞机，从自家阳台起飞……我年轻时，人们害怕核大战，真是奇怪。活了100岁，然后死在巨大的蕈状核爆中……还真有气魄。现在我像颗烂马铃薯，死了也没人在乎的。"

"不会的，外婆。"

她擦擦额头。

"而且天气愈来愈热，以前有真正的冬天和夏天。现在一到3月，就是酷暑。"

她再次走进厨房，一把抓住煮碗美味的马鞭草茶所需的用具，划根火柴，瓦斯炉嘴喷出火焰，轰的一声清晰可闻。她回到客厅，显得轻松许多。

"老实说，你是有特别的原因才来的吧！在这个时代，人们没事不会跑来看老人家的。"

"别那么尖酸，外婆。"

"我不是尖酸，只是太了解这个世界而已。好了，别扯题外话了，告诉我是什么风把你吹来的。"

"我想谈谈关于'他'的事。他把公寓留给我，我对他却一无所知。"

"埃德蒙？你不记得？你小时候，他最喜欢背你玩坐飞机游戏。我记得有一次……"

"这个，我记得。但此外，一片空白。"

她小心翼翼地躺进沙发中，以免弄皱布套。

"埃德蒙，他嘛……是个奇特的人。从小的时候，就惹了不少麻烦。当他的母亲可不是件闲差事。比如说，他几乎拆掉所有的玩具，然后想再接回去，不过很少成功。如果他只弄自己的玩具也就罢了！他撬开所有的东西：钟、电唱机及电动牙刷……有一次，还拆了冰箱。"

客厅的钟发出沉沉的声响，仿佛印证外婆刚说的话。小埃德蒙一定让它吃了不少苦头。

"此外，他还有其他怪癖：洞穴。他把家里搞得天翻地覆，只为了筑洞穴。他利用被单和雨伞在阁楼里做洞穴。他房里还有另一座，用的材料是椅子和毛皮大衣。他喜欢躲在里面，置身在收集的宝藏中。有次我往里头瞧了一下，尽是些抱枕和乱七八糟的机械零件，不过看起来蛮舒适的。"

"每个小孩都这样……"

"也许，不过他有些逾越常理。他不肯在床上睡觉，只在洞里睡。有时一连好几天都不出来，像冬眠一样。你妈说他前世一定是只松鼠。"

乔纳坦微微一笑，鼓励她继续往下说。

9

"有一天,他想在客厅桌子下建个小洞穴,那是引爆灾难的导火线。你外公反常地发了一顿脾气,打了他屁股,并把所有的洞穴拆掉,强迫他回床上睡。"

外婆叹口气。

"从那天起,他就不属于我们了,他的世界我们不得其门而入。无论如何,那是必经之路,他必须了解世界不会永远容忍他的淘气行为。以后的成长过程中,问题也不少。他受不了学校。你又要说:'每个小孩都这样……'但他是个大问题。很多小孩因为被老师责骂,而跑到厕所里用皮带上吊自杀。他7岁时,就曾上吊轻生,被厕所清洁工给救了下来。"

"他或许太敏感了……"

"敏感?才怪!一年后,他居然用剪刀刺杀一位老师,而且对准心脏刺去。幸好,只弄碎了烟盒。"

她抬头注视天花板,零散的回忆如雪花般飘回思绪。

"后来出现转机,某些老师教授的科目燃起他的热情。他感兴趣的科目都是满分,其他的一律是零蛋,不是零分就是满分。"

"妈妈说他是天才。"

"你妈妈狂热地崇拜他,因为他对她解释他正倾力追求的'绝对知识'。你妈从10岁开始就坚信前世轮回,认为埃德蒙不是爱因斯坦就是达·芬奇转世。"

"还有松鼠?"

"为什么不行?佛陀曾喻示:'灵魂必须经过数次的轮回转世投胎……'"

"他做过IQ(智商)测验吗?"

"有,成绩相当差。满分180分,只得了23分,教育专家认为他不正常,应该送到特殊启智中心。可是我知道他完全正常,他只是有点'另类'罢了!记得他刚满11岁吧!他向我挑战,用6根火柴棒摆4个等边三角形。这可不简单,你来试试……"

她走进厨房,看一眼炉上的锅子,并拿出6根火柴。乔纳坦把6根小棒子用不同的方式摆弄着。数分钟后,他终于宣告放弃。

"答案是什么？"

奥古斯妲外婆集中精神。

"嗯，其实他从来没把答案告诉我。我的记忆中，他只是从旁提示：'必须用不同的角度思考，如果依循旧有的思考模式，是永远解不开的。'你想想，一个11岁的小孩居然能说出这些话。啊！好像听见沸腾的声音，水开了。"

她端了两杯香气四溢的橙黄色饮料回来。

"真高兴看到你对埃德蒙这么感兴趣。现今时日，人一旦死了，人们就忘了他了。"

乔纳坦放下火柴，啜饮了几口马鞭草茶。

"后来怎样了？"

"不太清楚，自从他上了科技大学后，音讯就断了。从你妈那里，约略得知他以优异的成绩拿到博士学位。之后好像在一家食品公司工作，后来又跑到非洲去。回国以后，一直住在希巴利特街。自此就好像消失一般，完全没有消息，直到传出他的死讯。"

"他是怎么死的？"

"你不知道啊！死因很离奇，每家报纸都大幅报道。你能想象吗？他是被胡蜂螫死的。"

"胡蜂？怎么可能？"

"据说他在森林散步，撞上大群胡蜂，胡蜂成群结队朝他飞去。法医宣称：'从来没见过人身上有这么多针螫伤口的。'每升血液内的毒素含量高达0.03克，史无前例。"

"他有坟吗？"

"没有，他要求死后葬在林子里的一棵松树下。"

"有他的照片吗？"

"啊！那边，墙上，五斗柜上。右边是苏西，你母亲。（你看过她年轻时的模样吗？）左边是埃德蒙。"

宽阔的额头，尖尖的小胡子，卡夫卡式的耳朵，没有耳垂但往上延伸与双眼同高，狡黠的笑容，十足的小顽童模样。

旁边，苏西一身白色洋装，灿烂耀眼。数年后，她结婚了，坚持不冠夫姓，保留威尔斯为唯一的姓氏。仿佛不愿丈夫在她的后代身上留下痕迹。

近看，乔纳坦发现埃德蒙在她妹妹的头上伸出两根手指。

"他非常调皮，对不对？"

奥古斯妲没搭腔。她注视着女儿亮丽的脸庞，双眼含悲。苏西在6年前去世。一辆15吨重的大卡车，外加一名酒醉的司机，合力把她连人带车推下山谷。弥留状态持续了两天两夜，她喊着埃德蒙，但他始终没有出现。再一次，他出门了……

"嗯……他有位儿时玩伴叫杰森·布拉杰，两人常见面，甚至上大学后还走在一起。我应该还留着他的电话。"

奥古斯妲很快在电脑上找到了他的地址，给了乔纳坦。她慈爱地看着他，这是威尔斯家族唯一的香火，一个好男孩。

"快把饮料喝完，就要凉了。想吃东西的话，我还有些小蛋糕，自己烤的，是用鹌鹑蛋做的喔！"

"不用了，谢谢，我得走了。"

"好吧！等一下，先别急着走，信还没给你呢！"

她翻遍大橱子以及铁盒，终于找到一个白色信封，上面龙飞凤舞地写着：'致乔纳坦·威尔斯'。信封的封口贴了好几层胶带，防止人偷拆。他小心地开启封缄。一张皱巴巴的纸掉出来，类似小学生的笔记纸，信上仅有一行字：

绝对不要进地窖！

▼

一只蚂蚁稍稍抖动触角。她像一辆冰封已久的汽车，努力地重新发动。雄蚁试了好几次，他摩擦她，在她身上涂抹温热的唾液。

成功了，生命引擎再度转动。季节更迭，一切如昔，仿佛不曾经历过这"短暂的死亡"。

雄蚁继续搓揉她，传递热量。现在她感觉好多了。雄蚁持续努力不懈，她将触角朝他的方向伸去，轻轻触摸他，她想知道他是谁。

她接触到最靠近头部的第 1 节触角，开始解读他的年龄——173 天。眼盲的工蚁在第 2 节探知他的阶级——具生殖力的雄蚁。第 3 节则透露种属和居住的城邦——褐蚁，贝洛岗母城统辖的树林。第 4 节则发现孵化编号，也就是蚂蚁命名的根据——秋初产下的第 327 号雄蚁。

嗅觉辨认就此打住。第 5 节的主要功能是接收路径指示分子。第 6 节作为简单的交谈。第 7 节可进行复杂的沟通，比如性方面的讯息。第 8 节专为与蚁后联系而设。而最后 3 节只能算是触角尖端的小圆球。

就这样，她巡视过后半段触角的全部环节，共 11 节。然而，她并没有话要对他说。她离开了，轮到她出发到城邦的圆顶上取暖。

他也走开了。完成气温信差的任务，接着开始翻修的工程。

327 号雄蚁到城邦的高处审视灾情。城邦结构呈圆弧状，以减少气候不佳带来的灾祸。然而冬天的破坏力十足。风、雪及冰雹摧毁了第 1 层的支撑枝干。某些出口被鸟粪堵住，必须尽速动工。327 号冲向一大片黄色污渍，用大颚咬掉那些坚硬恶臭的物质。另一个方向，出现了一只昆虫的侧影，他正从里面往外挖。

△

门上的窥视孔转暗，有人从门内看他。

"哪一位？"

"我是古纽……来装订的。"

门半开。古纽先生低下头看见一位金发小男孩，十来岁的模样。再往下看，一只迷你狗，鼻头在男孩的两腿间伸出，低声吠叫。

"爸爸不在家。"

"你确定吗？威尔斯教授照理应来找我，但是……"

"威尔斯教授是我舅公，他死了。"

尼古拉想关上门，可是对方把脚往前伸，不愿就此罢休。

"我衷心地吊唁。但你确定他没有留下某种大卷宗，里面装满了文件？我是个装订工人，他已经预付了定金，叫我来把一个皮制卷宗内的研究记录装订成册，我肯定他想要编纂一部百科全书。他应该来找我的，因为很久没有他的消息……"

"我跟你说，他死了。"

这个人的脚更往前踏，膝盖推挤着门，好像就要推开小男孩强行进入。小卷毛狗愤怒地狂吠。他顿住，不再使力。

"请你了解，虽然他人已经死了，但无法信守承诺会让我良心难安。请你再确认一下。一定有个红色的大文件夹放在某个地方。"

"你刚说一部百科全书？"

"对。他称那部书为《相对且绝对知识百科全书》。不过封面上可能没有标明……"

"如果书在我家，一定早就发现了。"

"请原谅我的坚持，可是……"

小卷毛狗开始大声吼叫。男人因此微微后退，刚好让小男孩当面请他吃闭门羹。

▼

整个城市苏醒了。地道里穿梭着气温信差，急忙地替族群取暖。然而某些地道交叉口还看得到躺着的同胞。信差努力想摇醒，甚至打醒她们，但仍旧动也不动。

她们已经死了，冬眠取走了她们的生命。三个月一直维持在几乎没有心跳的状态下，不是没有风险的。她们没有痛苦。一阵强风席卷城邦的当儿，睡眠转成长眠。尸体被清理出去，搬到垃圾场丢弃。每天早晨，城邦必须清理死者遗体和其他废弃物。

当主要干道的障碍物清除完毕后，昆虫城市马上活力四射。到处是快步行走的足履，继续挖掘地道的大颚，抖动交换讯息的触角。一切恢复冬季来临前的模样。

327号雄蚁正奋力地搬运一截比他重60倍的小枝丫。一只年纪超过500天的兵蚁走过来，用触角上的圆球环节轻轻碰雄蚁的头。他抬起头，她再把触角伸过去与雄蚁的触角相接。

兵蚁希望他放下翻修屋顶的工作，和一群蚂蚁出发……狩猎。

他轻触她的嘴和眼睛。

"什么样的狩猎探险队？"

兵蚁拿出藏在胸廓关节凹洞里的干瘪碎肉，要他闻闻。

"据说是在冬季来临前找到的，位置在相对中午太阳的西方23°角区域。"

雄蚁尝尝味道，是鞘翅目昆虫。更确切地说，是马铃薯甲虫。奇怪，鞘翅目昆虫应该尚未自冬眠中苏醒才对。因为一般褐蚁只要室外温度达12℃就醒了，白蚁要13℃，而鞘翅目要有15℃才行。

老兵蚁面对这项数据推论，丝毫不为所动。她向雄蚁解释肉块来自一个独特的地方。由于地下河流经的缘故，那里没有冬天，是个天然空调室，因而发展出特殊的动植物。

更何况，城邦族群刚睡醒总是感到特别饥饿，大家要尽快补充蛋白质，才能恢复正常的生活作息，光靠热能并不够。

他同意了。

狩猎探险队由28只蚂蚁组成。大部分的成员都是没有生殖能力的老女人。327号雄蚁是唯一具有生殖能力的队员。远远地，雄蚁透过筛子般的眼球观察同行的伙伴。

虽然蚂蚁的眼睛有上千个切面，但影像的呈现却不是成千的重叠。入眼的影像是棋盘方格般经过切割的。所以这类昆虫看不见细微的景物，但任何微小的动作却逃不过她们的眼睛。

同行的探险员个个似乎都曾历经长途跋涉，身经百战。沉沉的腹部储满蚁酸，头上配有最具杀伤力的武器。盔甲外壳满是大小战役留下的伤痕。

数小时以来，他们不断往前直走。穿过联邦的几个城市，有的朝天屹立，有的依树而栖。归顺倪朝的子城邦计有：尤都卢贝岗（谷物产量第一）；姬屋里爱岗（凭借她们的杀手部队，12年前大胜南方的白蚁联军）；泽地贝纳岗（以化学实验闻名）；里密岗（出产的介壳虫醇酒，带有浓郁的树脂芳香，非常受欢迎）。

褐蚁不仅组成城邦形态，更经由联盟形成联邦。团结的力量大，在侏罗山区（法国东部山脉），可以发现联合15000座蚁窝的褐蚁大联邦，广达80公顷，蚁口超过2亿。

贝洛岗的规模还没那么庞大，是个年轻的城邦。第一个朝代建立于5000年前。根据该族的神话传说，有位少女碰上狂风暴雨迷失方向，而被风吹到这块地方。她费尽千辛万苦想找出回家的路，终不能如愿，于是创立贝洛岗。以贝洛岗为基点的联邦于焉诞生，也开始倪朝皇后的千秋大业。

贝洛·姬·姬妮是开国蚁后的名讳，含意是"迷失的蚂蚁"。所有居住在中央皇城的蚁后都沿用这个名字，代代相传。

到目前为止，贝洛岗除了巨硕的中央城邦外，四周还环绕着64座子城邦。俨然成为枫丹白露森林最大的政治势力。

当探险队通过所有的联邦城市，尤其是贝洛岗联邦中最西的拉舒拉岗后，他们来到一堆小土丘前——夏季窝穴或称为"前哨站"，整个地方还空无一人。

不过327号知道，这地方很快将充斥前来作战或狩猎的兵蚁。

他们笔直前进。队伍发现一片辽阔的青绿色平原，以及长满矢车菊的山岗。他们一行人离开狩猎区。朝北远望已经可以清楚地看见敌人的城邦——施嘉甫岗。不过此刻城里的居民应该还沉醉在梦乡中。

他们走着。四周的动物多处于冬眠的状态。有几只早起地从洞穴里探出头，一看见成排的红棕色铁甲部队，立刻害怕地缩回洞里。蚂蚁可不是好客的族类，尤其是全副武装勇往前行的时候。

现在，探险队员们已经抵达地盘界线，这里没有任何子城邦的踪影。放眼望去，既没有前哨站，也没有蚂蚁用利爪挖掘的路径。只闻得到很早以前残留的味道线索，极微的气息证明贝洛岗子民曾到此一游。

他们踌躇不前。面前高耸入云的树丛完全嗅不出任何味道的指示。树叶像阴黑的屋顶，拒绝光线进入；而藏身在叶丛间的动物仿佛企图袭击他们。

△

　　如何才能警告他们不要去？

　　他放下外套，亲吻家人。

　　"你们全部整理好啦？"

　　"是的，爸爸。"

　　"好极了。呃，对了。你们进厨房看过了吧！最里边有扇门。"

　　"我刚想讲，"露西说道，"可能是个地窖。我试着打开门，不过门锁死了。有个挺大的缝，往里面看似乎相当深，可能要把门撬开。丈夫是锁匠，有时也挺管用的。"

　　她微微一笑，蜷身躺入他的怀中。露西和乔纳坦在一起已经13年了。他们是在地铁邂逅的。有一天，一个穷极无聊的混混儿在列车里放了一枚催泪弹。所有的乘客随即倒地，泪流满面地咳着。露西和乔纳坦倒下时压在一起，所以当他们止住呛咳，擦干汪汪的眼泪后，乔纳坦提议送她回家。后来又邀请露西参观他创构的理想社区——靠近巴黎北方火车站的一间空屋。三个月后，他们决定结婚。

　　"不行。"

　　"什么不行？"

　　"锁不能弄坏，而且我们也不使用地窖。别再提这档事了，谁也不准靠近它！尤其不可以打开门。"

　　"开什么玩笑？总该有个解释吧！"

　　乔纳坦没想过需要编造一个理由来禁止大家下地窖，结果引起反弹。儿子和太太反而起了疑心。他该怎么办？坦白告诉他们，好心舅舅的一身谜，而舅舅又警告过下地窖的危险？

　　这算哪门子的解释，顶多被认为是迷信。人类讲逻辑，这种说法对露西和尼古拉来说，根本行不通。

　　他嗫嚅说道：

　　"公证人警告过我。"

"警告些什么？"

"地窖里有很多老鼠。"

"呃！老鼠？它们会从裂缝里爬出来。"小男孩抗议着。

"别担心，我们会把裂缝堵住。"

乔纳坦对自己的小花招相当满意，幸好及时想到老鼠这个主意。

"好吧！就这么办。任何人都不许靠近地窖，嗯？"

他走进浴室。露西尾随而至。

"你去看外婆了？"

"正确。"

"整个早上？"

"再度正确。"

"你不能再浪费时间了。还记得你在比利牛斯山农场对其他人说的话吗？'游手好闲是罪恶的渊薮。'我们的积蓄越来越少了，你必须找另一份工作才行。"

"我们才继承一座位于森林边缘，面积 200 平方米的公寓，而你却跟我谈工作！难道你无法对此情此景心怀感激吗？"

他想拥她入怀，但她往后退。

"我当然知道感恩，但我也必须考虑将来。我没有钱，而你又失业，一年后，要如何过下去？"

"我们还有积蓄。"

"别傻了，那只能勉强维持几个月。之后……"

她双手叉腰，挺起胸膛。

"听着，乔纳坦，你不愿意晚上到治安差的地区出勤而丢了工作，没关系！我可以理解。可是，你必须找其他的工作才行啊！"

"当然，我会去找工作。只要给我一点时间，我向你保证，就一个月吧！我一定会刊登求职广告的。"

金黄色的小头出现，接着短腿绒毛狗也跟来了。尼古拉与聒喳喳。

"爸爸，刚才有位先生要来装订一本书。"

"一本书？什么书？"

"我不知道。他提到一部大百科全书,说是埃德蒙舅舅写的。"

"啊,有这种事!你让他进来了?你觉得他怎么样?"

"没有,他看起来不太友善,再说也没看见书。"

"太棒了,儿子,你做得很好。"

这件事不禁让乔纳坦更加困惑,他搜遍地下室,一无所获。然后他在厨房待了一阵子,仔细检视连接地窖的那扇门、大锁和裂缝。这扇门到底通往什么神秘谜团呢?

▼

必须突破这片丛林。一位年长的兵蚁建议变换队形为"巨型蛇头"。这是探勘危险区域的最佳行进队形。立即获得一致的同意。兵蚁们同时会产生一样的念头。

最前哨有五位斥候,呈倒三角形排列。她们是团队的眼睛,小心谨慎地小步前进。她们探索泥土,嗅闻天空,观察青苔。如果一切正常,她们会传出嗅觉讯息提醒大家:"前面没有动静。"并与后续的队伍会合,同时派遣"新人"接替她们的工作。这种轮调系统让整个团队转化成一条长长的动物,而且鼻子保持最敏锐的警觉性。

"前面没有动静"相当清晰地回荡了 20 次,第 21 次则被一阵令人作呕的气息中断。一只斥候蚂蚁一不留神太靠近肉食性植物——一株捕蝇草。一股动人心魄的香气袭来,吸引住蚂蚁。兵蚁的脚立即黏住捕蝇草的须毛,动弹不得。

情况的发展已无法挽回,一旦与捕蝇草的须毛接触,整个铰链构造即刻启动,两片大叶子毫不留情地密合。长长的流苏须毛是牙齿,而叶片密合后,他是坚固的铁窗。当猎物被完全掌握之后,他会分泌腐蚀性极强的酶。

兵蚁溶化了,变成一摊炽热的汁液,并发出绝望的蒸汽气息。

大伙都无能为力,这是每个长征团都会碰到的意外。现在只能发出"小心危险"的信号,通知同伴这里存在的陷阱。

兵蚁忘却这起意外,再度踏上气味路径。费洛蒙指示的路径标明必须经过那里。穿过短树丛，继续往与太阳呈23°角的方向前行。她们极少休息，只在天气太热或太冷时，才会停下歇脚。如果不想一回家就遭遇战斗的话，她们必须尽快。

有的探险队回家发现，自己的城邦正被敌军包围。冲出重围可不是件容易的事。

找到了，她们发现费洛蒙路径指示的洞穴入口。泥中传来一股热气。她们冲向石砾深处。

走得愈深，小溪涓流的淙淙声愈清脆。温泉口炊烟袅袅，发出浓浓的硫黄味道。蚂蚁尽情畅饮。

一会儿，她们发现一种奇怪的生物——好像一颗长脚的球。原来是只粪金龟，正卖力地推着一粒混着牛粪和沙土的圆球，里面藏着她的卵，简直是阿特拉斯（译者注：Atlas，希腊神话中顶天的巨神）的翻版，双肩扛着她的"世界"。下坡时，圆球自行滑落，她只要跟着就行了。一旦碰见上坡，她就得气喘吁吁地用力推，而且经常得回到坡底把球找回来。

惊人的是，在这里居然有甲壳类的昆虫出现。他们是生活在热带地区的生物……贝洛岗的居民让他过去，反正他的肉质也不鲜美，更何况硕大的甲壳不太容易扛回去。

左边一抹黑影闪过，躲藏到岩石的凹坑里。一只球嘤，这味道可就美极了！年纪最大的兵蚁动作最迅速，她将腹部卷曲弯到脖子下方，并以后脚支撑身体，摆好发射姿势。凭着直觉瞄准，远远地喷出一滴蚁酸，浓度高达40%的超强腐蚀液划过长空，正中目标。

球嘤仓皇奔逃，天雷轰至。40%的强酸可不是闹着玩的，4‰会刺痛皮肤，更何况是40%，简直是肢解！昆虫应声倒下，所有的蚂蚁一拥而上，大口吞食烧烫的肉。秋季探险队的确发现了一个好地方，这里的猎物很丰裕，收获一定很可观。

她们往下深入，来到一座喷水井。沿途，惊吓不少到目前为止都还不知名的地底生物。一只蝙蝠企图阻止她们前进，她们放出蚁酸将蝙蝠团团笼罩，使之落荒而逃。

接下来几天，她们仔细地搜索这块温暖洞穴，白色小虫的尸体以及浅绿色伞蕈的碎片持续堆高。她们同时利用肛门腺体分泌费洛蒙路径指示，好让她们的姊妹能毫无困难地找到这里。

任务圆满达成。联邦版图向此地伸开触角，超越西方的矮树丛。兵蚁肩负起沉重的食物启程返回，同时插下联邦的化学旗帜，旗帜的香气飘扬空中："贝洛岗"。

△

"您能重复一遍吗？"

"威尔斯，我是埃德蒙·威尔斯的外甥。"

门开了，迎面的是一位身长两米的大个子。

"杰森·布拉杰先生吗？很抱歉打扰您了，我想和您谈谈我舅舅，我不太了解他，而外婆说您是他生前最好的朋友。"

"请进，您想知道有关埃德蒙的哪些事呢？"

"全部。我对他一无所知，实在感到很遗憾……"

"呃……我懂了。埃德蒙是活生生的神秘典型。"

"您对他很了解？"

"谁能自称了解任何人呢？这样说吧！我们经常并肩而行，而且觉得非常愉快。"

"您们是怎么认识的？"

"上生物学院的时候，我钻研植物，他则致力于细菌研究。"

"又是两个并肩而行的领域。"

"对，只不过我的领域野蛮些。"杰森·布拉杰指着盘踞客厅的绿色植物更正说，"您看到了吗？这些植物彼此竞争，为了一道阳光、一滴水不惜互相残杀，只要有一片叶子生长在向阴面，植物就抛弃它，邻近的叶片趁机长得更茂密。植物界真的是一个残酷的世界……"

"埃德蒙的细菌研究呢？"

"他宣称在研究自己的祖先，也就是说，他把人类遗传树提升到常理外的高度。"

"为什么是细菌？怎么不是猿猴或鱼类？"

"他想搞清楚细胞在最原始阶段的状态。对他而言，人类是大量细胞群集的组合体。因此必须全盘了解个别单一细胞的'心理状态'后，才能推演出整个组合体的运作。'复杂的大问题实际上是由简单的小问题累积而成的。'他把这句箴言字字当真。"

"他专攻细菌研究？"

"不，他还是个神秘主义者。一位真正博学多闻的人，对每件事都有求知的欲望，也有一些异想天开的想法……比如说，他曾尝试控制自己的心跳。"

"这是不可能的啊！"

"据说印度的某些瑜伽大师可以完成这项壮举。"

"有什么用呢？"

"我不知道……他也许希望能让自己在想死时，心脏停止跳动。如此一来，他随时可以跳开世间游戏。"

"好处呢？"

"也许他怕年华逝去带来的痛苦。"

"嗯……获得生物博士后，他在做什么？"

"在一家私人企业上班。那家公司出产制作优酪乳所需的活性酵母菌，叫作'香甜乳品企业'。他做得不错，他发现一种细菌，不仅开发出优酪乳的新口味，同时香气更芬芳。由于这项发现，他获颁1963年最佳发明奖。"

"然后呢？"

"然后，他娶了中国女孩——林咪，一脸笑意盎然的水样女子。他这么一个爱发牢骚的人居然变温柔了，他深爱着她。从那时起，就不常见面了。"

"我听说他到过非洲。"

"是的，后来才去的。"

"后来？"

"林咪罹患白血病——血癌，不治之症，三个月就撒手人寰。可怜的他因而断言，人类根本不值一提，细胞才真正让人疯狂……一个残酷的教训。他无法行动，这出悲剧上演的同时，他又和'香甜乳品企业'的同事起了争执，离职后意志消沉，蜗居在公寓里。林咪使他对人类恢复信心，但她的死让他掉得更深，更加愤世嫉俗。"

"难道是为了忘掉林咪才去非洲？"

"或许吧！总之他忘我地投身生物志业，借以疗伤。他大概找到另一个令人兴奋的研究主题，我不大清楚详细的内容，不过不是细菌。他迁居非洲也许是为了研究的方便。他曾寄给我一张明信片，只写着他和国家科学研究中心的研究小组在一起，与一位罗森菲教授共事，我不认识。"

"您后来还见过埃德蒙吗？"

"有，一次巧合的偶遇，在香榭丽舍大道上聊了一会儿。明显地，他已重拾对生命的热情，但依旧无法捉摸；同时规避我所提出的专业性问题。"

"听说他写了部百科全书。"

"这个嘛，说来话长。这是他的一项伟大计划，将所学汇集成一本书。"

"您看过吗？"

"没有。我想他不曾展示给任何人看过。依埃德蒙的为人，他一定把书藏在阿拉斯加的天边海角，外面还有只喷火恐龙守着。这是他身上'大魔法师'的个性作祟。"

乔纳坦准备告辞。

"啊！还有个问题想请教——您知道如何用6根火柴棒摆出4个等边三角形吗？"

"当然。那是他最喜欢的智力测验。"

"那么，答案是什么？"

杰森放声大笑。

"这个嘛，无可奉告！正如埃德蒙所言：'每个人都必须自己找出路。'而且您会发觉，自己找到解答才会获得最大的成就感。"

▼

背上多了这些肉类，回程似乎比来时更长。队伍维持一定的速度，免得碰上严苛的夜晚。

从3月到11月这期间，蚂蚁可以全天候工作，不需要任何休息。但是气温一下降，浓浓的睡意马上袭来。因此，探险队极少进行超过一天的探勘。

长久以来，褐蚁城邦不断地思考这个问题。她们深切地了解狩猎领域的扩展，认识遥远国度，观察在那里有着不同生活习惯的动植物，这是件重要的事。

85万年前，碧·丝汀·嘉，嘉朝（位于东方的朝代，10万年前消失）的褐蚁蚁后野心勃勃地企图探寻世界的"尽头"。她派遣了上百队人马到东西南北四大方位探险，但没有一队回来。

当朝蚁后贝洛·姬·姬妮可没那么大的野心。她的好奇心局限于发现一些通体金黄、像极了宝石的鞘翅目昆虫（后来在最南端找到）；或者仔细观察子民带回来、连根拔起的肉食性植物，梦想有一天能驯服他们。

贝洛·姬·姬妮认为，扩大联邦规模是认识新区域的最佳方法，那表示更多的远征队、子城邦及前哨站。谁胆敢阻止联邦扩张，就向谁宣战。

当然，海外征伐旷日废时，然而这种一步一脚印的政策十分吻合蚂蚁根深蒂固的信念："慢慢地，但永远向前。"

今日的贝洛岗联邦共计有64座子城邦。64座身份气息相似的城邦，长达125公里的地下通道与780公里的气味路径相连。一旦遭遇战乱或饥荒，64座城邦团结一致共体时艰。

城邦结盟形成的联邦概念，有助于专业城市的发展。贝洛·姬·姬妮期待将来能看到一座专门处理谷物的城邦，第二座专门供应肉类食品，第三座则只负责作战。

这个梦想尚未成真。

此一概念与蚂蚁笃信的另一个观念相当契合："未来掌握在专才

手中。"

离前哨站还有一段距离,探险队员加快脚步。当她们再次经过那丛肉食性植物旁时,一只兵蚁提议拔一棵回去献给贝洛·姬·姬妮。

触角讨论会展开。她们借由接收和放送味道分子——费洛蒙进行沟通,也就是她们身上分泌的荷尔蒙。我们可以将每粒分子想象成一个鱼缸,里面的每条鱼代表一个字。

幸而有费洛蒙,蚂蚁才能交谈,其中细微的变化是无穷尽的。看着那些触角急促地晃动,讨论似乎很激烈。

"体积太庞大。"

"城邦之母还不知道有这种植物。"

"我们可能折损兵力,这样一来,又少了根能搬运战利品的手臂。"

"如果我们能驯服肉食性植物,等于拥有独门武器,只要种一排就可保卫前线。"

"我们很疲倦,而且夜晚即将来临。"

她们决议放弃,绕过植物继续路程。队伍经过一丛盛开的花,此时落在队伍后面的327号雄蚁瞥见一株红色雏菊,他还没见过这种样式的花。没什么好犹豫的。

"不要捕蝇草,我要带这个回去。"

他脱离队伍,小心翼翼地咬断花茎。嗤!紧紧将他的发现衔在嘴中,迈开大步追赶同伴。

同伴不见了!新年度的头号探险队应该就在前面。但是她们遇到了什么状况……一阵情绪激动,紧张。327号的脚哆嗦得厉害,所有的伙伴都躺在地上死了。

他检视尸体。没有发射蚁酸的迹象。褐蚁们甚至来不及发出费洛蒙警报。

327号雄蚁展开调查。

他翻查一个姊妹的触角。嗅觉沟通。完全没有录下任何化学影像。难道兵蚁走着走着,然后突然——一切停止。

一定要了解,绝对有合理的解释。首先清洁感觉工具。靠着前脚上两根弯曲爪子的帮助，使劲磨利前额触角，清除一开始紧张就产生的酸性泡沫，再将触角折向嘴边舔舐，最后用第二节手肘上的小型针刷擦干。垂下干净的触角与眼睛齐平，慢慢地开始振动，速度大约每秒 300 次。没有感受到任何讯息，他加快速率——每秒 500 次、1000 次、2000 次、5000 次、8000 次。这已是他接收能力的三分之二了。

立刻，他搜罗到一些极其微小的气息分子在附近飘荡——露珠的蒸汽、花粉、孢子以及一股淡淡的味道。他曾经闻过，可是辨认不出来。

他再度增高速率，达到最大——每秒 12000 次。由于振动的关系，触角四周产生几股微弱的向心风，连灰尘都一股脑地卷到他身上。有了！他认出这淡淡的香气了。罪犯的味道，不会错的，非她们莫属。住在北边的残酷邻居，去年给她们带来多少烦恼啊！

她们——施嘉甫岗城邦的侏儒蚁。

原来她们已经苏醒了。她们一定设下了埋伏，使用一种快如闪电的新式武器。

不能再浪费一分一秒，必须尽快通报整个城邦。

△

"长官，他们死于高能量的激光之下。"

"激光。"

"是的，长官。一种新型武器，能在远距离外熔化我们最大的战舰……"

"你认为是……"

"是的，长官。只有金星人能做得到，再明白不过。"

"在这个情况下，我们将采取严厉的报复行动，还有多少战斗火箭驻扎在猎户星座？"

"四架，长官。"

"不够，必须请求部队支援……"

"你还要一点汤吗?"

"不要,谢谢。"

尼古拉说道,他完全沉醉在电视里。

"好了,看着你正在吃的东西,要不然就关电视。"

"喔!妈妈,求求你……"

"又是这些来自其他星球、有着类似洗衣粉牌子般可笑名字的绿色小矮人的故事,你还不烦啊?"乔纳坦问道。

"很有趣啊!我相信总有一天能遇见外星人。"

"这些……我们已经讲了N年了。"

"一架探测器——马可波罗号探测器已被送往最近的恒星。很快,我们就能知道邻近星球住着哪些人。"

"跟以前发射的探测器一样,除了污染太空,简直白费力气。告诉你,外太空太远了。"

"也许。但是谁敢说太空人不会自己跑来跟我们会面呢?反正,我们还无法理清关于幽浮的见证。"

"即便如此,遇见高智慧的民族又有什么好处?最后还不是要走上战争一途,而且你不觉得地球人的问题已经够多了吗?"

"多么有异国情调的事!也许可以开发新奇的度假胜地。"

"尤其会招致新奇的烦恼。"

他捏捏尼古拉的下巴。

"我的小宝贝,等着吧!等你大些,想法就会跟我一样,唯一令人兴奋,才智异于我们的动物是——女人。"

露西装模作样地假装抗议,他们笑成一团,尼古拉皱着眉头,这一定是大人的幽默感。

他伸出手想摸摸狗狗的绒毛平静一下。桌底下没有踪影。

"聒喳喳到哪儿去了?"

也不在饭厅。

"聒吱(编者注:聒喳喳的昵称)!聒吱!"

尼古拉在指尖用力地吹口哨,通常马上就有回应——吠叫声伴随着脚步声。他再吹一次,还是没有动静。尼古拉跑遍所有房间,爸妈也帮忙找。狗狗依然不见踪迹。门是关着的，光靠它自己一定出不去，它不会用钥匙开门。

一家子无意识地全往厨房走去。更精确地说，往那扇门走去。裂缝还没堵住，以聒喳喳的体形来说，钻过去并不难。

"它在里面，它一定在里面。"尼古拉呻吟般地叫着，"我们必须去找它。"

仿佛与尼古拉的请求相唱和似的，从地窖里传出断断续续的尖叫声。然而，好像来自相当远的地方。

所有人一致向这扇禁忌之门靠拢，乔纳坦出面干涉。

"我说过不能到地窖去！"

"可是亲爱的，"露西说道，"你说下面有老鼠，我们必须下去找它……"

他紧绷着脸。

"算了，别理这只狗了。明天我们再买一只。"

小男孩简直无法相信。

"可是爸爸，我不要另一只！聒喳喳是我的朋友。我们不能眼睁睁看着它死啊！"

"你到底怎么了？"露西插进来说，"如果你害怕，我去。"

"爸爸，你是胆小鬼？懦夫吗？"

乔纳坦再也无法克制，口中喃喃念着："好，我去看看。"他找来一只手电筒，往裂缝照去，里面黑漆漆伸手不见五指。

他颤抖着，一股逃跑的强烈欲望油然而生。他太太和孩子却催促他跳入深渊。刻薄的想法淹没他的头脑，对黑暗的恐惧占了上风。

尼古拉开始啜泣。

"它死了，我知道它死了，都是你的错。"

"它也许只受了点伤。"露西安慰他说，"得下去瞧瞧。"

乔纳坦脑海中浮现埃德蒙的遗言，语气是如此坚决，该怎么办呢？他们迟早会忍不住跑下去的，不入虎穴焉得虎子，行动或放弃，他伸手擦擦汗涔涔的前额。

不行，这样绝对不行，终于有机会面对自己的恐惧，跳开格局迎向艰险，黑暗别想将他吞没。好极了，他已准备妥当，决心不到黄河心不死。反正他一无所有，也没什么可失去的。

"我去！"

他找出工具，敲开门锁。

"无论发生什么事都别离开，尤其不要到下面或打电话报警。等我回来！"

"你真奇怪，不过是个地窖，每间屋子都有地窖。"

"我可不敢那么肯定……"

▼

椭圆橙红的夕照中，春季首支探险队的唯一幸存者，327号雄蚁孤独地狂奔。

涉过水洼，穿过烂泥和发霉的树叶，步伐好久都没停过。嘴唇被风吹得干裂，全身覆满灰尘，好像多了件琥珀色外套。肌肉失去感觉，好几只爪子也折断了。

然而，终于冲到嗅觉路径的尽头了，目的地映入眼帘，贝洛岗母城巨大的金字塔形状随着他的奔近愈来愈大。贝洛岗母城，启发并指引他的气息灯塔。

终于，327号抵达了硕大的蚁窝下。他仰起头，城市又增高了，新的防卫圆顶开始动工了，小枝丫构筑的山顶尖逗弄着月亮。

年轻的雄蚁找了一会儿，才发现地面的入口，还没关，他霎时滚了进去。及时赶到。在户外工作的兵蚁和工蚁都已回巢；守卫正准备堵住入口，以确保室内温度。他的脚刚跨过门槛，泥水工蚁就开始动作，洞口随即在他身后密合。几乎是咔的一声关上。就这样，远离了门外野蛮寒冷的世界。327号再度沁濡文明世界，在平静的族群环境中，从今而后，他可以完全放松，不再孤独，属于群体。

哨兵靠近，由于身上裹层灰，她们没认出雄蚁。他迅速发出确认身份的气息。哨兵解除警戒。一只工蚁注意他散发出的疲惫味道，建议交换养分。这是一种将养分赠送给他人的仪式。

每只蚂蚁的腹部都有一个袋状物，像是附属的胃，但无法消化食物，称为嗉囊。里面储存的食物可以永保新鲜，不但能经由反刍送进正常的胃里消化，还可以吐出来分送他人。

仪式的步骤亘古不变。赠予的蚂蚁靠近想交换养分的对象，轻触对方头部。获赠者感到触摸后，垂下触角即表示愿意接受；若触角高扬则表拒绝之意，可见对方并不太饿。

327号雄蚁毫不犹豫，他体内的热量已降至最低点，差点就全身僵硬倒地不起了。他们的嘴紧紧接合，食物反吐，赠予者最先吐出的是唾液，接着才是蜜露和谷物泥。味道醇美，营养丰富。

赠予告一段落，雄蚁立刻挣脱。所有记忆纷沓而来，死亡、埋伏，此时已刻不容缓。他举起触角，借由精致的水珠散播消息。

"警戒！战争爆发！侏儒蚁歼灭了我方首批探险队，她们拥有毁灭性的新武器。"

"就战斗准备！宣战了！"

哨兵离开岗亭，警戒的气味直呛脑门，327号雄蚁周围挤满了成群的蚂蚁。

"怎么回事？"

"发生了什么事？"

"他说宣战了。"

"有证据吗？"

蚂蚁从各处蜂拥而至。

"他提到一种新武器和探险队被歼灭。"

"情况很紧急。"

"有证据吗？"

现在，327号雄蚁处在纠结成块的蚂蚁群中央。

"警戒！警戒！宣战了！就战斗准备！"

"有证据吗？"

蚂蚁再三考量最后一句气味讯息。

没有，他没有证据。雄蚁由于当时极度震惊，没想到要带证据。蚂蚁们动了动触角，摇摇头表示疑惑。

"事情在哪里发生？"

"贝洛岗西方，一处由我们的斥候新发现的狩猎地点。侏儒蚁常在那个地域巡逻。"

"不可能，我们派遣的间谍刚汇报，她们十分肯定——侏儒蚁尚未苏醒！"

一只不知名的触角发出以上的费洛蒙讯息，大伙一哄而散。这个讯息让大家深感信服。没有人相信雄蚁，尽管他的音调相当真实，只是整个事件太匪夷所思。春季的战事从不曾来得那么早，侏儒蚁不等全员苏醒就发动攻击，难道她们疯了不成！蚂蚁们各自回到工作岗位，完全不把327号雄蚁传递的消息当一回事。

首批探险队硕果仅存的生还者惊讶极了，天哪！他没有胡乱捏造死亡事件，蚂蚁们终将察觉某一阶级的编制人数不全。他的触角无力地往前额垂下，深沉的悲哀袭来，他觉得自己一无是处，仿佛不再为他人而活，只是自私地苟活。思绪至此，不禁一阵寒战。

327号雄蚁纵身前冲，没命地奔跑，并要求工蚁们做证。当他连珠炮似的念出神圣箴言时，大伙甚至犹豫是否该停下手边工作——

曾经是探险队的足履，曾经当场亲眼目睹，回来却刺激了士气。

没有人理他，大伙如耳边风般地听着。然后怡然自得地走开。别再煽动人心了，行不行！

△

乔纳坦下去四个多小时了，老婆和孩子忧心忡忡。

"妈妈，打电话报警吧？"

"不，还不用。"

她走近地窖的门。

"爸爸死了吗？告诉我，妈妈……爸爸是不是和聒喳喳一样死了？"

"不会的,当然不是,亲爱的,你净说些蠢话。"

露西非常担心,欠身用刚买的强力卤素灯,仔细往裂缝里察看。她仿佛看见远处有……一座螺旋梯。

她跌坐地上。尼古拉靠到她身边,她亲吻着他。

"他会回来的,要有耐心。他叫我们等他回来,再等等看。"

"万一他再也回不来了呢?"

▼

327号身心俱疲。他好像在水中拼命挣扎,全身舞动,却停滞不前。

他决定晋见贝洛·姬·姬妮,当面向她陈述。历经14个冬季的城邦之母,拥有无与伦比的智慧。那些没有生殖能力的蚂蚁虽占总人口的绝大多数,寿命顶多3年,只有蚁后能想出法子传递警戒讯息。

年轻的雄蚁踏上通往城邦中心的快速通道。数以千计的工蚁,负着蚁卵在宽阔的地道中迅速移动。她们从地下第40层,一路往上爬到地上第35层的向阳育婴室。工蚁们潮涌般由下至上,由左到右。他必须与她们背向而驰,这不容易。327号碰撞数位保育员,她们立刻呼喊捉拿破坏者。幸而走道并未被蚁群占满,他只是被撞倒、践踏、推挤及抓伤而已。327号终于成功地开出一条路。

他接着转往另外几条小路,路程远了些,但比较好走。他稳健地小步跑,从主干道转入支线,再从支线转入小径,东奔西跑达数公里之遥,穿过桥梁拱门,并越过人山人海以及空无人迹的厅室。凭借着额头3只红外线广角单眼,就算在伸手不见五指的墨色中,也能毫无困难地辨认方位。

愈靠近中央禁城,城邦之母散发的柔和清香愈显芬芳;而侍卫的数目也愈来愈多。兵蚁阶级可细分为好几个种属,有各种形体大小及武器形式。有的身形瘦小但大颚长而锐利;有的壮硕强健且胸甲坚如梁柱;有的则五短身材触角短小;还有的是炮兵,流线型的细长腹部储满痉挛性毒药。327号雄蚁一路释放有效的通行气息，不费吹灰之力就突破兵蚁的防线。而兵蚁们全然一派镇定的模样，尚未嗅到领土争夺战的气氛。

目标近在咫尺。他向禁卫队报出身份后，顺利步入通往皇宫的最后廊道。他在门前停下脚步。这块举世无双的地方，呈现出的壮丽景象震慑住他。广阔的圆形大厅，是根据最精巧的建筑及几何原理建造而成的。这些知识乃由皇太后借由触角代代相传，传授给她的女儿。主穹拱高12颀，半径长达36颀（颀是联邦通行的长度计算单位，换算成人类惯用的长度单位约为3毫米），另外还有几根壁柱共同支撑着这座昆虫的殿堂。地板稍微凹陷的设计，有助于聚集蚂蚁发射的味道分子，使之持久不散，不被墙壁吸收。

正中央躺着一位身材壮硕的贵妇，腹部朝下俯卧，并不时朝一朵黄色花卉伸出脚。花毫不留情地闭合，幸好脚及时抽回。

这位贵妇就是"贝洛·姬·姬妮"。她是城邦唯一的产卵母亲，不仅赋予蚂蚁躯壳，还打造整个族群的精神。在贝洛·姬·姬妮的执政期间里，曾指挥蜜蜂大战、征服南方白蚁、绥靖蜘蛛疆域，以及击退大举入侵的橡树胡蜂，赢得这场损失惨重的消耗战。从去年开始，她更协调各城邦之力，共同抵御北方侏儒蚁的侵犯。

贝洛·姬·姬妮缔造长寿的纪录。她是327号雄蚁的母亲。活生生的不朽之躯，一如往常地躺在那里。不同的是，正忙着濡润轻抚她的是一群为数20只左右的工蚁侍臣；而过去照料她的是他——327号，当时他的笨拙小脚。

肉食性植物戛然合上双唇，城邦之母发出轻轻的叹息味道。没有人知道她对这种猛兽植物的狂热打哪儿来。

327号走近观察，城邦之母并不算漂亮。头颅往前伸展，头上两颗突出的大眼睛似乎能同时看到各个方位，3只红外线单眼紧紧地挤在额头中央。然而，触角夸张地分据两端，又细又长，断续地急促振动，但振动完全在她的掌控之中。

数天前，贝洛·姬·姬妮才从漫长的睡眠中苏醒，自此她持续不断地产卵。她的腹部比平常大上10倍，抽搐从不间断。就在此刻，她产下 8 颗瘦弱的卵，浅灰色泛着珠光。

贝洛岗的新生代，圆圆黏黏的未来子民从她的腑脏间跳出，在室内滚动着，不久就由保育员接走了。年轻的雄蚁认得这些卵的味道，是兵蚁和雄蚁。天气还太冷，生育"女孩"的腺体尚未复原。待气候好转，城邦之母就可以按照城邦的需要，随心所欲地产出各阶级所需的后代。工蚁向她禀告"缺少捣碎谷物的工蚁或是炮兵兵蚁"，她则依需求供应。有时候贝洛·姬·姬妮也会走出皇宫到廊道上闻闻，以她敏锐的触角探知每个阶级所欠缺的数量，并马上添齐。

城邦之母再度产下 5 颗羸弱的卵。然后她转向拜访者，轻轻碰触并舔舐他。与皇室唾液接触的一刻总是神奇的。这种唾液不仅是万用消毒液，除了头颅的内伤外，简直称得上是治百病的万灵丹。尽管贝洛·姬·姬妮无法逐一认出她所生养的小孩；相对地，靠着唾液接触，她可以辨认出他们的味道。雄蚁是族中之人。

触角交谈于是展开。

"欢迎光临族群繁殖圣地。你离开我，却不得不回来。"

这是母亲对孩子惯例的开场白。打过招呼后，她分泌出一种黏液使年轻的雄蚁动弹不得，她探身闻遍他身上 12 个环节所散发的费洛蒙……已然知道他到此的目的……首支西方探险队全数被歼灭，惨祸发生地点有侏儒蚁的味道，这些侏儒蚁一定发明了某种新型武器。

曾经是探险队的足履，曾经当场亲眼目睹，回来却刺激了士气。

理当如此。问题出在他的刺激并没有成功，他的气息无法说服任何人。他认为唯有贝洛·姬·姬妮知道如何传递这个警讯，并发放警报。城邦之母加倍专注地嗅着，接收来自脚和关节散发的浮游微分子，没有遗漏。是的，有死亡的痕迹，神秘的味道。

可能是场战争，但也极有可能不是。蚁后说明她并没有政治权力，整个族群的决定都是不断协商的结果，并透过自行拟定研究主题的工作小组来运作。假如他不能激起任何神经中枢，遑论成立一个工作计划小组，就连他的经历也将一无用处。连城邦之母都帮不上忙。

327号雄蚁并不灰心。终于，有一个愿意从头到尾倾听他讲述的听众，他倾全力发出最吸引人的分子。根据他的看法：这件惨剧应列为最重大的隐忧，我们应尽速派遣间谍截取秘密武器的情报。

贝洛·姬·姬妮回答：整个族群正为眼前的"重大烦恼"而忙得团团转。除了春日苏醒尚未彻底外，城邦正大兴土木。只要有一根枝丫尚未修竣，大张旗鼓的远征等于是自掘坟墓。此外，族群还缺少蛋白质和糖；最后还得花时间准备交尾庆典。这一切都要靠每只蚂蚁付出全部精力。甚至连间谍工作都负担过重。这些就解释了，为什么你的警戒讯息无人理会。

停顿。只听见工蚁舔舐蚁后甲壳的唇音。城邦之母再度转身逗弄她那颗肉食性植物。她的腹部扭曲，直到整个藏到胸廓底下为止，后脚凌空摇晃。当植物双颚合上，她把脚快速收回，并向雄蚁述说这些植物可以成为最佳武器。"种一排肉食植物墙，就可保卫西北疆界安全。只可惜目前为止，这些小怪物仍无法区分城邦子民及入侵者……这是唯一的问题。"

327号重回令他困惑的主题。贝洛·姬·姬妮问他这次"意外"的死亡人数。

"28。"

"都隶属探险兵蚁类吗？"

"是的。"

他是探险队里唯一的雄性成员。蚁后全神贯注，顺序产下28颗珍珠般的卵，恰可弥补被消灭的姊妹。

28只蚂蚁死了，28颗卵接替她们的位置。

决定性的一天——

终有一天，无可避免地，手指触及页面，目光滑过词句，脑海演绎其中的含意。我希望这天别太早到来，否则后果可能非常严重。我写下这些字句的当儿，内心还挣扎着希望保留我的秘密。然而，真相大白的日子总归要来，深藏的秘密终将浮出水面，水落石出的时候到了。时间是最可怕的敌人。

　　无论你是谁，首先向你致意，当你正读着这篇文章时，我可能已经死去十几年，甚至超过 20 年，至少我这么期盼着。有时候，我后悔踏入知识领域。然而我是个人，虽然我们的凝聚力已降至谷底，但我深知人类应尽的义务——我必须传承我的经验。

　　仔细推敲，故事都差不多。很久以前，一个将经历"变异"的主角沉睡着。他面对一次大危机，被迫采取行动。而他的行动方针将决定他的成败、死亡或进化。

　　首先，我想讲述的是关于宇宙的故事。因为我们就活在其中，更因为所有的事物，无论大小，都依循法则行事，彼此依赖，相互牵引。

　　举例来说，翻页时，中指的指尖与纸张的纤维摩擦产生微小的热能，这是真实存在的热能。虽然能量相当小，仍带动电子跳出原子，并与另一颗粒子碰撞。可是这颗粒子"相对"它自己而言是巨大的。因此对它来说，与电子的碰撞简直是天翻地覆的大震动。碰撞前它是静止的、空的、冷的。因为你"翻页"的动作，它现在处于危机中，巨大的火焰光影反射在它身上。只不过是个翻页的手势，你已经引起了巨变，而你对它带来的后果却毫不知情。世界也许由此诞生，人住在上面，这些人陆续发明冶矿术、普罗旺斯菜以及星际旅行。他们的智慧程度或许比我们高，假如你手上没有这本书，手指没有在纸张上的这一角激出热能，他们可能永远不会存在。

　　相同地，我们的宇宙一定也位于某种巨人文明的书页角落里、鞋底或罐装啤酒泡沫中。

　　目前我们的世代尚无法验证，但我们确切知道，很久以前，我们的宇宙，或是孕育这个宇宙的粒子，它是空的、冷的、黑暗的。然后某人或某物撩起危机。他们翻了纸页，在石头上行走或刮掉小罐啤酒上层的泡沫。总之，创伤上场，我们的粒子惊醒。就我们的世界而言，众所皆知，发生了一次剧烈的宇宙"大爆炸"。

　　每一秒钟，在无限大、无限小、无限远的某处，也许某一片宇宙正在生成，一如 150 亿年前的我们。其他的世界我不清楚，但我们已经确定爆炸是由最"小"最"简单"的原子所引起——氢。想想看，沉寂的无限空间突然一声巨响复苏了。

天上的人为什么要翻书页呢？又为什么要刮去啤酒泡沫呢？这些都无关紧要。总之氢气燃烧、爆炸、炙热，强光划破无垠的天际。

灰色的、静止的事物有了动作，冰冷的东西变温热，无声的世界开始嗡嗡作响。初期的世界大熔炉将氢转化为氦。原子结构比氢稍稍复杂。不过，正因如此，我们推演出宇宙进化游戏的第一项规则——越变越复杂。这规则看似再自然不过，却没有任何证据显示邻近星球也遵循着同一规则。何况也有可能——愈来愈热、愈来愈硬或愈来愈奇特。同样地，我们的世界变得愈来愈热、愈来愈硬或愈来愈奇特。

但那些绝对不是原始规则，只能算是副作用。最基本的游戏规则，也是建立其他规则的依循标准——愈变愈复杂。

埃德蒙·威尔斯

《相对且绝对知识百科全书》

327号雄蚁在城市南端漫无目的地游荡，内心无法平静。他重新咀嚼那著名的词句——

曾经是探险队的足履，曾经当场亲眼目睹，回来却刺激了士气。

为什么行不通呢？哪里出了错？心里尚未消化的资料蠢蠢欲动。就他所知，族群已受到伤害，大家居然察觉不出来。而他，应该是痛苦的刺激，他责无旁贷。守着惨痛的信息，深藏在内心中，又找不到人愿意承担，这是多么痛苦啊！真希望能卸下心头重担，有人能分担这件可怕的消息。

一只温度信差经过身旁，感觉到他的沮丧。她以为他还没睡醒，便提供了太阳热能，让他能恢复体力。雄蚁即刻用新获得的精力，企图说服这只蚂蚁。

"警戒！侏儒蚁设下埋伏，探险队被歼灭！"

但他连一开始叙述时所带有的真实口吻都失去了，温度信差像没事人般地走开。

327号仍不气馁，他循着地道跑，沿途放送警戒气息。有时候，一些兵蚁会停下脚步，驻足聆听；有的还与他交换意见。可是他那毁灭性新武器的故事实在太离奇了，毫无真实感。没有任何团队能够处理，也没有任何军队成立任务小组负责。他走着走着，彻底绝望。

当他走到地下第4层，一条蚁迹罕见的地道里，他身后出现声响，有人跟踪他。327号雄蚁转身用红外线单眼探查地道，眼底尽是红点和黑点，没人。奇怪，一定出了什么差错。身后的脚步声再度响起，嗤——嘶——是个断了两只脚的跛子，正往他的方向靠近。为了确定有人跟踪，他行经每个交叉口时都故意改道，然后暂停一会儿。声音中止。一旦再度提脚前行，嗤——嘶——声音再现。毫无疑问，有人跟踪他。他突然转身，看见那人急忙闪躲。真是奇怪，族群成员为什么要鬼鬼祟祟地跟踪他呢？这里的同伴都开诚布公地相处，绝不会有任何隐瞒。

那闪躲的"身影"依然穷追不舍，但永远保持一段距离，藏头藏尾的。嗤——嘶——该如何应付呢？记得幼蚁时，保育员教导他必须正面挑战危险。

327号雄蚁于是停下脚步，假装梳洗。那身影在不远的地方，几乎可以闻到他的存在。雄蚁一边模拟盥洗的动作，一边摆动触角。好极了，他接收到跟踪者的味道分子了。一只年约1岁的小兵蚁，她发出的味道有些不同，掩盖了通常惯用的身份确认气息。这味道不太容易分辨，好像岩石的味道。

小兵蚁不再东躲西藏。嗤——嘶——雄蚁用红外线单眼清楚地看见她了。她的确少了两只脚，身上散发的岩石气味更浓。雄蚁发射信息。谁在那里？没有回答。为什么跟踪我？没有回答。

干脆忘了这个小意外，继续赶路。然而，雄蚁随即探测到，另一抹身影迎面而来，是一只壮硕的兵蚁。走道相当狭窄，雄蚁无法与她交叉通过。该退回原路吗？如此一来就得碰上那只跛子。事实上，那跛子正快步冲向他。他进退不得。现在雄蚁感觉到——她们俩都是兵蚁，身上都散发着岩石的味道。壮的那只正张开她长长的利剪。这是个陷阱！简直难以置信，同一城邦的蚂蚁竟想置同胞于死地！难道是免疫系统出了毛病？她们辨认不出他的身份味道？她们把他当成陌生人？不可思议，好像自己的胃坚决要刺杀自己的小肠……327号雄蚁提高讯息的发射能量——

"我和你们属于同一族群，我们是同一组织的成员。"

这些兵蚁还年轻，很可能搞错了。然而，这次发射的信息丝毫没有冷却她们的敌对态度。小跛子跳到他的背上，紧抓住他的翅膀，此时大个子张大上颚咬住他的头，兵蚁们密密地捆绑住他，将他拖往垃圾场的方向。

327号雄蚁不断地挣扎。连主性事交谈的环节，都释放各种这些不具生殖能力的兵蚁无法理解的情绪分子。他已从不解转成恐慌。为了不受这些"抽象"概念的污染，小跛子死命地黏附在雄蚁的中胸骨盾甲上，拼命用上颚磨蹭他的触角，防止他散发任何费洛蒙，尤其是确认身份的味道分子。不过，她们带他强行前往的地方，身份气味是派不上用场的……

这悲惨三人行，气喘吁吁地朝人烟罕至的地道前进。小跛子有条不紊地持续清除费洛蒙的工作，仿佛不愿雄蚁头上还残留任何讯息。雄蚁不再挣扎，顺从地，他决定慢慢停止自己的心跳，他决定自杀。

△

"为什么暴力充斥，怨气冲天？我的兄弟们，为什么？我们只是单一的个体，但我们都是大地与上帝的子女。停止无谓的争吵吧！22世纪将是精神层次的世纪，但也许不是，抛弃来自骄傲自大、表里不一的宿怨吧！

"个人主义才是我们真正的敌人！一位需要救济的弟兄，你竟忍心眼睁睁看他饿死！你不配成为我们地球村的家庭成员。迷失的人向你祈求帮助和支援，而你竟关上门。你不是我们的伙伴。

"我认识你，蜷藏在丝绸下的良知！你们只想自己享乐，只为个人荣耀。你要幸福,是的,只有你个人或亲朋好友能享有的幸福。

"我认识你们,我告诉你们。

"你!你!还有你!不要对着电视荧幕微笑,我讲的是严肃的事。我要对你们讲述人类的未来,无意义的生活不能再持续下去了。我们浪费并毁坏着所有的一切。森林被轧压制成抛弃型面纸,所有东西都变成抛弃型——免洗餐具、圆珠笔、衣服、照相机、汽车。

"你们还没察觉到吗?连你们都成了可抛式物件。丢下肤浅的生活方式,就是今天,免得明日被迫放弃!

"加入我们,我们的信徒阵营。我们都是上帝的兵士,我的兄弟们!"

播报员的影像出现。"以上布道节目由主张45天基督复活论教派的麦当劳神父主讲,并由冷冻食品公司和香甜乳品企业共同赞助提供。现在将为您播放连续剧《外星人,引以为傲的外星人》。在这之前,先进一段广告。"

露西无法像尼古拉一样,借由看电视平息脑海中澎湃的思绪。乔纳坦下去8小时了,没有任何消息!她还没有足够的勇气下去。

拿起电话筒,拨下紧急求救的号码。

"喂,警察局吗?"

"我跟你说过不要打电话。"

厨房传来微弱平淡的声音。

"爸爸!爸爸!"

露西正要挂上电话,对方传来:"喂喂,请说话,告诉我们地址。"咔嗒!

"没错,是我,没什么好担心的。我不是叫你们安静地等我回来吗?"

不用担心?开什么玩笑?

乔纳坦手上抱着聒喳喳的遗体,鲜血淋漓,血肉模糊;而他也挂了彩,不过并没有受到惊吓,也没有精疲力竭的样子。相反地,乔纳坦似乎相当高兴,嘴角挂着笑容。不,不是的。该怎么说呢?他仿佛衰老许多，又像生了场大病。眼神炙热，脸色苍白，浑身颤抖，还微微喘着气。

看见狗狗尸骨不全，尼古拉不禁号啕大哭。可怜的卷毛狗像被剃刀割碎般，他们把狗放在摊开的报纸上。尼古拉因为失去伙伴而不停地哭泣，一切都结束了。

当他喊"猫"这个字时，再也看不到狗狗拼命往墙上跳的模样了。狗狗兴奋地跳跃开门的画面也不会再有；再也没有机会从那头高大的同性恋德国牧羊犬的纠缠中，拯救聒喳喳了。聒喳喳已经不在了。

"明天我们把它带到拉雪兹爱犬墓园。"乔纳坦安慰道，"花4500法郎买座坟给它。你知道，墓碑上可以镶嵌相片的那种。"

"喔，好的，好的！"尼古拉在两声啜泣间说道，"它至少该有这些。"

露西还没回过神来，她不知该从何问起。为什么待了这么久？狗狗发生了什么事？他呢，又遭遇了什么？他想吃点东西吗？他想过家里的人有多着急吗？

"下面到底有什么？"她淡淡地问了一句。

"没什么，什么都没有。"

"可是你知道你回来的样子有多吓人吗？而且狗狗……好像掉进电动碎肉机里。它到底怎么了？"

"公证人说得对，下面都是老鼠，聒喳喳是给愤怒的老鼠咬死的。"

"那你呢？"

他苦笑。

"我的身材高大得多，它们怕我。"

"真荒唐！在下面待了8小时，你到底在做些什么？该死的地窖里藏了什么东西？"她气急败坏地说。

"我不知道地窖里有什么，我没走到尽头。"

"你没走到最底下？"

"还没，地窖非常深。"

"8个钟头还没到地窖的尽头!"

"没有,我看见狗时就停住了。那里到处是血,聒喳喳奋力地抵抗。真难想象一只那么小的狗能支撑那么久。"

"你在哪里停住?半路?"

"我怎么知道?总之,我再也无法继续下去,我也怕啊!你知道,我受不了黑暗和暴力,也无法不明就理地一直往下走。何况我想起你们,你无法想象那是多么地……如此黑。"

乔纳坦的左嘴角抽动了一下。露西从没看过他这副模样,明白不能再逼问他了。于是双手揽住他的腰,亲吻他冰冷的双唇。

"冷静点,事情已经结束了。我们马上把门封起来,谁也别再提了!"

乔纳坦倒退一步。

"不,还没结束。那里,现场一片血红,所以我才停下来的。每个人都会在那里停下脚步的。人总是容易被血腥暴力震慑住,就算发生在动物身上也一样。可是我不愿就此打住,也许离目标不远了……"

"你不会是想再下去吧!"

"是的,埃德蒙去过了,我一定也能到达。"

"埃德蒙?你埃德蒙舅舅?"

"他在底下做一些事,我想知道是什么。"

露西挤出一丝呻吟。

"求求你,看在我和尼古拉的分儿上,就别再下去了!"

"我别无选择。"

乔纳坦的嘴角再度抽动。

"长久以来,我做事总是半途而废。当危险迫近时,我就停滞不前。看看我,这个人也许从来没有经历过大凶险,也没有成就过什么大事业。我应该继续当锁匠的,就算被袭击受伤,也只好自认倒霉。这将是一场洗礼,让我认清血腥暴力,学习如何看待它。否则,一径地逃避困难,我永远只是个长不大的小孩而已。"

"你疯啦!"

"不，我没疯。人不可能一辈子活在茧里。这个地窖提供一个千载难逢的机会，让我跨出障碍。如果我不去做，我将无法面对镜中的自己——一个懦夫。而且，你还记得吗？当初是你强迫我下去的。"

他脱掉沾满血迹的衬衫。

"别再说了，我已经下定决心，不会更改。"

"好吧！既然如此，我跟你一块儿去！"露西抓起手电筒宣布说。

"不行，你留在这里！"

他紧抓住露西的手臂。

"放开我，你是怎么回事？"

"对不起。可是你一定要了解，地窖是我个人的事，是我的潜航，我的道路。没有人能干涉，你听到了吗？"

两人身后的尼古拉仍对聒喳喳的遗体泪流不止。乔纳坦放开露西的手臂，走到儿子身边。

"好了，振作起来，男孩！"

"我受不了，聒吱死了，而你们只顾着吵架。"

乔纳坦想转移他的注意力。他拿起一盒火柴，取出6根火柴棒摆在桌上。

"来，看这边。我来表演一道谜题，用6根火柴棒摆出4个等边三角形。想想看，你应该可以找到答案。"

小男孩一脸讶异。他擦去眼泪，擤擤鼻涕，开始用不同的方法排列组合。

"我可以给个暗示，想找到答案必须改变思考模式，平常的思考方式，是没有结果的。"

尼古拉摆出3个三角形，不是4个。他抬起蓝色的大眼睛，眨眨眼皮。

"你找到答案了吗，爸爸？"

"还没有。不过我觉得就快了。"

乔纳坦暂时安定了他的儿子，但他的老婆却无法平静，露西对他射出愤怒的目光。当晚，他们大吵一顿，乔纳坦依然不愿对她提及任何有关地窖的事。

  翌日，乔纳坦很早就起床。花了整个早上，在地窖入口装了道铁门外加巨锁，并将唯一的钥匙挂在脖子上。

▼

  一阵天旋地转，毫无预警的大晃动。先是墙壁晃得厉害，泥沙接着由天花板直泻而下。第二波几乎尾随而至，然后第三波、第四波……大地无声的摇晃愈演愈频繁，也愈来愈靠近这组怪异的三人行。永无止境的轰隆低吼，天翻地覆。

  年轻的雄蚁因大地的摇撼而苏醒，心跳重新加快。他张开大颚朝两只剑子手使劲咬去，出其不意地吓了她们一跳。值此千钧一发之际，雄蚁往塌陷的地道脱逃。他挥舞着尚未发育完全的翅膀加速奔逃，一蹦一跳地穿越土砾堆。但愈来愈激烈的阵阵摇动，使他不得不停下脚步趴倒在地，等待沙土如雪崩般席卷而来。走道的整条侧边与其他走道的中央路面互相激荡。

  桥梁、拱门和地下室一一塌陷，伴随着数以百万计的惊愕身影。最高警戒的气味讯息已经发出，逐渐扩散。第一级费洛蒙的激动气息笼罩着所有的上层地道；闻到这个味道的居民立刻害怕得直打哆嗦，像无头苍蝇般乱撞，并一路释放更刺鼻的费洛蒙味道。恐慌如雪球般愈滚愈大。云雾般的警戒气息急遽散开，飞往所有受创地区的每一条地道，最后汇集至主要干道。

  渗透族群内部的外界入侵者，引发了年轻雄蚁一直企图唤起却徒劳无功的警戒状态——痛苦的毒素。不一会儿，贝洛岗城民乌黑一片，如暗红血液般更加快速地流动。大伙忙着撤离灾区附近的蚁卵，兵蚁集合，组成战斗小组。

  摇晃停止。327号雄蚁正位于一处大型的地道交叉口，一半的路面已经被沙土和蚁群挡住。一阵胆战心寒的沉寂接踵而至。所有的蚂蚁静止不动，等待着后续的发展。触角挺起，轻轻晃动，等待。蓦然，刚才针扎似的笃笃声消失了，某种低沉的吼啸起而代之。城邦外部的枝丫结构好像刚被凿穿。

硕大无朋的物体从圆顶钻进，咬碎墙壁，越过枝丫间往下滑。粉红巧致的舌头跃然出现于交叉路口中央，不断地在四周挥打，迅疾如风地刮过地面，尽可能地席卷他触及的居民。在舌头的前端排列成串的大群兵蚁直冲向前，企图用她们的大颚攻击。

舌头感觉攫取的猎物够多了，往上面缩回消失踪影，将整口蚂蚁一股脑囫囵吞入腹中后，再度瞄准出击。这次舌头伸得更长，更加贪婪，更加锐不可当。第二级警戒开始发布。工蚁利用腹部尖端敲打地面，通知下层的兵蚁。她们尚未察觉到惨剧发生。

整个城邦回荡着原始的咚咚声，仿佛"城邦有机体"正在喘着气。

嗒！嗒！嗒！笃……笃……笃……

外界入侵者回应着，他再度敲击圆顶，想更进一步深入内部。所有居民尽量贴近墙壁，以免遭到这条疯狂红蛇的吞噬。觉得黏食的猎物太少，舌头伸得更长。一个鸟喙，然后跟着的是巨大的头。

一只绿啄木鸟！春天的杀手。这种嗜食昆虫的贪婪鸟类能深入挖开褐蚁蚁窝达60厘米，然后饱餐里面的居民。此刻，第三级警戒施放。有些工蚁在极度惊惶又无从发泄的情况下，精神进入半疯狂状态，甚至因恐惧太甚，而不由自主地手舞足蹈起来。断断续续地动着，跳跃，大颚不住颤声开合、反吐……其他的蚂蚁则完全陷入歇斯底里的状态，盲目地在地道乱窜，碰上会动的东西就咬。这是恐慌的负面影响。

城邦不仅无法消灭入侵的外来者，反而因恐惧而自我毁灭。尽管大变动局限在地上第15层的西半部，警戒升高至第三级后，整个城邦都已部署完毕准备开战。工蚁将卵搬至最底下的楼层以免遭到伤害，成排快步行军的兵蚁迎面与她们错身而过，个个张大上颚。

历经世代传承，蚂蚁城邦已学会如何对抗这种侵犯。就在局面最混乱的当儿，炮兵属兵蚁早已就位，分配完主要任务等待出击。她们环绕着绿啄木鸟最脆弱的部位——脖子。然后转身就近距离发射姿势，腹部瞄准飞禽。发射！括约肌全力驱动，喷出高浓度蚁酸。

啄木鸟突然痛苦地感觉到有东西在他的脖子上勒了一圈满是刺针的围巾，一阵痛彻心扉的疼痛。他挣扎着，但陷得太深，已无法抽身。他的翅膀深陷在圆顶散落的枝丫与泥土中，他再次吐出舌头杀死大部分敌手。

一拨新的队伍马上接替。发射！绿啄木鸟抽搐一下。这次可不仅仅是刺针，而是荆棘。啄木鸟仓皇失措地乱撞。发射！蚁酸再次喷出。啄木鸟浑身乱颤，呼吸开始变得困难。发射！蚁酸腐蚀他的神经，无可遁逃了。

发射终止！拥有巨大上颚的兵蚁从四面八方蜂拥而上，在蚁酸蚀开的伤口处猛咬。另一组人马绕到外面，站在圆顶的残垣断壁上寻找啄木鸟的尾巴，然后从气味浓厚的部位——肛门，开始钻孔。这批天赋异禀的士兵，不一会儿就把肛门口弄大，顺势滑落进啄木鸟的肠子里。

先前的部队早已咬开喉咙的皮肤。当第一股鲜血涌出，费洛蒙警戒讯息终于停止。战争至此胜负已定。喉咙的开口愈来愈大，蚂蚁成群结队四处游走。喉管里还有一些幸存者，她们获救了。接着兵蚁侵入头颅，找寻通往脑髓的入口。一只工蚁发现了一条通道——颈动脉。必须是正确的那条才行——要自心脏直通脑髓的动脉，而不是反向的那条。

找到了！4只兵蚁啮破血管跳进红色液体中，借由心脏推动的血流，带她们前往半脑的正中心。她们准备在这里大显身手，翻搅脑脊髓灰质。啄木鸟痛不可当，左右不停地滚动，然而他再也无力还击。

此时，另一团蚂蚁潜入肺部，再次喷射蚁酸。啄木鸟费力地呛咳。还有一路全副武装的装甲部队闯入食道，在消化系统的管道里与另一路从肛门切入的人马会师。这队人马迅速地从大结肠，一路破坏所有上颚可及的重要器官。她们在肌肉间穿孔，一如习惯性地挖掘泥土，咬啮着胃、肝、心、脾脏和胰脏，一个接一个，仿佛遭遇顽强的硬土。

有时血液或淋巴液出乎意料地泉涌而出，淹没几只蚂蚁。不过，只有不懂如何切割及由何处下手的笨拙蚂蚁，才会不幸遇难。其余的队员有系统地在鲜红和晦暗的肌肉间持续行进。她们深知肌肉痉挛时被压碎的危险，也绝不会去碰触溢满胃酸或胆汁的区域。

两路队伍最后在腰部完成会师大典。鸟儿仍苟延残喘，他的心脏虽然遭到无数的齿啮，仍忠实地运送血液到千疮百孔的血管中。不等被害者咽下最后一口气，成串的工蚁排整队伍，整齐的步伐踏在搏动的肉块间。这些小小的外科医生是无敌的，当她们在脑部区域动刀时，啄木鸟抽动一下，最后的一下。

整个城市涌来肢解这个怪物。地道里挤满了蚂蚁，挥舞着羽毛或绒毛纪念品。

泥水工蚁早已动手重建受创的圆顶以及地道。远远看去，还以为蚁窝正在吞食一只鸟。吞咽，消化，分送肉块、脂肪、羽毛和鸟皮到需要这些物资的城邦各地。

创世记——

蚂蚁如何构建文明？

想了解这一点，必须回溯到好几亿年前，也就是地球出现生命的初期。

首批驾临的生命，昆虫赫然在列。它们似乎不太适应生活环境，身材既小又脆弱，是所有掠夺者的最佳猎物。

因此，为了延续生命，某些昆虫，例如蝗虫，选择大量繁殖的方式传承香火，反正一次产下数量众多的幼儿，一定有几只能存活；另外，有些昆虫，例如胡蜂或蜜蜂，则衍生出毒液，代代相传自然生成的毒螯，使它们转而成为人人皆怕的生物；还有，像蟑螂类的昆虫，演化成不能食用的虫类，身上特殊腺体的分泌物使它们的肉质奇差无比，以至于没有生物愿意尝试；再来像螳螂或飞蛾之属，利用保护色伪装，它们的身躯形似树叶或树皮，使它们在充满杀机的大自然里，不被发现。

然而，在开天辟地混沌之初，很多昆虫还没有发展出任何"求生绝招"，它们似乎注定要绝种。在众多"不适者淘汰"的物种里，最明显的非白蚁莫属。白蚁大约在 1.5 亿年前开始在这片地表上出没，以啃食木头为生，它们几乎没有继续存活的机会。太多的天敌，天生的求生绝招又不足以抵抗它们……

白蚁的命运叵测？大量的白蚁死亡，幸存者被逼至绝境，幸而它们及时激发出一套别出心裁的对抗方案："绝不单打独斗，创立团结的队伍；攻击 20 只团结对外的白蚁是相当困难的。"白蚁就此开展复杂化的伟大演进原则：社会组织。

这些昆虫开始过团体生活，最早是家庭制——整个团体以生育后代的母亲为中心。接着由家庭扩大为村镇，村镇对外发展为城市。沙土和水泥建立的城邦很快耸立地球表面。白蚁是我们星球上最早具有智慧的大师，也创立了第一个社会组织。

埃德蒙·威尔斯
《相对且绝对知识百科全书》

327 号雄蚁发觉那两只带岩石气味的杀手已失去踪影。他已经摆脱她们。运气好的话，她们可能葬身在坍塌的落泥中。别想得太美，麻烦还没完，他已经失去身份确认的味道了，现在只要碰上任何一只兵蚁，他就完蛋了。他的姊妹顺理成章把他当外人看待，他可能连解释的机会都没有，就毫无预警地被蚁酸射击或遭大颚狂咬。这是保留给身上没有联邦身份气味者的待遇。

荒唐。他怎么会落到这种地步？都是那两只发出岩石气味兵蚁的错。她们发什么神经？一定是疯了。虽然这种病例很罕见，遗传因子设定错误也会引发类似的心理疾病；一种近似第三级警戒发放时，蚂蚁任意攻击他人的歇斯底里症。不过那两只看起来没有歇斯底里的症候，也不像退化。她们似乎对自己的行动了然于胸，甚至好像……

只有在一种情况下，某个个体才会在意识清楚的状态下歼灭同组织的其他个体，保育员称之为癌症。她们好像……罹患了癌症。岩石的气味原来是疾病的味道……这又是一件必须发布警报的事件。

327 号雄蚁今后有两道谜团待解——侏儒蚁的秘密武器，以及贝洛岗里有人罹患癌症。他却无人能讲，必须全盘考量……他心中已经有解决的方案了。

他清洗触角。濡湿（舔舐触角时，没闻到确认身份的费洛蒙气息，自己都觉得很奇怪），刷洗，再用肘间的须毛梳理、烘干。

天哪，怎么办？先保住性命再说。只有一只蚂蚁能借由红外线影像来辨识他的身份——城邦之母。但是，皇城四周都是士兵。算了，反正，贝洛·姬·姬妮不是说过一句至理名言——通常最危险的地方也是最安全的地方？

△

"这里的人对埃德蒙·威尔斯的观感不是很好。当他要离开时，也没有人挽留他。"

说这番话的是个老先生，有一张讨人喜欢的脸庞。他是"香甜乳品企业"的低阶主管。

"可是听说他发现新品种的霉菌，可以让优酪乳散发浓郁的香气。"

"在化学的领域里，必须承认他有一些惊人的创举。不过不常有，只是偶尔。"

"您和他有不愉快吗？"

"老实说，没有。这样说吧，他在团队中自成一派，就算他的霉菌替公司带来数百万的收益，这里的人也不会感谢他的。"

"您能说得明白些吗？"

"每个团队都有领导人。埃德蒙无法忍受领导人，甚至任何形态的层级隶属关系。他瞧不起管理者，他老是说他们只知道'为消费而消费，完全不事生产'。但我们都必须为五斗米折腰，屈意奉承老板。这没什么不对，完全是应系统运作而行。他呢，骄傲自负，这点让同事比他的上司对他更不满。"

"他为什么离开？"

"他和公司的低层主管为了一件事起争执，那件事，我必须说——

他完全没错。那个低层主管到他的办公室里乱翻东西，埃德蒙发了顿脾气。而当他发现公司的人都支持对方时，他不得不走。"

"可是您刚说他没错……"

"有时宁可为了维护有权势者的利益，而落入懦夫的行径，也比为值得同情的升斗小民挺身而出好得多。埃德蒙在这里没有朋友。他不和我们一同吃饭，不和我们出去喝两杯，他总是心不在焉的。"

"为什么您现在向我坦白您的懦夫行径？您不需要对我全盘托出。"

"嗯，自从他过世后，我一直在想，我们的行为的确不太好。您是他外甥，向您告白，我感觉轻松许多……"

▼

阴暗狭窄的走道尽头，一座木头碉堡。皇城。

整栋建筑的基座是一段松树树墩，沿着外缘加上圆穹屋顶。树墩不仅是贝洛岗的中心，也是擎天支柱。因为皇宫以及珍馐美馔全都储藏在这里，也因为它的支撑，城邦才能面对狂风骤雨屹立不摇。近点看，皇城的板壁镶有复杂的花纹，类似蛮族的文字镌刻。

这些廊道都是这截树墩的第一批占有者——白蚁，所挖掘的。5000年前，贝洛·姬·姬妮首代皇后降落在这个地域，她立即与白蚁发生冲突。漫长的烽火达千年之久，贝洛岗人赢得最后的胜利。然后她们惊喜地发现这座"巩固的"城市，木头中凿穿的地道，永不崩塌。

这截松树树墩开展了她们都市和建筑计划的全新远景。高处，是一片挑高的平台；底下，是深入大地盘根错节的树根。太完美了。然而，树墩很快就无法容纳激增的褐蚁蚁口。因此，她们顺着树根往下挖掘，同时将枝丫架在被砍断的树上，让屋顶更宽广。

目前皇城人烟稀少，除了城邦之母和一帮禁卫队的精英外，其他的子民全住在外环地区。327号迈着谨慎而不规律的步伐进逼树墩。太规律的振动马上会被察觉判定有人接近，而不规律的振动可能误判为轻尘散落。只要祈祷路上不要遇见卫兵就好了。他匍匐前行。

距皇城只剩200颅的距离。他可以看见贯通树墩的十几个入口；正确地说，应该是守护入口的"守门蚁"的头颅才对。守门蚁的头颅因基因突变而巨大扁圆，看起来像根粗铁钉，恰好填满她们职责所在的入口。

这些活生生的大门在过去已经发挥了功用。780年前，草莓战争期间，黄蚁入侵城邦。贝洛岗的所有子民全跑到皇城避难，守门蚁且战且退，头颅堵住所有入口，密不透风。

黄蚁整整花了两天才冲破这道防锁。守门蚁不仅挡住入口，还用长长的大颚发动攻势。100只黄蚁合力才能冲破一只守门蚁的防线。最后她们不得不凿穿守门蚁头上的甲壳，才突破防守。这些活生生的"大门"没有白白牺牲，联邦的其他城市因而得到喘息以重整旗鼓。数小时后，城邦光复了。

327号雄蚁并不妄想独自挑战一只守门蚁。他盘算着，当门打开时，例如，当她移动让一只搬运蚁卵的保育员通过之际，他可以在门关上前趁机冲进去。刚好一个大头移动了，通道出现给……一只兵蚁。失败，他不能冒险尝试，兵蚁会马上奔回将他杀死。又一只守门蚁的头动了动。雄蚁六只脚微微弯曲，摆出起跳的姿势。

不行！弄错了，守门蚁不过动动头换个位置而已。

长久持续把脖子圈在木头当中，是会引起痉挛的。

算了，他的耐心到了极限，他冲向障碍物。待他进入守门蚁触角能及的范围时，守门蚁发现他身上没有确认身份的费洛蒙。她往后退封住入口，同时发放警戒分子。

"有陌生人闯进皇城！有陌生人闯进皇城！"

她犹如警铃般反复地施放警报。她转动长螯吓阻对方，并想向前厮杀，但是命令无法违抗——"防堵为首！"

动作得快。雄蚁拥有一项优势——他可以在黑暗中视物，而守门蚁双眼皆盲。他冲过去，避开凌空乱咬的大颚，然后潜近，攫住两块大颚的里端，一块一块地剪断。透明的血液流泻。两块残废的大颚仍不住地猛咬，但已不具攻击性了，可是327号还是过不去。对手的尸体堵塞住入口，因痉挛而抽动的脚仍反射性地压紧木头。

怎么办？他将腹部靠在守门蚁的前额上，发射。身躯振动一下，被蚁酸腐蚀的甲壳开始溶化，散发缕缕灰色轻烟。头颅太大，他必须发射四次才得以开出一条孔道，穿过扁平的头颅。他过去了。入口的另一端，他看见一片萎缩的胸廓和肚子。守门蚁真的只是一扇门而已。

竞争对手——

5000万年以后，首批蚂蚁出现。它们也只能互相依赖。原始蚁是野生独居胡蜂的远系子孙，既没有巨大的上颚，也没有螯针。它们既瘦小又羸弱，但绝对不笨。它们很快地了解到仿效白蚁的好处，必须团结。

它们创造村镇，建立粗陋的城邦，而白蚁马上意识到这股竞争势力的威胁。依照它们的想法，地球上只容许一种社会性昆虫存在。此时战争已无可避免。

战火蔓延至全世界，在各岛屿、树木和山岳间展开。白蚁城邦的军队与蚂蚁城邦的新兴军团相顽抗，这是动物界前所未有的现象。数以百万的大颚彼此短兵相接，不是为争夺食物，而是由于"政治"的目的。起初，经验老到的白蚁连战皆捷。不过蚂蚁也不是省油的灯，它们努力适应，仿造白蚁的武器，更加以改进创造出新式武器。白蚁和蚂蚁的世界大战笼罩了全球，从前5000万年延续到前3000万年。同一时期，蚂蚁发明蚁酸喷射武器。优劣态势产生了决定性的转变。

直至今日，两敌族间的战争仍持续着。但是白蚁兵团已绝少获胜。

埃德蒙·威尔斯
《相对且绝对知识百科全书》

△

"您是在非洲认识他的，对吧？"

"是的。"教授回答,"埃德蒙当时非常悲伤,他的太太去世了,他因此狂热地投入昆虫研究。"

"为什么研究昆虫?"

"为什么不?昆虫的魅力是世代相传的。我们的祖先就已经害怕蚊子,怕被传染热疾;害怕跳蚤,怕被叮痒得受不了;害怕蜘蛛咬,也害怕象虫吞掉他们储藏的食物。这都是有迹可循的。"

乔纳坦现正在枫丹白露的国家科学研究中心,昆虫研究区的326号实验室。与他在一起的是丹尼尔·罗森菲教授,一位英挺的老者,头发束成马尾,面带微笑,说话像连珠炮一般。

"昆虫非常耐人寻味。比起我们,它们又小又脆弱,然而它们嘲弄我们,甚至威胁我们。想清楚点,我们终将葬身于昆虫之腹。因为蛆,也就是苍蝇的幼虫,啃食我们的遗体。"

"我从没想过这些。"

"长久以来,昆虫一直被视为罪恶的化身。别西卜(编者注:Belzébuth,"鬼王",被视为引起疾病的恶魔。)、撒旦的门徒等以苍蝇头来代表,绝非偶然之事。"

"蚂蚁的风评比苍蝇高。"

"视情况而定。每种文化各持有不同的看法。在犹太法典《塔木德》里,蚂蚁是诚实的象征;中国西藏地区的佛教教义,则将它们视为物质世界的红尘一粟;象牙海岸(编者注:现在称科特迪瓦。)的巴乌莱人相信,怀孕的妇女若被蚂蚁咬,将来生下的小孩会有个蚂蚁头;某些波利尼西亚人反而把它们奉为小小圣灵。"

"埃德蒙以前研究的是细菌,后来为什么放弃呢?"

"细菌研究带给他的乐趣,根本比不上昆虫研究的1‰,尤其是对蚂蚁的研究。我所谓'他的研究'指的可是一项全心投注的承诺,也就是他发起请愿活动,反对在大型卖场中出售的蚁窝玩具,一个塑胶盒里有一只蚁后和600只工蚁。他同时还鼓吹利用蚂蚁'除虫害',有系统地在森林里建造红蚁蚁窝,清除林中的害虫。聪明的点子。过去,在意大利曾用蚂蚁对抗松树毛虫,在波兰对付冷杉木蠹。这两种害虫危害林木甚巨。"

"运用昆虫消灭另一种昆虫,是这个意思吗?"

"嗯,他呀,管它叫'外交干涉'。20世纪,人类用化学药剂做了许多蠢事。永远不要正面捕杀昆虫,更别小看它们或妄想驯服它们,就像驯服其他哺乳类动物一样。昆虫是另一套哲学,举例来说,昆虫发展出抵制化学毒药的妙招——'抗药性'。您知道,我们无法避免螳螂的侵害,是因为螳螂已学会适应一切。这些家伙,往它们身上浇杀虫剂,99%的害虫会死亡,但1%逃过一劫。幸存者不但产生免疫力,连它们的下一代也好像接受过'预防注射'似的,100%不受杀虫剂影响。200年来,我们重复地犯下相同的错误,不断地增强农药的毒性,到头来,杀死的人类比昆虫还多。我们创造出超强抗药性的虫类,能吞下最剧烈的毒药而毫发无伤。"

"您的意思是,我们没有真正能防治虫害的办法?"

"您自个儿看,到现在还有蚊子、螳螂、象虫、嗤嗤蝇和蚂蚁。这些昆虫经得起考验。1945年更发现,只有蚂蚁和蝎子历经核子浩劫而能存活下来。它们连这个都禁得住!"

▼

327号雄蚁使同族的人血溅五步,他卑劣地运用暴力对抗自己的组织,这些在在使他苦涩不已。还有其他的方法吗?他,资讯费洛蒙,能保住性命完成任务吗?如果他杀人,那是因为有人企图截杀他。这是连锁反应,一如癌症。因为族群对待他的方式太怪异,他只好被迫以同样的方式回应。他必须有这个心理建设。他已经杀死一位姊妹了,还可能会杀死其他人。

△

"他到非洲做什么?再说,您自己也说过,蚂蚁到处都有。"

"当然,不过不尽相同。自从他太太过世后,他什么都不在乎了,甚至我猜想,现在往回看,他是否在等蚂蚁协助他'自杀'。"

"我不懂？"

"蚂蚁差点吃了他，天哪！非洲蚕蚁。您看过《当蚕蚁低啸而过》这部电影吗？"

乔纳坦摇摇头。

"当蚕蚁大量成群出没时，它们行经平原并沿途破坏。"

罗森菲教授站起来，仿佛上前挑战一波迎面而来看不见的浪潮。

"刚开始，仿佛听见大片混杂着尖叫、吵嚷，和小昆虫奔逃时脚和翅膀振动的飒飒声。这个阶段还看不到蚕蚁的踪迹。接着，从小山丘后头出现几只兵蚁，很快地跟随这些斥候身后的其他蚕蚁列队前进，根本看不见队伍的尽头。山丘染成一片黑色，就像熔浆岩流所经之地皆化成灰烬。"

教授讲到精彩处，不断来回踱步，挥舞双手。

"非洲毒血。活生生的强酸。它们的数目多得吓人。一群蚕蚁平均每天产下 50 万颗卵，用水桶来装也装不完……因此，黑色硫酸之渠流动着，经过斜坡和树林，没有东西能挡住它。可怜的鸟、蜥蜴和食虫哺乳动物，万一不幸靠近，不免惨遭撕碎分尸的命运。《启示录》景象的体现！蚕蚁不怕任何动物。有一次，我看见一只好奇心太重的猫咪转眼间被肢解。它们甚至利用同伴的尸体，搭成浮桥过溪……

"在象牙海岸蓝姆图生态中心的邻近区域，也就是我们进行研究的地方，当地居民仍然想不出方法对付它们。所以当我们宣布这些小小阿提拉即将入侵村镇时，所有居民马上携带贵重财产逃走。他们把桌子和椅子的脚放在醋桶中浸泡，再来只能祈求上帝保佑了。当他们回来，村里好像台风狂扫过般，一干二净。没有任何食物或有机物质残留，害虫一只都不剩。蚕蚁竟然变成清洗屋舍的最佳工具。"

"它们这么凶狠，你们如何研究？"

"我们等到正午。昆虫不像我们具有温度调节系统，当户外气温达 18℃时，它们的体温也是 18℃。所以一到酷暑季节，它们的血液便沸腾。对它们而言，这是无法忍受的事。当第一道艳阳洒下，蚕蚁便挖掘一个宿营巢穴,在里面安静等候气温的变化。这好比迷你冬眠,只不过催促它们蛰伏的是酷暑,而非严寒。"

"然后呢?"

乔纳坦对沟通并不在行。他认为讨论需要利用两种沟通瓶子。一个知道,瓶子是满的;另一个不知道,瓶子是空的。一般而言,他属于后者,不知道的那一方竖起耳朵聆听,偶尔丢一句"然后呢?""告诉我这个"和不停地点头以助演说者之兴。就算有别的沟通方式,他也不会知道。更何况,借着观察身旁的人,他发觉双方都只是在同一时间自言自语,每个人都想将对方当成免费的心理分析师。在这个情况下,他比较喜欢自己的方式,看起来也许很无知,但至少能不断地学习新知。有一句中国谚语不是说:"知之为知之,不知为不知,是知也。"(提问题的人笨五分钟,不提问题的人终生愚笨。)

"然后嘛,我们就去啦,天哪!相信我,真的非常骇人听闻。我们计划找出该死的蚁后,每日能产下50万颗卵的肥婆。我们不过想看看她,顺便拍几张相片罢了。我们穿上清理下水道用的大雨鞋。埃德蒙运气不好,他穿43号,可是只剩下一双40号的,结果只好穿上平常的涉水鞋就去了……

"我记得很清楚,就像昨天才发生似的。12点30分,我们在地面上追踪到一处外形类似宿营巢穴的地点,然后开始在四周挖掘土壤。13点30分,我们挖到了外层房室,一种黑色的液体状物质,啪嗒啪嗒流出来,数千只不具生殖力的兵蚁张合着大颚。这类昆虫的大嘴,简直就像剃刀般犀利。它们爬上我们的鞋子,而我们拿铲子和十字镐持续地挖,目标蚁后闺房。

"终于找到了我们的宝藏——蚁后。她比欧洲地区的蚁后大上10倍。我们从各个角度拍摄。她一定散发出味道语言向我们怒吼,呼喊立刻出现效应,四面八方涌来的兵蚁在鞋子上叠成小山丘。有几只借助同族姊妹们的身躯往上爬升,终于钻进橡胶鞋里。它们从那儿窜入裤管,进到衬衫里面。我们全都变成格列佛,只是迎接我们的小人国国民一心只想把我们撕裂当成粮食!尤其要特别注意,千万不能让它们钻进身体的自然孔道——鼻、口、肛门及鼓膜。否则就完蛋了,它们会在体内乱挖!"

乔纳坦保持缄默,有些吃惊。至于教授,正穿过记忆,奋力地模仿当年的景况。

"我们用力拍打想摆脱它们,它们却循着呼吸与汗水的指引前进。我们学过瑜伽,练习放慢呼吸并控制恐惧。我们试着不去想,忘却成串想置我们于死地的兵蚁。总共拍完两卷底片,有些还用了闪光灯。任务结束,我们马上跳出土壕。只有埃德蒙例外,蚂蚁已经将他的头整个笼罩住,正打算吃掉他!我们帮他拍掉手上的蚂蚁,脱掉衣服,然后用袖套刮掉占据他身上的大嘴和巨颚。我们都受到重创,不过都没有没穿雨鞋的埃德蒙严重。他吓傻了,他散发出恐惧的费洛蒙。"

"太可怕了。"

"才不,他能活着脱身真棒,何况他并未因此而对蚂蚁产生反感。相反地,他更加兴奋地研究它们。"

"后来呢?"

"他回到巴黎后就失去了消息,这家伙居然连通电话都不拨给老罗森菲。后来,我在报上看到他去世的报道,愿他的灵魂得到安息。"

他走过去拉开窗帘,检视镶嵌在五彩釉板上的温度计。

"嗯,才4月就已经30℃了,真不可思议。这样下去,10年后法国将变成热带国家。"

"会到这种地步?"

"一般人不容易察觉,因为变化是渐进的。但我们这些昆虫学家对细枝末节比较敏感:在巴黎盆地可以看见赤道地区的典型昆虫,您难道没发现蝴蝶变得愈来愈光彩夺目了吗?"

"的确,昨天我才看见一只红黑相间的荧光色蝴蝶停在一辆车上。"

"那是五彩斑蝶,目前为止只在马达加斯加出现的有毒蝴蝶。照这个情况下去,您可以想象蚕蚁跑到巴黎吗?早安恐慌,一定非常有趣……"

▼

　　清洗触角又吃了几块温热"被撞开的"门蚁后，没有气味的雄蚁在木头地道内小步奔走。城邦之母的房间在那边，他闻得到。运气很好，气温25℃。在这种温度下，皇城内的人并不多，他应该能轻易地溜进去。

　　突然，他察觉出两只兵蚁的味道，从他的反方向飘来。一大一小。而且小的那只还少了几条腿。他们遥远地嗅着彼此的气息。怎么可能是他！怎么可能是她们！

　　327号雄蚁拼命地奔逃，希望摆脱她们的纠缠。他在这座三度空间的迷宫中左弯右拐。他跑出皇城，守门蚁并未试图拦下他的脚步，因为她们只授命阻挡由外入内的渗透。

　　雄蚁的脚现在踏着的是松散的泥土地，逢弯便转。可是另外两只一样地迅速，一点都没被甩开。此时，雄蚁正巧将一只扛着枝丫的工蚁撞个倒栽葱；他不是故意的，却因此延缓了那两只一身岩石味杀手的追杀。

　　趁这个当儿，快，他躲入一处凹槽。跛子走过来，雄蚁往藏身处里面缩。

　　"他去哪儿了？"

△

　　"他又下去了。"

　　"怎么这样，又下去？"

　　"他从昨天晚上到现在，一直在里面。"

　　露西拉住奥古斯妲的臂膀，领她到地窖门边。

　　"都没再上来？"

　　"没有，我不知道发生了什么事，而且他不准我报警。"

　　奥古斯妲大吃一惊。

　　"可是没道理啊！他舅舅明明禁止……"

"他现在还带了许多工具下去——钢板、水泥块……他到底在下面搞什么?"

露西双手抱头。她已经身心俱疲,觉得又将陷入深沉的沮丧当中。

"不能下去找他吗?"

"不行,他装了锁,从里面锁上。"

奥古斯妲如被击溃般颓然坐下。

"唉,早知道谈埃德蒙会惹出这么多事端的话……"

专才——

现代化的蚂蚁大城,经过数百万年持续的分工形态,而导致基因突变。因此,某些蚂蚁生来就具有巨大的剪刀状大颚,成为士兵。其他的则拥有能嚼碎谷物的嘴,正好制作面粉。还有一些具备旺盛的唾液分泌腺体,则用来濡湿幼蚁并杀菌消毒。

有点类似我们的世界里,士兵的手指生成利刃状,农夫有一双钳子脚方便爬树摘果,保育员则拥有数十个乳头。

所有的"专业"突变中,最奇妙的非性爱突变莫属。的确,为了让成山成海的劳动工蚁不受性冲动刺激而分心,它们出生就不具生殖能力。生殖力都集中在一些专业人员——雄蚁与雌蚁身上,也就是相对文化上的王子与公主。它们完全为性爱而生,装备齐全。它们有一切为协助交配而生的新奇装置,从翅膀到红外线单眼,更有收发抽象情绪分子的触角。

埃德蒙·威尔斯
《相对且绝对知识百科全书》

▼

雄蚁的藏匿处不是死胡同,它通往一间小洞穴,327号躲进去。散发岩石气味的兵蚁似乎没有探测到他走过去。但洞穴不是空的,有个温热而芳香的躯体在里面,这东西发问道:

"你是谁？"

嗅觉讯息明确、清晰且不可违抗。借由红外线单眼，雄蚁看见询问他的那个巨大动物。单用眼睛看，猜想体重至少有90粒砂那么重。不是兵蚁，是某种到目前为止他还未闻过、也尚未见过的生物。

一只雌蚁。

神奇的雌蚁！雄蚁仔细观察她，纤细的腿轮廓完美无瑕，腿上还饰有细致的小绒毛，黏黏腻腻地沾满性爱荷尔蒙。厚实的触角轻摇散发浓郁的味道，双眼泛着红光，恰似一对小红莓。巨大的腹部曲线优美又光滑。宽阔的胸膛上铺着一层令人艳羡的颗粒状中胸骨盾甲。还有修长的翅膀，比他的足足大上两倍。

雌蚁张开可爱小巧的上颚跳向他，咬住他的咽喉并想砍下他的头。雄蚁感到窒息，吞咽困难。鉴于他身上完全没有味道，雌蚁不打算松开。是个陌生人，必须予以歼灭。

幸赖身材娇小，327号雄蚁奋力挣脱，然后爬上雌蚁的肩膀反箍她的头。风水轮流转，每只蚂蚁都有烦恼的时候，雌蚁挣扎着。当雌蚁精疲力竭身体瘫软时，雄蚁把触角伸向前。他不想杀她，只希望她能听他说。事情并不简单，雄蚁想与她进行绝对沟通，没错，一次"绝对沟通"。

雌蚁（他发现了她的孵化编号，56号）移开触角避开他的接触，而且勃然大怒，试图反抗摆脱他的纠缠。但雄蚁咬紧牙，稳稳地挂在雌蚁的中胸骨盾甲上，更用力地咬紧。倘若力道再强些，雌蚁的头就像杂草般地被拔走了。她静止不动，他亦然。雌蚁用视野广达180°角的单眼，清楚地瞧见攻击者栖息在她的胸甲上。

他真小。

一只雄蚁！她脑中浮现出保育员的教诲。雄蚁只能算是半个个体，和族群其他阶级的个体相较，他只具备本族一半的染色体，他们是未受精的卵孵化出来的。因此他们只称得上是颗活在自由空气下的大型卵子或精子。她的背上有粒精子正企图勒死她，她觉得这个想法挺有趣的。为什么有些卵受精，而其他的没有呢？大概是气温造成的，20℃以下的精液无法活动，城邦之母产下未受精的卵。

雄蚁原来是寒冷的产物，和死亡同源。这是她第一次看见有血有肉有盔甲的雄蚁。

这是女眷的内室，他上这儿来找什么？这是禁地，是具生殖力雌蚁的专属区域。如果任何人都能在这座脆弱的圣殿来去自如，则所有的污染都将堂而皇之地跟进！

327号雄蚁再度尝试触角沟通，雌蚁不肯就范。他只要一分开雌蚁的触角，她就立刻往他的头部攻击；他若轻触她的第11环节，雌蚁马上将触角往后缩回。她不愿意。雄蚁再次加强下巴力道，终于，触角的第7节与雌蚁的第7节接触。

56号雌蚁从来没有体验过这种沟通，她所受的教育都叫她远离一切接触，只要发放和接收空中的分子就好了。但她知道这种沟通方式只是假象。有一天，城邦之母曾施放过有关这个议题的费洛蒙——两个脑之间总会产生误解和谎言，这都是肇因于有害的气味、阵风，接收或发放不良的缘故。唯一能防治的方法就是——绝对沟通。触角直接相交，从一个脑中枢神经到另一个脑中枢神经间的通路，才不会有任何窒碍。

对她而言，此举仿佛猥亵她精神的纯洁。总之，是一种艰苦又难以名状的东西。然而，她别无选择。如果雄蚁再加压，她必死无疑。她将前额的触角拉回，摆在肩膀上表示顺从。绝对沟通开始。两对触角毫无顾忌地靠拢。小量的电击。紧张罢了。缓缓地，逐渐加快，两只昆虫互相抚摸呈锯齿状的第11节。

语意不清的泡沫慢慢冒出。这种油性物质不仅润滑触角，还能加快彼此摩擦的速率。两颗昆虫的头颅肆无忌惮地晃动，一段时间后，触角停止舞蹈，开始紧密结合。

现在只剩下一个生物，他有两颗头、两个身躯和一对触角。自然的奇迹已然完成。费洛蒙经由环节上成千的小毛孔和微血管，从一个身躯跑到另一个身躯，两者的想法合而为一。观念不再需要加码或解读，都是以最原始的状态出现——影像、乐音、情绪及香气。

就是运用这种完全即时的语言，327号雄蚁向56号雌蚁叙述他的冒险经过——探险队遭屠杀、侏儒蚁留下的气味路径、会晤城邦之母、如何有人想消灭他、如何失去身份味道、与守门蚁之战，以及穷追不舍带有岩石气味的杀手。

绝对沟通结束，雌蚁收回触角示意对雄蚁存有好感。雄蚁从她的背上爬下来，现在雄蚁的命运操在雌蚁的手上，她能轻而易举地解决他。雌蚁靠过来，大颚张大，传递一些身份确认的费洛蒙给他。有了这个护身符，他暂时可脱离险境。雌蚁建议进行养分交换，雄蚁欣然接受。接着，她振起翅膀嗡嗡作响，把刚刚交谈的蒸气扑散。

太好了，雄蚁终于成功地说服一只蚂蚁。资讯顺利地被另一只蚂蚁接收、理解和接受。雄蚁成立了他的工作计划小组。

时间——

人类和蚂蚁对时光流逝的看法大相径庭。对人类而言，时间是绝对的，无论发生了什么事，每秒钟的长度和周期都是相等的。相反，对蚂蚁而言，时间是相对的。当天气变热，每秒钟变得非常短促；天气变冷时，每秒钟开始扭曲，无限延长，直到失去知觉进入冬眠。对时间的弹性看法，导致它们对速度的观念也与我们完全迥异。定义一项事件，昆虫不仅利用空间和时间，它们还加上第三种坐标——温度。

埃德蒙·威尔斯
《相对且绝对知识百科全书》

今后他们有两个人，忧心急切地想说服更多的姊妹，让她们知道"毁灭性秘密武器事件的严重性"。现今还不算太迟，然而必须多考虑两项因素。一方面，他们可能无法在交尾大典举行前募集足够的工蚁加入，交尾大典将耗费她们所有的精神；而他们需要第三位小组成员。另一方面，岩石气味的兵蚁可能还会再出现，必须先想好一处藏身之所。56号雌蚁推荐她的居室。她在房里挖了条秘密通道，万一遇上麻烦时可以派上用场。

327号雄蚁并不惊讶，挖秘密通道是很流行的事，100年前就开始风行。当时正与口能喷出黏胶的蚂蚁作战，联邦皇后哈·叶科特·杜妮酝酿出一股安全逃生风潮。她建构一座"铁甲"皇城，四面竖起大石块并以白蚁水泥固定。问题在于出口只有一个，以至于当皇城被喷胶蚁兵团重重包围时，蚁后也被困在皇宫中。喷胶蚁毫不费力地擒住她，用那卑劣的快干胶水使之窒息。哈·叶科特·杜妮的大仇虽然不久就得报，城邦也重获自由，但可怕复愚蠢的结局，长久以来深印在贝洛岗子民的脑海中。

凡有机会能用大颚修饰住处形状的蚂蚁，都不忘钻条秘密走廊。若只有一只挖个洞也就算了。如果100万只都挖，那可酿成大祸了。"公有"走道因"私有"走道的过度挖掘而崩陷。蚂蚁穿过自己的秘密通道，然后走入一座不折不扣的大迷宫，到处是"别人的秘密通道"。

整个地区也变得脆弱易碎，连贝洛岗城的未来都遭到危害。城邦之母出面喊停，任何蚂蚁再也不能为一己私用而乱挖。但又怎能到每个房间巡视呢？

56号雌蚁搬移一块儿石头，阴暗的孔洞出现在眼前。就是这里，327号检视这间藏匿所，真是再完美不过了。现在只剩下找出第三位伙伴。他们出洞，细心地关上洞口。

56号发放讯息：

"第一个碰上的就是有缘人，让我来。"

很快，他们遇见一只身材魁梧、不具生殖力的兵蚁。她正奋力地拖着一块儿蝴蝶碎片，雌蚁远远地呼喊她，用激动的气息告诉她，族群正面临严重的威胁。雌蚁运用情绪语言的技巧出神入化，让雄蚁目瞪口呆。至于这只兵蚁，她即刻放下手边的战利品，跑过来商议。

"族群面临严重的威胁？"

"哪里？谁？怎么办？为什么？"

雌蚁扼要地解释春季首批探险队遭遇的惨祸。她描述时散发的甜美气息，已拥有蚁后般的优雅和魅力，兵蚁不一会儿就被征服了。

"你们什么时候出发？需要多少兵力攻打侏儒蚁？"

兵蚁自我介绍，她是夏季孵化编号第103683只没有生殖力的兵蚁。硕大的头颅闪闪发亮，长长的大颚，几乎不存在的双眼以及肥短的脚，她将是联盟的重量级成员。天生活力奔放，还得56号雌蚁出声制止，才压得住她的热情。

雌蚁诉说族群内藏有奸细，可能是出卖给侏儒蚁的外籍佣兵，要阻止贝洛岗人查明秘密武器的底细。可由她们身上散发的特殊气息找出她们。

"动作要快。"

"相信我。"

他们分配各自负责影响的区域。327号去说服育婴室的保育员，一般说来保育员比较天真；103683号则尝试带领兵蚁入伙，如果她能征召一整个军团就太棒了，她还可以去询问斥候蚁，尽量收集有关侏儒蚁秘密武器的其他见证；至于56号，她将造访蘑菇田和畜牧场，募集策略上的支援。

23℃——时间，大家回到这里汇报结果。

△

现在播映的是"环宇采风录"系列专题下，有关日本风俗的报道：

"日本人，岛国国民，习惯自给自足的生活方式。对他们而言，世界一分为二——日本人以及外国人。外国人是野蛮民族，称为'蛮夷'，民风浑不可解。长久以来，日本人具有非常狭隘的国家观念。当日本人移民欧洲之后，便自然而然与原先的家族团体隔离。一年后回国，即使是家人，都不再视之为家中的一分子。定居番邦，意味着汲取'外人'的精神，也就等于变成'蛮夷'。甚至连童年老友跟他讲话，也与对观光客交谈一般无二。"

荧幕上播送一连串各式庙宇，以及神道地区宗教圣地的画面。旁白继续说道：

"他们对生与死的看法与我们迥然不同。在这里，个人的死亡并不重要，令人担忧的是，又一生产劳动个体的消失。为了弥补损失，日本人崇尚武术，他们从小学就开始练习剑道。"

两位剑道武士出现在荧幕中央，身着古代武士服饰，上身覆盖着关节部位可活动的黑色胸甲，头上戴着椭圆形头盔，耳朵附近插着两根长羽毛。他们冲向对手，高声发出战士的呼喊，然后挥舞着长长的剑。

新的画面。一个男人盘腿而坐，双手握住匕首，往小腹刺入。

"这种自杀仪式称为'切腹'，是日本文化的另一大特色，我们是难以理解的。"

"电视，就知道看电视！电视让人粗鄙！老是把同样的画面往所有人的头里塞。总之是满口胡言乱语，你还不烦啊？"乔纳坦抱怨。

他已经回来几个小时了。

"由他去吧！这样他才能静得下来。狗狗死后，他一直不好过……"

露西以机械式的语调说道。

他轻轻抚摸儿子的下巴。

"你不好吗，孩子？"

"嘘，我正在看电视。"

"哇！他现在怎么这样跟我们讲话！"

"他怎么跟你说话？你要知道，你根本看不到他几次，难怪他对你显得陌生。"

"喂，尼古拉，你知道怎么用火柴棒排列出4个等边三角形了吗？"

"不会，那很烦人。"

"算了，既然这东西让你觉得烦……"

乔纳坦一脸沉思的表情，动手摆弄放在桌上的火柴棒。

"可惜。这……很富教育意义。"

尼古拉根本没在听。他的脑子好像直接插到电视机里。乔纳坦往房间走去。

"你在做什么？"露西问。

"你看到的嘛，我准备动身回地窖去。"

"什么？喔，不行。"

"我别无选择。"

"乔纳坦，告诉我下面有什么东西让你如此着迷？我终究是你的妻子啊！"

他默不作声，双眼逃避，嘴角碍眼地抽动。露西厌倦了这种夫妻间的战争，她叹了口气。

"你把老鼠杀光了吗？"

"单是我的出现就够了，它们远远地保持距离，否则我就叫它们尝尝这个。"

他舞动着一把他磨了相当久的菜刀；另一只手抓起卤素灯，转身朝地窖的门走去。他的背后是一只背包，里头装满了充裕的干粮与开锁的工具。他只抛下一句话：

"再见，尼古拉。再见，露西。"

露西不知如何是好。她攫住乔纳坦的手臂。

"你不能就这样走掉！太简单了，你一定得说个清楚！"

"啊，求求你！"

"可是该怎么对你说呢？自从你下去那个天杀的地窖后，你变了。我们没钱，但你买了至少5000法郎的材料以及有关蚂蚁的书籍。"

"我有权对蚂蚁和制锁感兴趣。"

"不，你没有。一旦你有妻小要养活，你就没有这权利。倘若所有的失业救济金全都拿去买蚂蚁书，我就……"

"离婚？你想说的是这个吗？"

露西松开他的手臂，如战败的公鸡。

"不是。"

乔纳坦双手揽住她的肩膀，嘴角再次抽动。

"要对我有信心。我必须追根究底，我没疯。"

"你没疯？看看你自己吧！脸色惨白，好像高烧不止。"

"我的躯壳衰老，可是头脑变得年轻。"

"乔纳坦！告诉我下面有什么！"

"令人兴奋的事。不过，还得继续往下走，再深入些……你知道，有点类似游泳池，必须触及池底才能反弹浮出水面。"

他爆出魔鬼般的笑声，毛骨悚然的回响环绕着回旋梯长达30秒钟。

▼

地上第35层，由枝丫筑成的精致屋顶泛着彩绘玻璃的光彩。灿烂阳光透过这层筛子雨点般地洒落地面。我们目前的位置是城邦的育婴室，制造贝洛岗公民的"工厂"。热浪侵袭。38℃。很正常，因为育婴室完全暴露在南方的白热赤焰下，以尽可能长的时间利用热能。有时候，加上枝丫的催化效应，气温最高可达50℃。

成百只脚晃漾。这里种类最多的是保育员，她们将城邦之母产下的卵围成垛。24垛形成一堆，12堆排成一行。排列成行的卵，极目不见尽头。当浮云飘过造成阴影，保育员立即移动垛垛蚁卵，最年幼的卵必须时时留意保温。

"蚁卵需要湿热，蚁蛹需要燥热。"这是流传蚁界孕育漂亮幼蚁的古老秘方。东边的工蚁专司加温之职，她们堆砌保持热度的黑木炭碎片，以及产生热能的发酵性腐殖土块。幸赖这两项"电热器"，就算户外只有15℃，育婴室也能永远维持在25℃到40℃间的高温。炮兵蚁巡逻着，预防绿啄木鸟进犯。

西边，放着产下已久的卵。蚂蚁孵化成虫的过程漫长。随着时间及保育员的舔舐，小小蚁卵逐渐变大变黄。一到七个星期内缓缓蜕变为长满金黄色须毛的幼蚁，时间长短得视气象而定。

保育员的注意力异常集中，她们不滥用抗菌唾液，不敢掉以轻心，绝不能让任何脏东西污秽幼蚁。她们是如此赢弱，以至于连交谈时费洛蒙的施放，都必须管制在最微量。

"帮我把她们抬到这个角落，小心，你那堆要掉了。"

一位保育员身上背着比她大两倍的幼蚁，那一定是只炮兵。保育员在角落卸下这只"武器"，开始舔舐。宽阔的培育箱中有成堆的幼蚁，身上六大环节渐渐明显，号叫着要人喂食。她们的头四处转动，脖子伸长不停地动来动去，直到保育员同意喂她一点蜜露或丢来一块昆虫肉为止。

三个星期后，她们完全"成熟"。幼蚁停止进食不再乱动，准备进入嗜睡期，分泌结茧蜕变成蛹。

保育员吃力地拖着黄色大包裹到隔壁房间，那里铺着干燥细沙，能吸收湿气。"蚁卵需要湿热，蚁茧需要燥热。"多说几遍也不嫌啰唆。干燥箱内，白色泛蓝的蚁茧逐渐变黄，变灰，然后转成棕色。刚好与炼金术的过程相反。

茧壳之中奇迹天成。一切都在变，神经系统、消化以及呼吸机置、感觉器官、甲壳……几天的时间，干燥箱内的蛹慢慢膨胀，蚁茧好像正在烹煮，重要时刻即将来临。蛹将破茧而出。保育员将相同阶段的放在一起。她们谨慎细心地咬破茧壳，一只触角伸出，一只脚，直到整只站立不稳的白色幼蚁突破禁锢。甲壳既柔软又明亮，不过不消几天光景即转成红棕色，一如贝洛岗其他居民。

327号在匆忙的蚁潮中，一时不知该找谁讲话。他对一位忙着教导新生儿走路的瘦小保育员，发出微量的气息。

"大难临头了。"

保育员连头都没转，只施放几乎侦测不到的气息句子：

"嘘，没有任何事比生命的诞生更要紧。"

一只炮兵蚁催促他，用触角顶端的圆球敲击。哔，哔，哔——

"快走，不要妨碍他人。"

他的能量太低，还无法发放讯息说服他人。啊！如果他有56号的沟通天赋就好了！然而他不气馁，找其他的保育员碰碰运气；没人理睬他。他甚至怀疑他的任务并不如他想象的重要，也许城邦之母是对的，有更优先的工作待做，譬如延续生命，而不是急着挑起战端。

当他深陷在迷思中时，一股喷射掠过他的触角尖端！一只保育员对他发射蚁酸。保育员将身上的茧放在一旁朝他瞄准。幸好她没射准。雄蚁冲向这个恐怖分子企图逮住她,但她早就躲进一间哺乳室,还撞翻了一堆蚁卵,挡住雄蚁的追赶。

卵壳破裂,流出透明的液体。

"保育员摧毁蚁卵!"

"她发什么神经?"

太可怕了,保育员们四处乱跑,焦急地保护孕育中的下一代。

327号雄蚁明白追不上她之后,将腹部推向胸廓下方瞄准。而他发射蚁酸前,保育员就已经遭炮轰倒地。一只兵蚁目睹她撞翻蚁卵。被蚁酸烧焦的尸体周围集结人群。327号垂下触角伸往尸体上方,毫无疑问,有一股淡淡的气息,岩石的味道。

社会化 ——

蚂蚁和人类一样,天生注定得社会化。新生蚂蚁太脆弱无法独自啃破包裹自己的厚茧,而人类的婴儿甚至不会自己行走或自行觅食。蚂蚁和人类是两种必须仰仗周围亲人协助的种属。他们不知道如何,或者不会自我学习。对成年人的依赖的确是项弱点,但也带动另一项演化的过程——知识的追求。倘若成年人能够存活而年幼者不行,后者势必自幼就得向年长者请益学习。

埃德蒙·威尔斯
《相对且绝对知识百科全书》

地下第20层。56号雌蚁尚未开始与任何一位菇农谈起侏儒蚁的秘密武器。眼前的景象令她目不暇接,一时还没有余暇散放任何讯息。

雌蚁是非常珍贵的阶层,童年时期都关在公主专属的哺乳室度过。知道的世界只不过十几条地道大小。很少有雌蚁会跑到超出地上地下10层以外的地方游荡。

有一次,56号雌蚁企图外出见识保育员口中的花花世界,但被哨兵给挡下来。身上的味道或多或少可以掩饰住,那对长长的翅膀可就没办法啦!当时警卫还警告她外面有庞大的怪兽,专门吃在交尾前跑出去晃荡的小公主。56号是既好奇又害怕。

来到地下第20层,她才恍然大悟,其实城邦里藏有很多惊奇待她发掘。不一定得先到户外的蛮荒世界。在这里,她生平头一次看见蘑菇田。贝洛岗的神话流传着,第一片蘑菇田是在谷物战争时期发现的,已经有5000个千年之久了。

一团炮兵特遣队刚夷平一座白蚁城邦。突然,她们撞进一个硕大无朋的房间,中央的位置高耸——一颗白色的饼状物,周围有上百只白蚁不停地磨蹭使之光亮。炮兵尝尝味道,鲜美极了!好像是整座可食用的村庄!俘虏们后来说这叫蘑菇。事实上,白蚁只吃孢子,因为她们无法消化孢子,所以借助蘑菇来促进消化。

褐蚁不需要这玩意就可轻易地消化孢子。不过她们领悟到在城邦中种植蘑菇的好处——可以协助抵抗围城攻坚以及纾解粮荒。

现今,贝洛岗城的地下第20层的一个个大房间里,大伙挑拣树墩。但是,褐蚁和白蚁培养的蘑菇种类并不相同。在贝洛岗种植的大多是伞菌。农业活动带动发展一套完整的技术。

56号雌蚁漫游于白色庭园的花圃间。工蚁一边准备着蘑菇生长用的"床"。她们将树叶切成小小的正方形,然后捣碎、研磨,搅拌变成糊状。树叶糊接着摆在堆肥上(蚂蚁有专门收集粪便的化粪坑)。同时以唾液润湿,放一段时日酝酿发酵。

在已经发酵的树叶糊周围,种上白色可食用的细丝团。左边就看得到工蚁喷洒杀菌唾液,并切除一切超过这些白色小圆锥球果的部分。如果放任蘑菇肆意生长,很快就会冲破房间。工蚁用扁平的大嘴收割细丝,制成好吃又营养的面粉。

那里,工蚁们个个全神贯注。绝不能让任何杂草或寄生蕈类掺杂其中坐享其成。

这种情况其实是不甚有利的,56号尝试与一只正细心修剪小白色圆锥球果的工蚁建立触角沟通。

"城邦受到严重的威胁。我们需要支援,你愿意加入我们的工作小组吗?"

"什么威胁?"

"侏儒蚁发明一种杀伤力强大的秘密武器，我们必须赶快做出回应。"

花匠心平气和地问雌蚁对她所种的蘑菇有什么看法。一株美丽的伞菌。56号连声称赞。花匠邀请她品尝。雌蚁往白色软菇咬一口，食道立刻一阵灼热。

毒药！伞菌里饱含杨梅萃取物，一种稀释后当除草剂用的猝死性强酸。56号雌蚁拼命咳嗽，及时将喂毒食物反吐出来。

花匠松开蘑菇，往雌蚁胸腔跳去，伸出整张大嘴。她们在堆肥上翻滚，互相攻击头颅，传出断断续续的搏击声响。咔嚓！咔嚓！咔嚓！两个都不要命地想置对方于死地。

其他的菇农跑来架开她们。

"你们两个是怎么回事？"

花匠想逃跑。56号雌蚁展开双翼，凌空飞跃地捉住她，往地面重重一手。此时，雌蚁察觉到淡淡的岩石味。不会错，轮到她撞见这群不寻常的杀手成员。雌蚁夹住花匠的触角。

"你是谁？为什么要杀我？岩石味道意味着什么？"

沉默。雌蚁扭着花匠的触角。尽管非常痛苦，对方仍想偷袭她，但就是不搭腔。56号并不愿意伤害同族的姊妹，可是她加重力道。

对方不再蠢动。自行进入昏厥状态，心脏几乎停止跳动，她濒临死亡边缘。然而56号还是切断了她的两只触角。

此举让围观的群众对尸体更感兴趣。菇农再次围绕她。

"发生什么事？你把她怎么了？"

56号认为目前还不是自我澄清的时刻，最好三十六计走为上策，她振动双翅。

327号是对的。族群里正上演着令人震惊的事，每只蚂蚁都疯了！

第二章
永远更深入

▼

地下第45层——没有生殖力的103683号钻进搏击室，在天花板低垂的场地中，战士们正为春季战争而练习。

到处是成对厮杀的战士。敌对双方首先互相触摸试探，衡量对方的个体大小，以及脚的长短。她们兜着圈子，摸索对方的侧身，散放挑衅的味道，并用触角顶端圆球轻搔对方。最后冲向对方。甲壳撞击。每只蚂蚁都扣住对方胸廓的关节部位。只要有一方成功了，另一方则企图咬住对方的膝盖。动作断断续续。她们用后面的两只脚支撑、站立、倒下、翻滚及愤怒。

一般而言，她们会令对方无法动弹，并以一只脚突袭。但这不过是演练罢了，没有人会受伤，也不会见血。如果一只被压的四脚朝天，战斗即宣告结束。这只蚂蚁的触角将缩回背后，表示放弃。双打捉杀具有相当的真实感。为了找到着力点，爪子使劲抓向对方眼睛，大颚在空中咬合。

在不远的地方，炮兵倚腹而坐，瞄准500颅外的石块。喷出的蚁酸往往正中目标。

一位沙场老将教导新兵，短兵相接前胜负已定。大颚或是蚁酸的攻击，不过是确认两位好战分子皆已了然于胸的成败定局。混战前，早已注定一人获胜，一人落败，剩下的只是角色分配的问题。一旦角色分配抵定，征服者根本不必瞄准，确定百发百中；战败者当然可以奋力抵抗，但无论如何都伤不了对手的。唯一的一项金科玉律——必须接受胜利。攻心为上，必须接受胜利才能攻无不克。

两位正在厮杀的勇士压到103683号兵蚁。她用力推开她们继续上路。她在寻找位于竞技场下方的外籍佣兵区。看到通道了。

佣兵的练习场比一般部队的还要辽阔，她们是为战争而来的，同时就住在练习场里。本区居民龙蛇杂处：有的已经加入联盟，有的已经归降——黄蚁、红蚁、黑蚁、喷胶蚁、具毒针的原始蚁，甚至侏儒蚁。

外籍佣兵也是源自白蚁的创见，最初的想法是豢养一批外国人，敌军进犯时予以从旁协助。至于褐蚁城邦，为适应瞬息万变的外交形势，她们有时会与白蚁联合，抵御其他种类的蚂蚁。由此可以进一步地思考——为何不招募蚂蚁兵团常驻白蚁窝呢？真是具革命性的点子。

当褐蚁兵团为了白蚁必须与同种蚂蚁交锋时，不用说有多惊讶了。尽管蚂蚁文明以快速的适应力闻名，这次也显得力不从心，不知如何是好。褐蚁也不落人后仿效敌军的做法，招买一批白蚁军团对抗白蚁。

不过这项计划暴露出一大缺陷——白蚁是绝对忠诚的民族。她们的忠诚信念全无破绽，不可能与自己人对抗。只有褐蚁，她们的政治形态与心理层面一样多变，如此才能承受佣兵制度产生的负面牵连。

没关系！褐蚁大联邦只要雇用其他的外族蚂蚁，来强化本身武力就行啦！所有的部队全都效忠于"一统的贝洛岗气味旗帜"下。

103683号靠近侏儒蚁佣兵，问她们是否听说过施嘉甫岗完成了一项秘密武器，能快如闪电地一举消灭28人组的褐蚁探险队。她们回答，从没听过也没看过这么厉害的武器。

103683号侦讯其他的佣兵，一只黄蚁宣称曾有一次这样的险恶遭遇，不过不是侏儒蚁干的……而是一只烂酪梨不巧从树上掉下来。所有人顿时放射出哄堂大笑的费洛蒙。黄蚁式的幽默。

103683号回到好友们练习较劲的场地。她认识这里的每只蚂蚁。大伙仔细专心地听她述说，并且对她的话有信心。很快"侏儒蚁秘密武器追查小组"就新增了30位坚毅的兵蚁伙伴。啊！如果327号能看到就好了！

"各位小心，有一个集团专门刺杀想知道真相的人，一定是出卖给侏儒蚁的褐蚁佣兵。她们身上有一股岩石味道可以辨识。"

为了安全起见，大家一致决定，第一次会议的召开地点定在城市的最底层，地下第50层最里边的房间。没有人到那里去过，她们可以安心地在那里策划反击行动。

但是103683号的身躯向她提示时间急速飞逝。已经23℃——时间了。她向大伙告辞，奔赴与327号和56号的约定之地。

审美观——

什么比蚂蚁更美呢？

幽雅浑圆的线条，完美的流线型。所有的昆虫身材都经过精心设计，四肢剪裁合度地裹在专属槽中。每一处关节都是鬼斧神工的机械构造。镶在身上的甲壳则好像出自电脑的精密设计。没有吱嘎声，没有摩擦。三角形的头颅望向天际，修长微屈的脚，舒适地点着地面支撑身躯。简直是一部意大利跑车。

运用爪子抓力可以在天花板上行走自如，双眼视野广达180°，触角不仅能接收放射我们肉眼看不见的上千种讯息，顶端还能当铁锥使用。腹部处处是口袋、筛子及小隔间，利于储藏化学药品。大颚切、夹或抓皆可。体内令人叹为观止的腺体网络释放各类气味信息。

埃德蒙·威尔斯
《相对且绝对知识百科全书》

△

尼古拉不想睡，依旧待在电视前面。新闻刚结束，报道马可波罗号探测器返航的消息。

结语——邻近的太阳系星球上，没有任何生命迹象。探测器到访的星球全是一幅幅岩石荒漠或氨气液体的画面。没有青苔，没有变形虫，没有任何微生物。

"难道爸爸是对的？"

难道我们是宇宙中仅有的高智慧生命形态？老实说，有点令人失望，但可能是真的。

新闻后接的是"环宇采风录"系列。今天的主题是关于存在于印度的阶级社会问题。印度人一出生就有隶属的阶级。每个阶级都有其运作的规范，法令异常严苛，任何人不得违背，否则将被原阶级逐出。其他的阶级亦然。欲了解这种举止，我们必须联想到……

"已经凌晨一点了。"露西干涉道。

尼古拉的脑中填满画面。自从地窖事件发生以来，他整天看电视。这是他用来忘记一切的方法。

母亲的声音将他唤回残酷的现实。

"好了，你不累吗？"

"爸爸在哪里？"

"他又到地窖去了。现在该睡觉啰！"

"我睡不着。"

"你要我讲故事给你听吗？"

"好啊！好听的故事！"

露西陪他进房，松开红棕色长发，并沿床边坐下。

她选了一则古老的希伯来童话。

"很久很久以前，有一个采石工人受不了每天在烈日下辛苦地挖掘山头。采石工人对自己说：'我受不了这种生活，整日敲打石头，累死了……而太阳总是那么热！啊！多希望能变成太阳，有无限的权力雄踞天上，将温暖的光芒撒向全世界。'

"奇迹居然发生了，他的要求被听见了，采石工人转眼间变成太阳。他无限欢欣地看见愿望成真。但当他快乐肆意地放射阳光到全球各地时，他发现光芒被乌云挡住了。他高喊：'平凡的云就能挡住我的光芒，当太阳有什么用！倘若云比太阳伟大，我希望能变成云。'

"刹那间他变成云，飘舞于世界之上，奔跑并降下甘霖。但一阵狂风大作吹散了云。'那么风才是最伟大的，我要变成风。'他决定道。"

"那么他变成风了吗？"

"是的，他吹过世界，制造暴风、旋风及台风。但是，突然，他发现一堵墙阻挡了他的去路，一堵又高又坚硬的墙。原来是一座山。'风有什么用？平凡的山头就能迫使我停下，他才是最伟大的。'他说。"

"那么他变成山啰？"

"答对了。这个时候他觉得有东西敲打他。那个东西比他更伟大，能深入他的内部挖掘。那是……一个小小的采石工人。"

"哈哈哈！"

"你喜欢这个故事吗？"

"嗯，喜欢！"

"你确定电视没播过比这更好听的故事？"

"没有，妈妈。"

她笑逐颜开地将孩子揽入怀中。

"妈妈，你认为爸爸也在挖掘吗？"

"也许，谁知道？总之，他好像认为走到下面就可以整个改头换面。"

"在这里不好吗？"

"不是的，他只是觉得失业在家很丢脸。他认为自己最好变成太阳，地底下的太阳。"

"爸爸自认是蚂蚁王。"

露西微笑。

"过一阵子就好了。你知道他也还是个孩子，而孩子们总是对蚂蚁窝着迷。你从来没跟蚂蚁一起玩吗？"

"喔，玩过！妈妈。"

露西摆正他的枕头，亲吻他。

"现在该睡啰！来吧，晚安。"

"晚安，妈妈。"

露西瞥见床头桌上的火柴棒。他一定还想摆出 4 个等边三角形。她回到客厅拿起那本关于建筑的书，读着这栋房子的历史。很多科学家曾在这里住过，尤其是新教徒，譬如米歇尔·塞尔维特［译者注：Michel Servetus（1511—1553），西班牙医生及神学家。因反对三位一体以及耶稣圣灵教义而遭迫害逃亡至日内瓦，后因与加尔文教派大唱反调被逮捕焚死。］就在这里住过好几年。其中一段特别吸引她的注意。根据书上的说法，宗教战争期间为方便新教徒逃离城市，在这里挖了一间地下室，据说深度和长度都相当罕见。

▼

三只昆虫排成三角形进行绝对沟通。如此可省去个别叙述的麻烦，马上就可知道大伙的冒险经历，仿佛他们是同一本体，化为三个分身加速侦察作业。

触角连接。想法开始流泻、汇集并转动着。脑像电晶体般，将接收的电流讯息变得更丰富再传递。这是三只蚂蚁的心灵奇妙地集结个别天赋所获得的小小成果。

但是，魔力突然中断。103683号探测出一股外人的味道。隔墙有触角。

正确地说，应该是深入56号房间门口的两只触角。有人偷听……

△

子夜。两天了，乔纳坦没再上来。露西紧张地在客厅踱步。她进房查看酣睡中的尼古拉，目光突然被某种东西吸引——火柴棒。她直觉地感应火柴棒的谜底是解释地窖之谜的开始——6根火柴棒摆4个等边三角形。

"必须用不同的方式思考，如果沿袭旧有的思考模式，永远也解不开。"乔纳坦一再地重复。她拿起火柴棒，回到客厅把玩良久。由于精神绷得太紧而身心俱疲，她决定睡觉。

当晚，她做了奇怪的梦。

首先她看见埃德蒙舅舅，至少是乔纳坦口中埃德蒙的样子。他排着像电影院前的长龙，队伍延伸到荒烟沙漠上。四周环绕着墨西哥士兵，巡视确保"一切顺利"。远远望去，有12只绞刑用的T形支架。刑台上的死尸，全身僵硬后被解下，再换另一批人上去。队伍往前行。乔纳坦排在埃德蒙后面。她则和一位戴着小眼镜的胖男人跟在后头。所有的死囚心平气和地交谈着，仿佛什么事都没有。

当绳圈套住脖子即将行刑之际，4人并肩呆呆地等着。埃德蒙舅舅决定第一个开口。

"我们在这里做什么？"他以沙哑的声音说道。

"我不知道……活着。我们出生，然后活得愈久愈好。但是我们的终点来临了。"乔纳坦回答。

"亲爱的外甥，你太消极啦！我们的确将被吊死，而且四周都是墨西哥士兵，但这只是生命中的一项机缘，绝非终点，只是巧合而已。更何况，一定有解围的方法。你们背后的绳索绑得很紧吗？"

他们努力挣脱捆绑。

"啊，不紧。"胖男士说，"我知道如何松开绳索……"

"好，帮我们松绑。"

"该怎么弄呢？"

"先晃荡身躯，直到能碰到我的手为止。"

他扭曲着身子，将自己变成一个钟摆。他解开埃德蒙的绳子，其他的人接着也重获自由。他循着同样的技巧，身体愈荡愈近。

然后舅舅说："跟着我做！"

在脖子轻晃的助力下，他从一个绳索朝另一个绳索迈进，直达整排T形架的最后一根。其他的人也依样画葫芦。

"可是我们无法继续了！这个支架后没有东西，他们会看见我们的。"

"瞧，梁柱里有个小洞。进去吧！"

埃德蒙纵身跳向梁柱，顿时缩小身形钻进洞里。乔纳坦及胖男人都依样照做。露西心想，我绝对做不到。她还是将自己抛向那截木头，而且进了洞！里面有一座螺旋梯。他们三步并作两步地往下冲。他们听见士兵在身后的呼喊。

"那些外国佬，那些外国佬，当心！"

军靴踏步，枪响，士兵追赶他们。阶梯直通一座现代化饭店的套房，面对海景。他们进入室内，关上门。

"8"号房。咔一声关上门，垂直的8倒下变成横躺的∞（无限的符号）。房间内部非常豪华，他们觉得已远离粗野军人的魔爪了。

正当每个人轻松吐口气时，露西出人意表地掐住她丈夫的喉咙。"想想尼古拉，"她喊道，"得想想尼古拉呀！"她拿起一只古董花瓶重击他，花瓶上的图样描绘年轻的大力士（译者注：Hercules，希腊神话中的英雄，以非凡的力气著称。）勒毙大蛇的故事。乔纳坦不支倒地，在地毯上化成一只剥了壳的虾，滑稽地蠕动。

埃德蒙舅舅走上前。

"你后悔了，嗯？"

"我不懂。"

"你很快就会懂了。"他微笑着说道。他带她到阳台，面向大海。6根点燃的火柴从天而降，在他双手的上方排列成行。

"仔细听好，人们往往有相同的想法。人们一直用平淡无奇的态度看待世界，好像用广角镜头拍摄照片一般，完全是实际的景象。但这不是唯一的真实，必须改变思考模式！看！"

火柴在空中飞舞一会儿，然后全部聚集在地面上。它们爬着，仿佛有生命一般，组合成……

第二天，露西有些发烧，她还是出门买了一把焊枪。终于弄坏门锁。当她正准备跨过地窖门槛时，尼古拉半睡半醒地在厨房出现。

"妈妈，你要去哪里？"

"我去找你爸爸。他自认为是可以飘越山峰的云彩。我想去看他是否夸大其词。我回来再告诉你。"

"不要，妈妈。不要走，不要走……只剩我一个人。"

"别担心，尼古拉，我会回来的，要不了太久。等着我。"

她照亮地窖入口。黑暗的地方，如此的黑暗……

▼

"谁在那里？"

那对触角向前移动，慢慢地，一个头出现了，然后是胸膛和腹部。是那只带有岩石味的小跛子。他们本来想朝她冲去，但小跛子的身后是上百只全副武装的兵蚁，个个张开大嘴，发出岩石气味。

"从秘道逃走！"56号雌蚁急急地说。她移开石块，地道现身，双翅振动贴近天花板，朝最前面的几只入侵者，从高处往下喷射蚁酸，让她的两名同党成功地脱逃。

至此，兵蚁团爆出一项血腥的建议。

"杀了他们！"

56号也跟着飞身入洞，差一点就被蚁酸命中。

"快！捉住他们！"

上百只脚杂沓地追赶，间谍的人数真多。她们在狭窄的秘道里高声张牙舞爪，对逃亡三人组紧追不舍。

雄蚁、雌蚁和兵蚁腹部着地，触角往背后平躺，在已经不再是秘密的秘密通道内狂奔。他们跑过内眷区，并往下深入更里层。狭窄的通道不久连上一处交叉口，此后的通道将面临更多岔路。幸而327号还分辨得出身在何处，拖着共患难的同伴跑。

突然，在一条地道的转角，另一队兵蚁朝他们逼近。令人难以置信——跛子已经跟她们接上头了。这只好战血腥的昆虫，一定对所有的捷径了若指掌！

三名亡命之徒且战且退，奋力逃脱。当他们停下来喘口气时，103683号建议，最好不要在对方的地盘上与她们遭遇，因为她们可以在此交错的地道中轻易走动。

当敌人比你强时，你的行为必须出乎敌人的意料。

第一任蚁后发表的老词恰好是当前情势的写照。56号有个点子，她提议藏匿在墙里面！赶在那些有岩石味的兵蚁之前，他们全心全力地往壁柱里挖洞。大颚一嘴一嘴地敲碎泥块，并搬运泥土。他们的眼里满是尘土，触角也是。有时为了加快进度，他们还将油腻的土块大口地吞进肚子。好不容易洞穴够大了，他们团团挤进去，再重新砌好墙，等待。追兵赶到，奔驰而过，但不久又回到这里。这次，她们的步履缓慢，而且有人探测薄薄的墙壁……没事，什么都没发现。

但此地不能久留，对方很可能马上侦测到他们某个人的分子。所以他们又开始挖……103683号的嘴巴最大，身先士卒地在前面劈；另两只有生殖力的同伴，则忙着移开泥土并填住后路。

杀手们明白了这个伎俩。她们敲打墙面，再次发现他们的踪迹，也开始疯狂地挖掘。三只蚂蚁不仅往下挖，还到处转弯。然而，在一大片黝黑的污泥中，想要顺着什么东西走，本来就是件困难的事。

每一秒钟有三条地道诞生，两条被堵死。这种情况下，还冀望能画出准确的城邦地图吗？唯一不变的地标只有圆顶和树墩。三只蚂蚁在城邦的躯干里慢慢前进。

有时绊上一条长藤，原来是农夫蚁栽种的常春藤，用来巩固城邦避免下雨松塌。泥土变硬了，嘴巴碰撞石块——必须回头。

有生殖力的两只侦测不到追兵的振动，三人决定停止挖掘。他们现在的位置是在贝洛岗城的空气袋。一个不透水、无臭、无闻的密闭空间。空洞的荒岛。谁会想到这个迷你洞窟？在这里，他们觉得好像躺在母亲肚子里的那块椭圆形晦暗地带一样。

56号打鼓般地用触角轻敲对方的头，她要求养分交换。327号弯曲触角表示同意，然后将他的嘴贴上56号雌蚁的双唇。他送出一些先前哨兵蚁赠予他的蚜虫蜜露。56号立即精神大振。轮到103683号敲她的头。她们互相吸住双唇，56号将刚刚储蓄的食物吐出。接着三位伙伴彼此轻抚，相互摩擦。啊！对一只蚂蚁来说，赠予是多么快乐……

恢复了体力，他们知道不能长久待下去。氧气会耗尽。就算蚂蚁能够长时间不吃东西，但没水、没空气、没热能，他们终将陷入死亡的昏睡。

触角沟通。

"现在该怎么办?"

"答应加入我们计划小组的30人部队,正在地下第50层的房间里等我们。去吧!"

他们重拾挖掘地道的工作。幸而他们对地底磁场的感应如约翰斯顿〔译者注:Johnston(1807—1891),美国陆军军官,南北战争时期指挥南军作战。〕般敏锐,得以不迷失方向。根据逻辑推论,他们目前可能是在地下第18层的谷仓和地下第20层的蘑菇田间。越深入天气越冷。黑夜降临,地底泥土开始结冻。他们的动作慢下来,停止不动,就挖掘的姿势沉沉睡去,静待气候回暖。

△

"乔纳坦,乔纳坦,是我,露西!"

愈往黑暗宇宙深入,她的恐惧愈甚。顺着阶梯一级一级,仿佛永无止境地下沉。她坠入了精神恍惚的异常状态,觉得自己坠入内在深渊,愈陷愈深。起先只是喉咙突发性的股股干热,现在她感到肚子的痛楚逐渐扩散,腹腔神经丛纠结似的躁郁,连带胃也如针扎般刺痛起来。她的双足和膝盖机械式地运动。她会神智错乱吗?她这里也会感到疼痛吗?她会停下脚步,裹足不前吗?

突然,童年往事历历浮现。权威的母亲一心袒护受宠的兄弟,多少次她因母亲的偏心而代为受过。她的父亲,毫无生气地苟活;在他妻子面前只会穷打哆嗦,大部分的时间都在逃避,连最微不足道的商议也远远逃开,每当母亲大人有任何要求,他只会说"是的"。她父亲——怯弱无能。

悲伤的往日重现,产生一种对乔纳坦不公平的觉醒。事实上,她斥责乔纳坦所有相似她父亲的一切。正因如此,她压抑他、击垮他,让他一点一滴地类似她的父亲。循环借此而生。她不自觉地创造出她最厌恶的东西——她双亲般的夫妻。要打破循环。她深切地自责,那些强行加诸他丈夫的责难,一定要加以弥补。

她不断地回旋下降。认清自身的罪孽后,她的恐惧消失,连压迫性的痛楚都烟消云散。她持续地回旋下降,直到差点儿撞上一扇门。一扇普通的门,门上有一部分刻满铭文。她没花时间读。有个门把,门嘎吱一声开了。门后头,还是阶梯。唯一的差别是石阶上有一点点突出的含铁凸块,呈赭红色,之间还有水滴渗透,极有可能是地下河造成的。

然而,她清楚地感觉步入新的阶段。突然,她的手电筒光线照亮脚边的一片殷红血迹,应该是聒喳喳的。勇敢的小狗狗,竟然跑到这个地方。到处泛着泥浆,墙面的污渍根本分不清是血迹还是生锈的铁块。她突然辨识出一种声响——

"噼噼啪啪"。

好像有人朝她走来。脚步迟疑,仿佛来人天性害羞。露西停下脚步,用手电筒的手把在黑暗中摸索。当她寻出声音的来源时,她发出惊怖的尖叫。

然而,从她所在的位置,没有人能听得见。

▼

白昼为宇宙万物而来。他们持续往下深入。地下第36层。103683号对这一带相当熟悉。他们终于脱离险境。岩石味道的兵蚁不可能跟随他们到这里。

他们钻入低矮且杳无人迹的地道。有些地方还可以看见洞穴,或左或右,全是弃置了至少10个冬眠期的旧谷仓,地板湿滑,水气渗透。正因为这个缘故,这地方才会被认为不够卫生,被视为贝洛岗城里风评最差的区域之一。

好臭!雄蚁和雌蚁还无法完全放下心中的大石。他们察觉有敌意存在,同时有触角监视着他们。这一带都是游手好闲的流浪汉和寄生虫。

他们张大嘴巴,在幽暗污秽的地道与房间穿梭前进。尖锐的嘎嘎声吓他们一大跳,呼哧,呼哧,呼哧……声调持平,组合出令人昏昏欲睡的单调旋律，回荡在泥污处处的地下室。兵蚁认为是一只高唱情歌的蟋蟀。

两只有生殖力的伙伴无法放下忐忑不安的心。照理说，蟋蟀能突破联邦军队的防线，深入城邦内部，简直是对军队的公然嘲讽，根本是不可思议的事。103683号倒是老神在在。上任蚁后不是说过吗？

想全面控制一切，不如控制要塞。

另一种声响，好像有人急速地挖洞。难道岩石气味的兵蚁又追来了？面前突然喷出两把钉耙状的利刃。两只手，这两只手在空中乱抓，并将泥土撒向后方，接着硕大的黑色身影窜出。

但愿不是土拨鼠！三个伙伴僵直呆立，目瞪口呆。

是土拨鼠。泥中的涡虫。黝黑的长毛圆球，白色尖爪。他在沉积岩层中悠游自得，就像青蛙在湖中一般无二。他们拍打，划动，接合黏土层。有惊无险。挖土机过去了。土拨鼠只觅食蠕虫。他最大的乐趣就是，一口咬住蠕虫的淋巴神经结，让他们瘫痪，并将蠕虫活生生地储存在他们的土洞里。三只蚂蚁再次有条不紊地清洗身体，除垢，再上路。

他们钻进一条挑高但非常狭窄的地道。兵蚁在前面引导，施放注意的气息，请大家注意天花板上的动静。的确，天花板上粘满了血红带黑斑的臭虫。这些专找麻烦的讨厌鬼！

身长3颅（约9毫米）的臭虫背上的图案，仿佛是愤怒的眼神。一般而言，他们以死虫的湿润腐肉为生，但有时候，也吃活的昆虫。一只可恶的讨厌鬼立刻朝三人组俯冲而下。还来不及着地，103683号已经将腹部调节至胸廓下方发射蚁酸了。当可怜的讨厌鬼落地时，早已化成一堆温热的肉酱。他们如秋风扫落叶般地吃完食物，并快速离开现场，免得另一只怪物又展开攻势。

智慧——

正确地说，实验是从1958年1月间开始的。

第一个主题：智慧。蚂蚁有智慧吗？为求解答，我找来一只落单的褐蚁，中等身材且具有生殖力。它面对如下的难题——一个洞穴的底端放一块变硬的蜂蜜，洞口用树枝枝丫封住，不算太重却很长且稳固地架住。正常的情况下，蚂蚁会将洞口弄大钻进去。但是，洞穴的四周是由硬塑胶巩固支撑的，因此无法穿透。

第一天：蚂蚁断断续续地拉着枝丫，拉高一点点，但不久就放掉，然后再拉高。

第二天：蚂蚁做着相同的事。它同时尝试咬坏底座部分的枝丫。没有结果。

第三天：同上。昆虫仿佛迷失在谬误的逻辑推理中，但仍旧固执地努力，因为它还想不出另一套办法。这可能是不具智慧的证明。

第四天：同上。

第五天：同上。

第六天：早晨起来，我看见从洞里拔出来的枝丫。一定是在夜里发生的。

埃德蒙·威尔斯
《相对且绝对知识百科全书》

接下来的地道多半有障碍。头上的泥土干冷，由白色的葡萄状须根固定，但土块仍不时崩落，大伙称为"室内冰雹"。唯一的防御方法只有提高警觉，以及万一闻到任何土块时，马上跳到一旁。

三只蚂蚁朝前行，腹部贴地，触角平躺背后，大步开走。103683号看起来一副胸有成竹的模样，十分清楚她要带领伙伴们前往的方向。

泥土再度变得湿润。一股令人作呕的气味在此间游移。生命的味道。生物的味道。

327号雄蚁驻足不前。他不太放心，他觉得有一面墙好像偷偷地动了一下。他往可疑的地方靠近，墙面再次颤抖，仿佛露出一个口来。雄蚁后退。这次东西太小，不会是土拨鼠。洞口化成螺旋状，中央出现隆起物，直射出来往雄蚁的方向跳。

雄蚁放出惨叫气息。蚯蚓！雄蚁一口将他咬成两截。但他们四周的墙壁，陆续冒出身子扭曲的蠕虫。很快地蚯蚓聚集，简直像是在鸟的肠子里。

一只蚯蚓胆大妄为地圈住雌蚁的胸膛。雌蚁大颚上下咬合，将他裁成数段，每一段还不停地卷曲着。其他的蠕虫也相继行动，环绕他们的脚和头。触角与蚯蚓接触是蚂蚁最不能忍受的事。三个伙伴齐心协力挣开枷锁，并朝这些毫无防卫能力的蠕虫发射蚁酸。最后地上仍躺满了不时颤动着的凹凹凸凸的赭红色尸体，仿佛还想挑战似的。

他们狂奔而去。当他们恢复神智，103683号指出另一条要穿越的新通道。愈往里走味道愈坏。他们也慢慢习惯了。兵蚁标出一面墙，解释要在这里挖掘。

"这里是旧的卫生堆肥间，聚会的地点就在隔壁。我们在这里聚会，没有人会来打搅。"

他们穿墙钻孔。墙的另一边是一个大型的房间，弥漫着粪便的味道。

30位加入联盟的兵蚁的确在那里等待。但若要商讨要事的话，必须先具有拼图游戏的基础知识，因为他们全都遭肢解分尸，头和胸膛相隔好一段距离……

惊慌失措的他们检查死亡之境。谁能在这个地方，就在贝洛岗的脚底，将他们一举杀害？

327号发出信息："一定是从地底钻出来的东西。"

"我不这么认为。"56号雌蚁反驳道，同时她建议雄蚁挖挖地面看看。雄蚁伸出大颚重敲，疼痛。底下是岩石。

103683号补充说道："巨大的花岗岩，这是城邦的底座，坚硬的地板。并且非常厚实，非常大。我们尚未发现它的边缘。"

总之，甚至可能是世界的终点。此时有股怪味作祟，某种东西刚踏入这个房间，一种他们立即会产生好感的生物。不，不是同族的姊妹。原来是一只鞘翅目蚜虫。当56号雌蚁还是只幼虫时，就听城邦之母谈论过这种虫——

没有任何感觉可以比得上吸取鞘翅目蚜虫蜜汁后的那种通体舒畅。我尝过一次。所有肉体欲望结合的果实，他们的分泌物能弭平所有凶狠的意愿。

吸吮这种物质后，无疑地，痛楚、恐惧、智慧一律中断。如果蚂蚁能逃开那甜美毒汁供应者的魔掌，她们也必然义无反顾地离开城邦，寻寻觅觅只为再次尝鲜。她们不吃不喝、不眠不休地寻找，直到精疲力竭。然后她们果真找不到鞘翅目昆虫，往往就附身一株杂草上等死，慢慢地被身体内千种不得满足的欲望折磨而死。

有一天，56号雌蚁发问，为何要纵容这样的惨祸在城邦中上演，而白蚁和蜜蜂他们就会毫不留情地予以消灭。城邦之母告诉她，面对一个问题总有两种解决方法：禁止问题靠近，或是让问题自然发生。后者不一定较差。鞘翅目蚜虫的分泌物掺入其他物质是疗效卓著的药品。

327号带头前进。禁不住鞘翅目蚜虫甜美气味的诱惑，327号舔着他腹部的须毛。须毛上滴出会产生幻觉的液体。令人大惑不解的是——毒汁制造者的腹部加上两根须毛，整体看起来，活脱儿是带着两只触角的蚂蚁头翻版！

56号雌蚁也飞奔而去，但她没有时间享受大餐，一股蚁酸呼啸而至。103683号也脱离蛊惑状态马上发射。鞘翅目蚜虫痛苦地蜷曲着。

103683号简明地发表见解：

"在这么深的地底，见到这种生物是件反常的事。尤其鞘翅目蚜虫不会挖洞。一定是有人故意安排，好阻挡我们进一步追查！这附近一定有不为人知的秘密。"

另外两位同伴，羞愧得，不得不佩服同伴的真知灼见。他们找了好一阵子。他们搬开石砾，仔细闻遍每个小角落。线索很少。然而他们终于辨识出一股霉臭味，杀手的岩石味道。不容易侦测到，只有两三个分子而已。味道是从那里发出来的，小岩石的后面。

他们推开岩石，又是一条密道。只是，它既不是在木头中，也不是在泥土中挖出来的，而是直接在花岗岩中钻洞！还没有任何蚂蚁的大颚能咬穿这种石材。通道非常宽阔，但他们还是小心翼翼地探身下去。短暂的行脚后，他们到达一个满是食物的房间。面粉、蜜汁、谷类、各式肉品……每种的数量都大得惊人，足以养活整个城邦，并度过五个冬眠期！所有的一切都散发出与追杀他们的兵蚁一样的岩石味道。在这里怎么可能会暗藏一间堆满食物的谷仓？更奇怪的是，还有一只鞘翅目蚜虫挡住出入口！

族群中从来没有任何触角传递过这个消息。他们开怀大吃一顿，然后集合触角整理头绪。整个事件越演越不明。歼灭首批探险队的秘密武器，带特殊气味四处追杀他们的兵蚁，鞘翅目蚜虫，城邦底部的食物暗藏点……这些在在显示出，并非单单是侏儒蚁收买一批外籍间谍那么单纯。难不成这些间谍的组织如此严密！

327号和伙伴们并不想再深入思考下去。地底深处回荡着沉沉的振动声。砰砰、砰砰、砰砰……上头的工蚁正用腹部敲击着地面。事态严重，城邦进入第二级警戒状态。他们不能无视这项召唤，步伐自动转向。他们的身躯被一股不可抗拒的力量驱动着，早已先行出发与族群共存亡。

远远跟着他们的小跛子松了口气。呼！他们什么都没发现。

△

尼古拉鉴于母亲以及父亲都没有从地窖回来，他下定决心报警。

一个饥肠辘辘、双眼红肿的小男孩跑到警察局说明"他的父母消失在地窖里"，而且很可能被老鼠或蚂蚁给吞噬了。

两位惊讶不已的警员亦步亦趋地陪他回到希巴利特街3号的地窖。

智慧（续）——

实验再度展开，这一次有摄影机全程拍摄。实验的主题为，相同种属的蚂蚁以及相同的洞穴。

第一天：蚂蚁一直拉、推、咬着枝丫，没有任何结果。

第二天：同上。

第三天：好极了！它找到某种方法，它稍微拉开枝丫，然后用肚子顶住空隙并用力胀大肚子。之后它往下寻找新的着力点再重复刚才的步骤。就这样，慢慢地，断断续续地，从枝丫底下爬出来。

原来如此。

埃德蒙·威尔斯
《相对且绝对知识百科全书》

▼

警报发放乃肇因于一项极不寻常的事件。地处最西陲的拉舒拉岗遭到侏儒蚁的军队攻击。她们终于决定再兴烽火。战争已无法避免了。一些生还者冲出施嘉甫人设下的包围，讲述着难以置信的事情经过。

根据她们的描绘，事情是这样的——17℃——时间，一根长长的洋槐树干，往拉舒拉岗的主要入口逼近。一截居然会动的树干。树干冲撞一次，以旋转的方式破坏洞口！哨兵出城攻击这块木头，非但没有发现来者何人，连她们也被如数消灭了。后来，所有居民都躲在洞里，祈祷树枝停止破坏。可是一直不停。树枝穿透圆形屋顶，好像揉碎一颗玫瑰花苞般，然后深入地道探索。军队全力反扑却徒劳无功。蚁酸对这截植物性破坏者是一点办法都没有。拉舒拉岗人民极度恐慌。终于平静了。

历时 2℃——时间的破坏。接着，侏儒蚁军团大踏步而来。开膛破肚的子城邦根本抵挡不住侏儒蚁的第一波攻势。伤亡人数累计 10 万以上。死里逃生的生还者全部撤往松树树墩，誓死抵抗敌军的包围。然而也撑不了多久，一则她们存粮匮乏，另外敌军已经逼近树墩的中枢，也就是皇城的所在地。

拉舒拉岗是联邦的一员，贝洛岗以及邻近友邦都有义务派兵支援。甚至在触角接收完这所有的悲剧前，战斗准备的命令就已下达。谁还管什么休养生息和城邦整修？春季第一场战争已经开打了。

当327号雄蚁、56号雌蚁以及103683号兵蚁，用最快的速度往上爬时，他们的四周早忙成一团。保育员将蚁卵和幼蚁移送至地下第43层。蚜虫蜜露的采收者忙着把绿色的家畜赶到城邦的最里端。农夫则准备足够的研磨食物充当军粮。在属于兵蚁阶层的地区，炮兵的腹部灌满蚁酸。肉搏战将士磨利大颚。外籍佣兵分组成精简的进攻部队。有生殖力的蚂蚁关在自己的区域内，足不出户。

天气太冷，无法马上出发。明天第一道曙光升起，战事将全面沸腾。圆顶上的气温调节孔关闭。贝洛岗缩紧它身上的毛孔，收回爪子，咬紧牙关，蓄势待发。

△

两名警员中较胖的那个揽住男孩的肩。

"你十分确定？他们人在里面？"

孩子一脸倦容和厌烦，无言地甩开他的手。

加蓝警员欠身望向阶梯，大叫一声"喂！"，既大声又可笑。只有回音应和。

"看来非常深，我们不能贸然下去，要带些装备。"

毕善组长举起一根肥胖多肉的手指放在嘴上，神情肃穆。

"当然……"

"我去找消防队来。"加蓝警员说。

"好。趁这个时候，我来问问这个小孩。"

组长指着被烧坏的门锁。

"这是你妈妈弄的？"

"是。"

"哇！你妈妈的身手真矫健。我认识的女人里，很少人懂得用焊枪冲破重重枷锁……而且没一个会疏通水槽……"

尼古拉没有心情开玩笑。

"她想去找爸爸。"

"是的，对不起……他们在底下多久了？"

"两天。"

毕善搔搔鼻子。

"你爸爸为什么要下去，你知道吗？"

"起先是为了找狗狗。后来我不知道，他买了一大堆金属板带下去，还买了成堆关于蚂蚁的书。"

"蚂蚁？当然，当然。"

毕善组长显然摸不着边际，只好频频点头并喃喃地说了几次"当然"。

事情看来并不单纯。他感觉不出症结在哪里。这不是他首次接手这种"特殊"案件。甚至可以说，一有难缠的案件，一定会落在他头上。事实上，因为他具有一项重要的优点——他让那些疯子觉得，终于找到一个愿意听他诉说、能够了解他的人。

这是与生俱来的天赋。他还是个小男孩时，班上同学就常找他告白，发泄他们所做的疯狂举动。那时他凝神倾听，双眼注视对方，晃着头口中念道："当然。"这招十分管用。人们常常想酝酿出矫揉造作的冗长句子和赞美，来吸引对方或打造深刻印象；然而毕善不同，他觉得只要简单的"当然"一词就已绰绰有余。这又扫清了人际沟通上的一个疑点。

还有个更怪异的现象，年轻时期几乎不发一语的毕善，居然在学校同侪间获得一个口若悬河的名声，甚至还应邀在学年末的结业典礼上致辞。毕善应该去当心理医生的，但是他对制服有种无可救药的迷恋。因此，白色医生袍在他眼里，分量显然不够重。在一群疯子的世界里，军人和警察，整体而言是能够"自我控制"的代言人。

尽管自认能够理解这群制造混乱的人，毕善其实并不喜欢他们。

没头脑的蠢蛋！

毕善投身警界之后，他的上司很快就发掘出他的天赋，因此有系统地分派一些"无法理解的"案子给他。大部分时候，他根本什么都没解决，但无论如何，他总是在处理啊！这已经很不错了。

"啊！还有火柴棒！"

"火柴棒怎么了？"

"如果想找出答案，先得用6根火柴棒摆出4个等边三角形。"

"什么答案？"

"'新的思考模式'，爸爸说的，'另一种逻辑'。"

"当然。"

这次，男孩愤怒地反驳：

"不，一点也不'当然'！必须找出能够形成4个三角形的几何图。蚂蚁、埃德蒙舅舅、火柴棒全都有关联。"

"埃德蒙舅舅？谁是埃德蒙舅舅？"

"就是他写了《相对且绝对知识百科全书》。可是他已经死了，也许是给老鼠咬死的，就是杀死'聒喳喳'的那些老鼠。"

毕善组长叹了口气。

荒唐！这小鬼长大后会变成什么德行啊！至少会是个酒鬼。

加蓝警员和消防队员终于赶到了。毕善骄傲地看着他。

加蓝是个能干的小子，不太正常。

匪夷所思的故事最让他兴奋。愈是古怪，他愈有兴趣。善解人意的毕善和拼命三郎的加蓝形成最佳二人小组，专管"没人愿意插手的疯狂事件"。

他们曾被派往处理"被自己豢养的猫吞噬的老妇人事件"，以及"妓女的舌头让寻欢客窒息而死事件"。差点忘了，还有"腌肉贩人头还原事件"。

"一切妥当，"加蓝说，"长官，您留在这里，我们下去把那些人用充气式担架抬回来。"

▼

城邦之母在皇室里，她停止产卵。扬起一根触角示意要一个人静静。侍臣全数告退。

贝洛·姬·姬妮，城邦的唯一生育母体，内心无法平静。不，她不畏惧战争。她经历过五十几次烽火，有赢也有输。

她心烦的是另一件事——秘密武器事件、破坏屋顶的旋转树干。她也没忘记327号雄蚁的亲身经历，28只兵蚁一举被消灭，她们甚至来不及进入战斗位置……我们能冒险不将这些诡异的资讯纳入考量吗？

该怎么办呢？

贝洛·姬·姬妮想起那次她所遭遇到的秘密武器经历。那是发生在与南方白蚁交战时。一个晴朗的日子，来人向她报告，有一组12名编制的兵蚁队，不是被消灭，而是动弹不得！恐慌达到顶点。大家普遍相信，我们再也无法打败白蚁，她们获得技术上的重大领先。

派遣间谍。白蚁的确刚完成一种能喷出黏胶的炮兵组，叫作"白蚁凸鼻军"。她们能够在200颗外的距离发射胶水，固定住兵蚁的嘴和脚。

经过长期的思考，终于找出抵御的方法——用枯叶为盾前进。因此演出一场著名的"枯叶战争"，贝洛岗大获全胜。

再怎么说，对手可不是笨手笨脚的白蚁，而是侏儒蚁，她们好几次都让褐蚁捉襟见肘。此外，秘密武器似乎威力强大。

触角不安地轻敲。她到底对侏儒蚁了解多少？很多也很少。

侏儒蚁约莫于100年前开始在这个地区出没。起初，只是几只来探路的斥候。由于她们身形矮小，所以并未加以留意。接着，一队队侏儒蚁接踵而至，脚上负着她们的卵和存粮。她们在大松树底下度过第一个夜晚。第二天一早，一半的人口成为刺猬的腹中之物。

幸存者逃往北方，建筑宿营巢穴与黑蚁比邻而居。当时联邦的想法是，那是黑蚁与她们的事。甚至有人认为，任由那些瘦弱的生物被强壮的黑蚁欺凌，有点于心不忍。

然而侏儒蚁并没有被杀戮殆尽。她们每天辛勤地搬运枝丫和鞘翅目小昆虫。相反地，愈来愈少见到的是……强壮的黑蚁。

至今大家还不太明白发生了什么事。根据贝洛岗的间谍汇报，侏儒蚁已经占据整个黑蚁巢穴，我们还幽默地用上天注定来解释。地道里四处传递：这些妄自尊大的黑蚁活该。再怎么说，那么小的蚂蚁怎么可能激起实力雄厚的联邦产生危机意识呢？

只是继黑蚁之后，侏儒蚁征服了蔷薇树上的蜜蜂窝……之后是北方仅存的白蚁窝，最后连有毒针的红蚁穴也归降在侏儒蚁的旗帜下。

纷纷走避加入贝洛岗外籍兵团的难民说，侏儒蚁的战斗策略非常前卫。举例来说，她们从一些罕见的花卉里萃取毒液，掺入蓄水点里污染水源。然而，大伙并没有正经地当一回事，一直到去年 2℃——时间，尼喜尼岗城沦陷后，我们终于觉悟，面对的是可怕的敌手。

虽然褐蚁小觑了侏儒蚁，相对地，她们也太过轻视褐蚁的实力。尼喜尼岗城虽不大，但总是联邦的一员。侏儒蚁欢喜庆功后的第二天，240 队兵蚁，每队 1200 员编制，大张旗鼓地把她们由睡梦中叫醒。

虽然成败立见分晓，也因侏儒蚁的顽强抵抗，褐蚁花了一整天才解救子城邦。那时我们才知道，侏儒蚁在尼喜尼岗城里安置了不是一位，而是……200 位蚁后。真令人震惊。

攻击武力——

蚂蚁是社会化昆虫中，唯一保有攻击武力的一种。

白蚁和蜜蜂是比较大而化之，但同样忠诚护主的种类，它们只在保卫城邦或护送远离巢穴出外劳动者的安全时才会出动军队。相对而言，比较少看见白蚁或蜜蜂为了扩张领土而大举出征。不过还是有。

埃德蒙·威尔斯
《相对且绝对知识百科全书》

俘虏来的侏儒蚁蚁后，娓娓道出她们的历史和风俗习惯，一则极端诡异的故事。

她们说，很久以前，侏儒蚁住在另一个国度，距离此地 10 亿颅之遥。那个国度和联邦的森林景色迥然不同。那里结着硕大的果实，既鲜艳又甜美。此外没有寒冬，不必冬眠。在这块人间乐土上，侏儒蚁建立了施嘉甫城邦。该城本身就有一段古老的历史，依附着一株欧洲夹竹桃整建而成。

可惜好景不长，这株欧洲夹竹桃被连根拔起，带着周围的泥土被放入一个木制箱子里。侏儒蚁曾试着逃走，但是木箱又被摆进一个又大又硬的结构体里。她们走到结构物的边缘，却一只接一只地掉进水里。咸咸的水，广无边际。许多侏儒蚁企图游回祖先的土地，却不幸灭顶。大多数人因此决定，算了，只好想办法在这个被咸水包围的大型结构物内求生存。

就这样，一晃好几天过去了。借由她们的约翰斯顿器官，她们发觉自己以飞快的速度，穿越过难以想象的长距离。

"我们穿过上百个地心磁场屏障。这东西究竟要带我们上哪儿？"

她们随着欧洲夹竹桃被卸在这里。她们发现了这个世界，充满异国风情的动植物。远离祖国来到的新环境令人失望。果实、花卉和昆虫都小得多，也没那么艳丽。她们离开红、黄、蓝的世界，坠落到绿、黑、棕的地域。荧光色的世界转化为粉彩色。还有冬天和冰封一切的酷寒。在那里她们根本不知道冬天为何物，唯一迫使她们歇息的是酷暑！

侏儒蚁首先想出各种办法御寒。其中最有效的两种方法是——身体涂抹糖以及蜗牛分泌的黏滑液体。糖方面，她们采集草莓、桑葚和樱桃的果糖。至于油脂，她们发起全面性灭绝本地蜗牛运动。

除此之外，她们还有一些非常离奇的行为——具生殖力的阶级没有翅膀，因此没有"交尾飞行"。雌蚁就在城中的地底下交配产卵。每个侏儒蚁城邦不只拥有一只生育的母亲，有数百只。这种风俗给她们带来重要的优势——除了出生率大幅高于褐蚁之外，并且也比褐蚁更不易被灭绝。因为只要杀死蚁后，褐蚁城邦就好像被斩首一般。而侏儒蚁城邦只要还有一只具生殖力的子民存活，城邦就能再兴。

对于征服领土，侏儒蚁也另有一套逻辑思维。褐蚁借着交尾飞行的机会尽可能飞得最远，等降落地面后再与联邦结盟形成大帝国。侏儒蚁则不然，她们以自己的中央城邦为基准，一步步渐渐地往外扩张。

甚至连侏儒蚁矮小的身形也是张王牌。只要少量的卡路里就能维持迅速的精神反应，以及一定程度的行动力。我们可以测量她们在下大雨时的应变速度。当褐蚁历尽千辛万苦，忙着驱离蚜虫并把蚁卵搬开灾区时，侏儒蚁早在数小时前，就在大松树树干的凹洞里整理出一个窝，好整以暇地将所有珍宝安置在里面。

贝洛·姬·姬妮不安地动动身子，仿佛想要驱除这些令人忧心的想法。她产下两颗卵，两只兵蚁。保育员都不在，没有人照料。而她饿了，咕噜地吃掉两颗卵。绝佳的蛋白质。

她逗弄那颗肉食性植物。忧虑再度占上风。对付秘密武器的方法只有一个，就是发明另一种更有效、更可怕的秘密武器。褐蚁陆陆续续发明了蚁酸、枯叶盾牌、胶水陷阱。能发明出其他的东西就好了，一种能出其不意击垮侏儒蚁的武器，要比她们的杀人树干更具破坏力！

她步出皇室碰见几只兵蚁，与她们说说话。她建议针对"发明能反制秘密武器的新秘密武器"为主题，召集一次脑力激荡会议。族群对她的刺激多表赞同。到处是三五成群的兵蚁或工蚁集结成的小集团。排列成三角形或五角形之后，连接触角进行数百次的绝对沟通。

△

"小心，我要停下来啰！"

加蓝可一点儿都不希望后面的八名消防队员推挤到他。

"里面真黑！给我一只更强力的手电筒。"

转过身，有人递来一只大手电筒。这些消防队员似乎不太放心，他们身上还穿着皮外套，戴着头盔哩！他怎么没想到，去换件比较适合这种探险的服装，总比身上这件普通的城市休闲外套强！

他们谨慎地往下走。警员是整个队伍的眼睛，每步跨出前都仔细地照过每个细微角落，速度虽慢，但比较保险。

手电筒的光圈扫过穹拱上铭刻的文字——

自我反省，如果不能勤恳不懈地清静心灵，化学婚礼将造成伤害，在此犹豫不决的人实属不幸，愿轻浮的人能自制。

"看到了吗？"一位消防队员问。

"古老的铭文，仅此而已。"加蓝警员安抚说。

"好像巫师的巫术。"

"总之，好像深得要命。"

"这句话的意思吗？"

"不，是指楼梯。下面的石阶看来延伸数公里。"

他们再度下沉。他们现在应该是位于距离城市表面150米的地底。螺旋般地回旋着，好像DNA螺旋结构。他们差一点就晕头转向。深深地，永远更深入。

"难不成就这样永无休止地继续。"

"我还以为只是把人抬出地窖而已。我太太等我8点回家吃晚饭，现在已经10点了，她一定会很生气！"

加蓝再次给队伍打气。

"各位听着，现在我们离地底比地面近，所以加把劲，我们总不能半途而废吧！"

然而，他们才走了十分之一的路程。

▼

室温15℃左右，绝对沟通进行了数个钟头之久。终于一只黄蚁佣兵小组想出一个点子。很快地，其他智囊团也纷纷表示这是个好主意。

贝洛岗恰好有一队数目众多的外籍兵团，由特别种族的蚂蚁组成，叫作"碎谷蚁"。她们的特征是头特别大，嘴长而且犀利，可以咬碎最坚硬的谷类。她们在战争中的表现并不突出，因为脚太短身体过重。干吗大费周章地把她们拖到战场上，又毫无用武之地呢？所以褐蚁安排她们负责一些家务事，譬如砍树枝之类的。

黄蚁认为一定有办法让这些笨重的家伙一跃成为沙场勇将，只要六只身手矫健的工蚁扛着她走就行啦！就这样，碎谷蚁利用气味指挥她下面的"活脚"，发足奔向敌人，并用长嘴将他们咬成数段。几只身上裹着糖浆的兵蚁在屋顶平台演练。六只工蚁抬起碎谷蚁努力协调一致的步伐急速奔驰。一切似乎进行得很顺利。

贝洛岗城邦刚发明了坦克。

△

他们没再上来。

第二天报纸头条——

枫丹白露——8位消防队员和1名警察地窖神秘失踪。

▼

天蒙蒙亮，包围拉舒拉岗城的侏儒蚁已整装待发。围困在树墩内的褐蚁又饥又累。她们撑不了多久的。

波波攻势凌厉。经过两场激烈的蚁酸轰炸，侏儒蚁再度攻下两个交叉路口。树头在炮轰下腐朽，不断吐出受困兵蚁的尸体。

最后几只褐蚁已弹尽援绝。侏儒蚁步步紧逼，埋伏在天花板上的狙击手无计可施。皇室不远了。内室里的蚁后拉舒·拉·姬妮开始减缓心跳频率。大势已去。

但是冲锋陷阵的前线斗士突然接收到警戒讯号。外面出事了。她们循来时路出去。控制城邦出入要塞的小山丘，满眼丽春花绽放，红花摇曳间有点点黑色，成千上万。

贝洛岗终于决定发动攻击。

"算她们倒霉。"侏儒蚁派遣小苍蝇通讯佣兵通知中央城邦。每一只小苍蝇带着相同的费洛蒙信息：

"她们出兵了！派兵支援从右翼包抄！准备出动秘密武器！"

第一道划破云层的阳光加速展开攻击的决定。

8点3分，贝洛岗军队如龙卷风般，浩荡扫过平原，弯过草丛，跳过碎石。百万雄兵，个个张开大口，气势惊人。不过侏儒蚁毫不畏惧。她们早料到这步棋。昨夜，她们每隔一段距离就挖了一个梅花形小土壕暗中埋伏，只伸出大颚，身躯则由土层保护。侏儒蚁精心策划的防线，立即粉碎了褐蚁的攻势。联邦军队面对着只露出尖利大嘴的敌人倍感吃力，无可奈何。她们完全无法剪断侏儒蚁的脚，或劈断她们的肚子。

此时，施嘉甫岗的精英部队在牛肝菌大伞的掩护下，驻扎在不远的地方，准备由侧面包抄反击。就算贝洛岗有百万大军，施嘉甫岗却派了千万兵力。每只褐蚁至少得应付五只侏儒蚁，这还没将藏匿在小土壕内的兵蚁算上。只要一靠近土壕大嘴能及的范围，任何东西马上少一截。

很快地，局势逆转，四面八方涌出的侏儒蚁势如破竹，联邦阵营乱了阵脚。

9点36分，褐蚁几乎是且战且退。侏儒蚁开始施放胜利的香气，作战策略成功，根本不必出动秘密武器！她们追赶弃甲逃兵，一致认为拉舒拉岗一役已胜利在握。

但侏儒蚁的脚实在太短，褐蚁一个纵身飞跃，她们至少得跑上十来步。等她们赶上丽春花山丘时，早已上气不接下气，正中了联邦军队的伎俩。因为第一批士兵的主要任务是——将侏儒蚁从土壕引出，到斜坡决一死战。

褐蚁爬上山丘，侏儒蚁不成行伍地追赶。上头突然亮出一排荆棘丛，"碎谷蚁"的大嘴在阳光下挥舞，闪闪发光，然后整齐划一地垂向地面往侏儒蚁咬。碎谷蚁，咬碎侏儒蚁！

突如其来的奇袭，成效卓著。施嘉甫岗蚁惊慌失措，触角因恐惧太甚而僵硬，她们简直像刚被割草机推过的草坪。

碎谷蚁趁她们极度受惊的良机，将她们打得落花流水。每只碎谷蚁下的六只轿夫欢欣鼓舞齐心合力，她们是战车的履带轮，透过触角严密的同步指示，轮胎和轮轴配合得天衣无缝。如此这个36只脚、上下两张大颚的动物，才能在敌方阵营内信步游走。侏儒蚁根本没时间仔细看那些朝她们冲过来的数百个庞然大物是何方神圣。那些特别发育的大颚潜入敌军中大嚼一阵，再扬起，口中已满是鲜血淋漓的断头与残肢，就像咬断麦秆一样。

恐慌达到极点。仓皇失措的侏儒蚁彼此推挤、践踏，甚至互相残杀。贝洛岗的坦克大队于是扫平侏儒蚁步兵队，远远压住她们的气焰。

停战！坦克往回爬上斜坡，队伍依旧整齐划一，准备再大干一场。残存的侏儒蚁想夺得先机，但上头出现了第二波坦克大队……正顺着斜坡下来！两队坦克平行交叉通过，每辆坦克前尸体堆积如山。

大屠杀。远远一旁观战的拉舒拉岗居民，全都跑出来替她们的姊妹加油助阵。由起先的惊慌转而欣喜若狂，她们发射喜悦的费洛蒙。

这是科技与智慧的大胜利！

到目前为止，联邦的才智还不曾如此大放异彩。施嘉甫岗还没完全摊牌呢！她们还有秘密武器。原先这项武器是专为逼降顽抗分子所设计的，为因应目前急遽转变的战况，侏儒蚁决定孤注一掷。

所谓的秘密武器，外形是一颗褐蚁头颅，中间有一片棕色植物穿透。几天前，侏儒蚁发现一只联邦探险队员的尸体。她的身躯受到寄生毒菌格链孢的压迫而爆裂。侏儒蚁研究员分析费洛蒙后，发现这种毒菌会产生一种飘浮在空中的孢子，粘住并腐蚀甲壳，最后穿透身体引起甲壳爆裂。

多厉害的武器！而且安全无虞，因为孢子虽然会黏附在褐蚁的甲壳上，却不对侏儒蚁构成威胁，因为这些怕冷的家伙习惯全身涂满蜗牛润滑黏液，孢子没有附着点，就这么简单！这种蜗牛黏滑液有防治格链孢的功效。

贝洛岗或许发明了坦克，但施嘉甫岗发明了细菌战。整营步兵出动高举着 300 颗受感染的褐蚁头颅，都是与拉舒拉岗第一次交手后，收集到的战利品。

她们把头颅抛入敌方队伍，一阵有毒灰尘弥漫，碎谷蚁和轿夫工蚁拼命地打喷嚏。当她们眼见自己的甲壳被穿孔时，惊恐地不知所措。工蚁丢下肩头重担，碎谷蚁立刻露出行动不便的缺陷，也开始惊疑不定，甚至责怪其他碎谷蚁并暴力相向。全军覆没。

将近 10 点，一阵寒意骤降，分开如火如荼的双方。她们无法在刺骨寒风中作战。侏儒蚁趁机鸣金收兵，褐蚁的坦克则举步维艰地爬回斜坡。

两队人马统计伤亡人数并估计损失程度。暂时结算的数据显示灾情惨重。最好改变作战方向。

贝洛岗这边已经认出格链孢的孢子了。协商决定牺牲被毒菌感染的士兵，免得受尽折磨而死。间谍以冲刺的速度来报——有办法抵制细菌攻击，涂抹蜗牛黏液。马上说，马上做。她们杀死 3 只这种软体动物（愈来愈不容易找到），身上涂满黏液，抵抗一场大灾难。

触角相接。褐蚁的战略专家们认为，不能单靠坦克进攻。新的战斗阵式规划，坦克充任中军，外加现有的 120 个步兵团以及 60 个外籍兵团在侧翼。

大伙重振士气。

阿根廷蚂蚁——

阿根廷蚂蚁，1920 年出现在法国境内。据推测，它们极有可能是随计划栽种在蔚蓝海岸道路两旁的欧洲夹竹桃，一起搭渡轮过来的。

1866 年，它们在布宜诺斯艾利斯首度被发现（名字由此而来）。1891 年，在美国以及新西兰都发现过它们的踪影。藏身在阿根廷出口马匹的褥草底下，它们在 1908 年抵达南非，而于 1910 年到智利，1917 年到澳大利亚，1920 年到法国。

这种蚂蚁的特征为身材矮小，因此在其他蚂蚁的眼中有如侏儒，但它们相当聪明且凶狠好斗。刚到法国南部没多久，阿根廷蚂蚁就对该区的所有蚁族宣战……同时百战百胜！1960年，它们越过比利牛斯山，直达巴塞罗那。1967年，它们攀过阿尔卑斯山脉进军罗马。

从70年代开始，阿根廷蚂蚁回头往北发展。一般认为它们在90年代末期的某个酷暑穿越罗亚尔河，战略计划媲美恺撒与拿破仑等侵略者。当时遭遇到两大强劲对手——褐蚁（巴黎的东区和南区）以及法老蚁（巴黎的北区和西区）。

埃德蒙·威尔斯
《相对且绝对知识百科全书》

丽春花之役胜负未决。

10点13分，施嘉甫岗决定加派援军。240军团后卫队出发与第一波战役的幸存者会合。有人向她们解释"坦克"战术。触角进行绝对沟通，一定有法子对付这些奇怪的玩意。将近10点30分，一只工蚁开口提议：

"碎谷蚁的动作流畅与否，完全取决于她下面的轿夫，只要将活的脚斩断就行啦！"

另一个想法出现："这玩意的弱点在于不能快捷地回头，可以利用这项缺点。我们只要排成密集的正方形矩阵，当那玩意进攻时，我们散开让她毫无阻碍地通过。然后趁着她还无法刹住冲力的时候，从她的背后袭击让她没时间回头。"

第三个说："我们清楚地看见，脚步一致的关键在于触角传递指示，所以只要切断碎谷蚁的触角就可以啦！这样一来，她们再也无法指挥下面的轿夫了。"

所有的建议照单接受。侏儒蚁重新建构崭新的作战计划。

痛苦——

蚂蚁会感到痛吗？

先天而言，它们没有感应痛苦的神经系统，既然没有神经线，当然不会有痛苦的信息。这解释了为什么有些蚂蚁的残肢与躯体分离后，仍能继续"活着"，有时候可以持续颇长一段时间。对痛苦浑然不觉而引导出科幻新天地。没有痛苦、没有恐惧，也没有"自我"的认知。

长久以来，昆虫学家倾向于这个理论——蚂蚁不会有痛的感觉，这是它们社会的基本凝聚力。

这个说明解释了一切，也等于什么都没说。但有个好处——当我们杀死蚂蚁时，不会良心不安。

对我来说，一种不会痛的动物……让我觉得恐怖。这种观念是错误的，因为头被切断的蚂蚁会分泌出特殊的味道——痛苦的味道，它们知道出事了。蚂蚁没有电传的精神冲动，但拥有化学冲动。它知道自己被切除一块，而且它痛。它用它的方式表达疼痛，当然与我们的方法全然不同。但它会痛。

埃德蒙·威尔斯
《相对且绝对知识百科全书》

11点47分，烽火再起。

一长排紧密排列的侏儒蚁，缓缓爬上丽春花山丘展开攻势。坦克出现在花丛间。一声令下，她们冲下斜坡。褐蚁兵团以及她们的外籍佣兵在两侧跃跃欲试，准备随时收拾这些庞然大物留下的残局。

两对人马只相距100颁远，50……20……10！碎谷蚁才刚开始短兵相接，出人意表的事发生了。施嘉甫岗原本紧密排列的队伍突然散开，成为大型的点线。侏儒蚁变换队形为正方形矩阵。

每辆坦克张大眼看着对手消失，眼前只剩下空无一人的过道。没有任何人反射性地转身追赶侏儒蚁。她们的大嘴向前扑空，36只脚愚蠢地乱动。

一股酸味扩散：

"砍断她们的脚！"

侏儒蚁立即钻入坦克底下杀死轿夫。然后火速抽离以免被掉落的碎谷蚁压扁。其他的侏儒蚁奋不顾身地冲进三三成排的两排轿夫间，一口就咬开毫无防御的肚子。液体流出，碎谷蚁的生命之泉倾泻于大地上。其他人沿着碎谷蚁的庞大身躯攀爬，切断触角后跳跑。

坦克一辆辆地倾倒。失去轿夫的碎谷蚁，就像长期卧床的病人般拖着身子，轻轻松松地被解决掉。

惊悚的景象！

肚破肠流的碎谷蚁被身下的六个轿夫扛着，漫无目的地游走，轿夫们不知出事了。触角被剁的碎谷蚁只能眼睁睁看着她们的"车轮"，各往不同方向奔去，将她们五马分尸……

这次全军覆没敲响了坦克科技的丧钟。多少伟大的发明，从此在蚂蚁史册上消失无踪，因为抵御措施发现得太早了！

在坦克两侧冲锋的褐蚁兵团和外籍佣兵，骤然失去依靠。把她们放在侧翼的主要目的是清理敌军残骸，现在她们只能作困兽之斗。成正方形队伍的侏儒蚁，再次聚集展开碎谷蚁大屠杀。只要贝洛岗一碰到队伍的边缘，她们马上被吸进去，而成千上万的贪婪大嘴立即予以撕裂。

褐蚁和佣兵们只能边战边退。她们在高丘上重新整队，观察侏儒蚁慢慢爬上进攻，队伍一直维持正方形不变。一幅胆战心惊的画面！为了争取时间，壮硕的兵蚁松动石块，并从山丘上往下推。石砾崩落并没有减缓侏儒蚁的行进速度，她们小心翼翼地绕过堵塞住的通道，并马上还原队形。很少有人被压死。

贝洛岗军团绞尽脑汁想找出一套脱困的办法。几位战士提议回归古老的战斗技术。

"为什么不干脆用炮轰呢？"

自从两军对峙以来，蚁酸确实没有派上多大的用场，因为在混战中，很可能误击我军，但是面对呈正方形紧密排列的侏儒蚁，炮轰的结果将相当丰硕。

炮兵手急速摆开阵势，腹部向前突出。她们还可以从左到右，由上至下地旋转，选择最佳瞄准角度。在她们正下方的侏儒蚁看到千万个腹部尖端在山丘顶上一字排开，并没有立刻加以分辨。她们反而铆足劲，朝斜坡的最后几厘米冲刺。

"攻啊！排紧队伍！"

敌方阵营只传来一声清脆的命令：

"发射！"

突出的肚子朝侏儒蚁的正方形队伍喷洒滚烫的毒液。噗，噗，噗。黄色汁液从空中呼啸而过，重重击中第一线的先锋队。最先应声溶化的是触角，溶液流淌在头颅上。接着毒液在甲壳上扩散，甲壳好像塑胶般腐蚀液化。

牺牲者的身躯倒地，形成低矮的路障绊住侏儒蚁。她们重新整队，愤怒至极，更奋力往山岗上冲。

上头，另一排褐蚁炮兵已接替先前一队。

"发射！"

正方形队伍错乱开来，但侏儒蚁仍不屈不挠往前行，脚下踩着瘫软的尸体。

第三排炮兵上阵。喷胶炮手加入联合进击。

"发射！"

这次，侏儒蚁的正方形行伍一举散裂，整团人马身陷胶水洼中。

侏儒蚁企图变换成炮击阵式反击。但这些由下朝山岗挺进的炮兵因无法瞄准而胡乱发射。逆坡发射，她们无法稳住身子。

"发射！"侏儒蚁发放道。

然而，她们短小的肚子只流出数滴蚁酸而已。就算命中目标，她们发射出的酸液也只能轻搔一下痒罢了，根本无法穿透盔甲。

"发射！"褐蚁发放道。

两军发射的蚁酸侧身擦过，有时还相互碰撞。鉴于炮轰成效不彰，施嘉甫岗放弃轰炸。她们想以步兵队的密集矩阵战略赢得胜利。

"排紧队伍。"

"发射！"

炮轰战术持续奏捷的褐蚁回应着。又一记蚁酸和黏胶。尽管炮火猛烈，侏儒蚁终究攀抵丽春花山丘顶峰。她们的侧影形成一条黑带，复仇火焰炽热。

进攻，怒火，破坏。自此，不再有任何"玩意"。褐蚁炮兵再也无法挺起肚子发射，正方形侏儒蚁军团也维持不了密集的阵式。

大批，蜂拥，淹没，大伙互相混杂，列阵，奔跑，转身，逃离，冲锋，分散，聚合，挑起小小攻势，推挤，拖拉，跳跃，倒地，喊话，喷射，支援，吼出燥热空气。到处是置人于死地的念头。彼此打量，搏击，甲壳碰撞。在活人的身上狂奔，一如践踏不动的尸身。

每只褐蚁身上至少挂着三只愤怒的侏儒蚁，但褐蚁身长是她们的三倍大，所以双方的对决显得旗鼓相当。肉搏。气味尖叫。云雾般蔓散的苦涩费洛蒙。

百万只锯齿状尖嘴，如钢铁般，像是利刃、扁钻、单刃或双刃，沾满有毒唾液、黏胶或血液，紧咬不放。

大地震动。肉搏。配有小箭的触角在空中挥舞，迫使敌方保持距离。带爪的脚猛力敲击，仿佛敲的是一株惹人恼火的芦草。捉取。惊慌。不耻。大队人马乱抓旁人的嘴，触角，头颅，胸膛，肚子，脚，膝，肘，关节上的须毛，外壳上的裂缝，盔甲的凹槽，眼睛。

接着，摇晃不定的身躯滚倒在潮湿的地上。有些侏儒蚁还爬上一株懒洋洋的丽春花上，借反弹的力量，她们张开爪子将自己抛向褐蚁，穿透她的背脊，直抵心脏。

肉搏。大颚咬花了光滑的甲壳。一只褐蚁灵活地挥动触角，有如舞动一对长枪，出手迅疾如风。她已刺穿了十几个敌人的脑袋，根本没时间清洗那双沾满无色透明血液的长枪。

肉搏。殊死战。很快地，剪断的触角与脚多得到处都是，踩在上面还以为是踏在铺满松针的地面。

拉舒拉岗残存的居民奋勇加入混战，仿佛嫌死伤人数还不够多似的。有一只褐蚁屈服于矮小敌军的人海战术，情急之下屈身挺腹，喷洒出蚁酸，消灭了敌人也杀死了自己。她们全像蜡般熔化。再远些，另一只兵蚁大口一张，一骨碌咬下对手的头；同时对方也成功地拔下她的头。

103683号兵蚁看着侏儒蚁先锋部队压境。她与同阶级的同伴一起并肩作战。她成功地排列出三角形阵式，扰乱侏儒蚁的凝结力。三角形队伍被打散后，现在她独立对抗五个侏儒蚁，她们个个沾满姊妹们的鲜血。对方在她的身上乱咬。正当她准备全力还击时，老战士在战斗训练场给她的忠告重回耳际——

短兵相接前胜负已定。大颚或是蚁酸的攻击，不过是确认两位好战分子皆已了然于胸的成败定局……攻心为上，必须接受胜利才能攻无不克。

面对单独一个敌手时也许有用。但一下子碰上五个敌人时，又该怎么办呢？

其中一只正猛烈地攻击她胸膛的关节，另一只则觊觎她的左后脚。她将触角如刺针般插入一只侏儒蚁的脖子下方，同时张嘴用力敲昏另一只，使她得以逃离纠缠。

此时，侏儒蚁在战场正中央，再度抛出十几枚感染格链孢的头颅。因为大家都有蜗牛黏液的保护，只见孢子降落在甲壳上，随即掉落在贫瘠的地面。老实说，此刻不是新武器问世的吉时良辰。反制的方法纷纷出笼。

下午3点，战事沸腾至最高点。蚁类尸体变干时散发的气息——油酸，已充斥在大气中。

4点半，至少还保有两只脚的褐蚁和侏儒蚁仍奋力挺直，毅力可嘉地在丽春花下厮杀。单打独斗一直持续到5点才被迫中断，因为一记暴风雨的通知，宣告大雨将至。除非是3月骤雨姗姗来迟，否则就仿佛是上天对这等血腥杀戮实在看不下去了。

幸存者及伤者回营。统计死亡人数共500万，其中侏儒蚁就占400万。拉舒拉岗自由了。

极目望去，大地尽是解肢残骸，穿孔的甲壳，甚至还有一息尚存的骇人躯块。透明血液到处流动有如无色透明漆，另外一洼洼的黄浊色蚁酸随处可见。有几只侏儒蚁还被困在胶水泥淖里，她们奋力挣扎想重回城邦怀抱。可是在雨点落下前，一些鸟飞来把她们都叼走了。

闪电照亮灰色彤云，反射映照出坦克甲壳。她们的长嘴还骄傲地矗立着，黝黑的尖嘴仿佛想刺破天际。

演员下场，雨水清洗舞台。

△

她嘴中满是食物地说着话。

"毕善吗?"

"喂?"

"你完全不把我放在眼里是吧,毕善?你看到报纸了吗?加蓝警员,是你的人吧?就是那个见不到几次面就想和我以'你'相称,让人满肚子火的年轻小伙子吗?"

她是苏兰芝·都蒙,司法警察局长。

"嗯,我想是的。"

"我早就叫你要他滚蛋。现在可好,死后倒上报纸头条了。你怎么一点大脑都没有!派一个没经验的菜鸟去办这等重大案件?"

"加蓝不是没经验的菜鸟,他算得上是优秀警员,只是我太小看这件案子……"

"破得了案的才是优秀警员,没能破案专找借口的就是烂警察。"

"但是,有些案子甚至连我们里面最好的人也……"

"有些案子甚至连我们里面最糟的人也有侦破的义务。而进入地窖寻找一对夫妇就是这类型的案子。"

"我很抱歉,但是……"

"你搞清楚,我对你的抱歉不感兴趣,先生。请你回到地窖,给我把所有的人找回来。你的英雄加蓝值得有一场基督教丧礼。而且,我希望在月底前能看到一篇对我们的绩效赞誉有加的文章。"

"是针对……"

"针对这个事件!而且希望你能封住自己的大嘴巴!案子一日没结,就绝对不许向媒体乱放话。如果有需要,带六名宪警和一些精密的装备下去。就这样了。"

"倘若……"

"倘若你还站着不动,放心好了,我一定会让你的退休金泡汤!"

她挂上电话。毕善组长把所有的疯子整治得服服帖帖的,唯有她例外。因此他只好屈服,开始计划深入地窖。

111

关于情绪——

当人类感到恐惧、快乐或愤怒时，他们的内分泌腺会分泌荷尔蒙流经全身。荷尔蒙等于是在一封闭式的瓶子内回旋。人体心跳加速、流汗，甚或脸上出现痛苦表情、尖叫或哭泣。这纯粹是个人体验。其他人有的毫无怜悯之心地袖手旁观，也有的会激发出同情心，端视各人的理解能力而定。

当蚂蚁感到恐惧、快乐或愤怒时，荷尔蒙会在它体内循环，然后散发到体外渗入其他蚂蚁的体内。拜费洛——荷尔蒙，一称费洛蒙之赐，会有上百万蚂蚁一同尖叫哭泣。

感应到别人的体验以及让别人领会到自我内心的深处……该是多么不可思议的感受。

埃德蒙·威尔斯
《相对且绝对知识百科全书》

▼

联邦之下的所有城邦蚁海欢腾。

甜蜜的养分交换，大量提供给精疲力竭的战士。这里没有英雄崇拜，人人都达成使命——圆满或瑕疵，无所谓，任务结束，一切从头再来。伤口用唾液舔舐包扎。有几个天真的年轻人口中还衔着一只、两只甚或三只她们在战争中失去的脚，居然能在混战中奇迹似的寻回。有人正努力地向她们解释，不可能再接回去了。

地下第45层的大型搏击场中，兵蚁和留守的同伴们，正在重演丽春花战役中的精彩片段。一半的人扮侏儒蚁，另一半饰褐蚁。她们一一模拟拉舒拉岗皇城遭困，褐蚁进攻，与从地洞露出的头颅激战，诈败，坦克上场，面对侏儒蚁的矩阵攻势坦克全军覆没，山丘上的突袭，炮兵阵线，最后的混战。

工蚁们踊跃地前来观看。对每一战役的重现给予热烈的评论。有一点特别吸引了她们的注意：坦克技术。此一技术的确让她们那一阶级大大地露了脸；她们认为不该全盘放弃，而应该可以更巧妙地运用，而不只是放在最前线冲锋陷阵而已。

在战争中侥幸的生还者中，103683号算是相当幸运的。她只丢了一条腿。原本有六只脚，失去一只实在没啥大不了的，不值得一提。

56号雌蚁和327号雄蚁，因具有生殖者的身份无法参战。他们把兵蚁拉到一旁，触角沟通。

"这里没问题吧？"

"没有，带岩石味的兵蚁全都派往战场了。我们关在皇城中，以防侏儒蚁乘虚而入。那边的情况呢？你看到秘密武器了吗？"

"没有。"

"怎么会没有？大伙都在谈论一截会动的洋槐树枝……"

103683号解释他们唯一遭遇的新式武器是可怕的格链孢。不过他们已经找到反制的方法了。

雄蚁不认为是这种东西歼灭了首批探险队。格链孢杀人致死的速度缓慢。此外，他检查过尸体，他非常确定没有一具尸体留有一丁点毒孢子的痕迹。

"那会是什么呢？"

他们摸不着头绪，决定延长绝对沟通。他们真的想搞清楚。意见纷陈杂乱。

为什么侏儒蚁不启用能一举消灭28位探险队员的武器呢？为求胜利，她们好像出尽所有的伎俩。如果她们手上有这样的武器，是不会有任何顾忌去使用它的！假使她们没有这样的武器呢？每次秘密武器出击，侏儒蚁似乎或早或晚都会跟着出现，难道这只是单纯的巧合而已……这个推测与拉舒拉岗的战况相当吻合。至于首批探险队，可能有人故意放出侏儒蚁的身份味道，让族群误入歧途。

这样做谁能渔翁得利呢？如果这些坏事不是侏儒蚁干的，那么又是谁呢？其他人！第二大敌手，我们的世仇——白蚁！这怀疑非空穴来风。近来，东方大白蚁窝出动零落的几只兵蚁越过溪流，多次侵犯隶属于联邦管辖的狩猎区。没错，一定是白蚁。她们暗中计划操纵侏儒蚁和褐蚁，让她们两败俱伤。如此一来，她们就可轻易地消灭两族，趁她们元气大伤时接收蚁窝。

那些带岩石味道的兵蚁呢？八成是白蚁旗下的佣兵间谍。一定是这样。三颗大脑激荡出的共同意念愈见精粹，他们愈坚信是东方的白蚁拥有那神秘的"秘密武器"。

但机密会谈不久就被族群播散的全体通告气息所中断。城邦决定趁两场战争的休战期，提前举行新生庆典——就在明天。

"所有阶级各就各位！"

"雌蚁和雄蚁请到水壶储藏室补充糖！"

"炮兵请到有机化学室灌满肚子的存量！"

离开同伴前，103683号抛下一句费洛蒙：

"交配愉快！别担心，我这边会继续追查。当你们飞上青天时，我已经在前往东方白蚁窝的路上了。"

他们才刚分手，那两只杀手——大块头和小跛子，就尾随而出。她们摩擦墙面，抓取飘零的交谈费洛蒙。

△

自从加蓝警员和消防队悲剧性的挫败后，尼古拉被安排住进距离希巴利特街只有几百米远的孤儿院里。除了失去双亲的真正孤儿外，这里也收容被丢弃或受凌虐的小孩。事实上，人类是少数能够狠下心抛弃或虐待自己子孙的种属之一。年幼的小孩历经数年心惊胆战的生活，接受屁股被双脚乱踹的教育后，逐渐成长，健壮。长大成人后，大都投身军旅。

第一天，尼古拉仍沮丧地站在阳台上眺望森林。第二天，他开始恢复有益他身心健康的活动——盯着电视看。电视机摆在食堂里。学监暗自高兴终于可以摆脱这些"捣蛋鬼"，完全放任他们一连几小时地杵在电视机前，任由他们的脑袋变笨。

这天晚上，另外两个孤儿——荣和菲利普，在寝室问他：

"你碰到什么不幸的事啊？"

"没有。"

"说说看嘛！以你这个年纪不会无缘无故被送进来。先说你多大了？"

"我知道。他的爸爸妈妈被蚂蚁吃掉了。"

"是谁跟你说这些无聊的话的？"

"就是有人啦！你先告诉我们你爸妈怎么了，我们才说。"

"去死吧！"

身材最壮的荣抓住尼古拉的肩膀。菲利普则将他的手臂反转往后扯。尼古拉出其不意地还击，并以手刀劈向荣的脖子（电视曾放过一部电影，电影里的人就是这么做的）。荣开始咳嗽，菲利普回过神后再次进攻，他企图勒住尼古拉。尼古拉用肘尖猛撞他的胃，菲利普跪倒在地、按住肚子。尼古拉收拾他后，转身面对荣，朝他脸上吐一口唾沫。荣冲过去咬住他的小腿肚，深及见血。

三个年轻人在床底滚成一团，不住地死命扭打，最后尼古拉渐居劣势。

"说，你爸妈到底怎么了？否则叫你生吞蚂蚁！"

他把新囚犯按倒在地，菲利普飞奔出去，找这一带常见的鞘翅目昆虫，然后带回来在尼古拉的面前晃。

"看，这几只还真肥！"

接着，他捏住尼古拉的鼻子，强迫他张开嘴，将虫往里一塞，三只着实还有工作待完成的年轻工蚁被囫囵吞下。

尼古拉此时体验了他生命的一大惊奇：香甜可口。其他两人骇异地看着他居然能嚼下秽物而没有吐出。现在换成他们也想尝尝看。

▼

蜜露水壶储藏室称得上是贝洛岗的最新发明之一。事实上，"水壶"的概念源自南方蚂蚁族。她们自从几番酷暑季节以来，不断地北上。据说联邦击溃南方蚂蚁，凯旋之际发现了水壶储藏室。

在昆虫界，战争可谓是传递发明创新的最佳媒介与动力。贝洛岗的部队当场愣在那里，她们看见了一群注定终身倒挂在天花板上的工蚁，头朝下，肚子膨胀，甚至比蚁后的还大两倍！

这些南方人解释"牺牲的"蚂蚁变成活的糖果，能储存数量可观的汁液、露水或蜜露，永保新鲜。总而言之，这是"社会嗉囊"概念极端延伸下产生的"蓄水蚂蚁"新立论——而且实际获得应用。只要轻搔这些活冰箱的肚子尾端，琼浆玉液将涓涓滴流或尽情流泻。

南方蚂蚁借此逃过热带地区常有的连年干旱。当她们迁移时，就把水壶拎在手边带着走，并一路上保持她们身体的湿润。不由得你不信，这些糖果跟蚁卵同样珍贵。

贝洛岗盗拷了这项技术。对她们而言，这个技术的最大优点不仅能库存大量食物，而且保存食物的鲜美和卫生度更是举世无双。

城邦所有的雄蚁和雌蚁都到储藏室报到，吸满糖和水。每颗活糖果前方都是大排长龙，一只只带着翅膀的索求者。327号和56号一道吸食后，就此分手。当所有的生殖者与炮兵先后离开时，蓄水蚂蚁已被掏空。大队工蚁连忙再次补充汁液——露水和蜜露，直到干瘪的肚子再度肿胀成亮晶晶的小圆球为止。

△

一位学监赶来制止并且一并处罚三人。没想到，荣、菲利普和尼古拉成为孤儿院里最要好的朋友。

他们经常一块儿在食堂流连，盯着电视看。那一天，他们正在观赏一延再延老演不完的连续剧《外星人，引以为傲的外星人》。当他们看到剧情描述一群宇宙飞行员降落到一个居民是蚂蚁巨人的星球时，他们用手肘互推对方并放声高喊：

"您好，我们是地球人。"

"您好，我们是瑟谷星的蚂蚁巨人。"

接下来的情节相当普通：蚂蚁巨人具有心电感应能力。他们送出互相残杀的气味讯号到地球人的脑中，幸好最后幸存的地球人及时明白一切，放把火将敌人的巢穴烧成灰烬……

孩子们对结局非常满意，并决定出去找几只甜滋滋的蚂蚁吃。奇怪，他们捉到的不像先前如糖果般的好吃。这些看起来比较小，而且吃起来很酸,就像浓缩柠檬汁。

"呃!"

▼

接近正午的时候,一切在城邦的最高处展开。

晨曦第一道曙光降下,炮兵早已在环绕圆顶的洞穴内,部署一顶防护皇冠。她们的肛门朝天自成一排地对空防御线,目的在逼退即将光临的鸟群。有些炮兵用树枝夹住肚子,以减缓反弹力道。位置固定后,她们能朝同一方向连续发射2到3发,也不会偏离目标。

56号雌蚁在她房里。没有生殖力的蚂蚁正细心地替她的翅膀擦上保护唾液。

"你们出去见识过外面的世界了吗?"

工蚁们不搭腔。无疑,她们一定出去过。

"外面都是树,都是草,有什么意思呢?"

蚁后候选人即将体验一切,用触角沟通的方式来了解外在世界,真是生殖者的无理取闹!工蚁精心地装扮她,拉开她的脚让它柔软,命令她扭动身体,活动胸膛及腹部的关节,还得检查嗉囊内是否装满了蜜露,顺便压一下肚子挤出一滴尝尝。这些汁液应该足够支撑她飞行几个小时。

好了,56号准备妥当。下一个。

全身佩戴了必需的华丽装饰与所有的辨识味道之后,公主步出内室。327号雄蚁说的没错,她真是个大美人。

56号艰难地展开双翼。近来,这对翅膀长得快得不像话。那么长,那么重,只好任由它无力地垂在地上……一如新娘面纱。

其他的雌蚁簇拥在通道出口。100多名少女鱼贯地往圆顶枝丫前进。

有人兴奋地吊挂在枝丫上——四片薄翼因而刮花、刺穿甚至整片被扯裂。这些可怜的人儿不能再继续前行,她们飞不起来了,只好懊恼地回到第5层。她们只能像侏儒蚁公主一样,笨笨地到密室内繁殖后代,永远无从得知什么是爱的飞行。

56号雌蚁毫发无伤。她机灵地跳过每一条枝丫，不让自己跌倒，也小心避免刮伤细致的翅膀。一只在她旁边同行的姊妹，恳求与她进行触角沟通。

"繁殖雄蚁是什么模样？"

"类似雄蜂还是苍蝇？"

56号默不作声。她忆起327号，"秘密武器"之谜。一切都成往事，工作计划小组也停摆了。至少对两只生殖者而言，的确如此。从今以后，整个重责大任都交付到103683号的手上了。

她追忆过往的一件件。被人追杀的雄蚁闯入她的闺房！

他们的第一次绝对沟通。

他们和103683号的巧遇。

带岩石味道的杀手。

城邦底下的亡命之旅。

尸横满布的秘密集会点，而那些尸体原是他们的军队。

鞘翅目蚜虫。

花岗岩中的秘密通道。

边走边回忆，56号自觉非常幸运。离开城邦前，还没有任何姊妹曾经历过这样的冒险。

还无法合理地解释这些疯狂举动，况且他们人数众多，真的是白蚁雇用的佣兵间谍吗？这完全说不通，不可能会有那么多间谍，组织也不可能如此严密。

何况，还有另外一点完全搭不上关系——为什么城邦地底会存有大量的食物？为了养活这些间谍？不，东西未免太多，足够填饱数百万张嘴……他们还不至于有数百万人吧！

还有那只可疑的鞘翅目蚜虫。他是生活在地面上的生物，凭一己之力是到不了地下第50层深处的，一定有人带他下去。只要一靠近这种虫，就会被他分泌的气息迷惑，看来一定是组强大的团体，用柔软的树叶包住大怪物后，秘密地搬运到地底下。她想得愈深入，愈觉得这些在在需要强大的后援力量。

老实说，从正面切入事件核心，明白显示出族群中的部分分子保有一个秘密，为了保住这个秘密，她们不择手段地对付自家的姊妹。

太多事在脑海中盘旋不去。56号停下脚步，身旁的同伴以为她因为交尾飞行太兴奋而失神。这事常有，生殖者是如此敏感。她将触角收回放在嘴边，急促反复地喃喃自语——首批探险队惨遭歼灭、秘密武器、30只兵蚁被杀、鞘翅目蚜虫、巨岩中的秘密通道、食物库存……

天哪，太棒了，真相大白了！她转过头逆向人潮奔去，希望不会太迟！

教育——

蚂蚁的教育有一定的步骤，循序渐进。

第1天到第10天，大多数幼蚁留着服侍蚁后，悉心地照料它、舔舐它、抚摸它，蚁后则在幼蚁的身上涂抹营养丰富而且消毒杀菌的唾液作为回报。

第11天到第20天，工蚁们获得授权照顾蚁茧。

第21天到第30天，它们照顾并哺育小幼蚁。

第30天到第40天，除了持续照料蚁后和幼蚁之外，它们还忙于分担家事以及开始挖掘地道。

第41天是个重要的日子，工蚁经判定具有足够的经验后，有权离开城邦外出。

第41到第50天，它们分别担任警卫或压挤蚜虫蜜露之责。

第50天到生命的最后一天，它们能胜任群居蚂蚁最热衷的事业——狩猎，到未知之境开疆拓土。

注意：从第11天开始，具生殖力者不再需要工作。并在专属区域内无所事事地游荡，等待交尾飞行。

埃德蒙·威尔斯
《相对且绝对知识百科全书》

327号雄蚁也紧锣密鼓地准备，触角所及的范围里，雄蚁谈论的主题全绕着雌蚁打转。大部分雄蚁与雌蚁缘悭一面，顶多就是在皇城走廊上惊鸿一瞥。他们的想象天马行空，幻想着雌蚁有诱惑的香气、销魂的性感。

其中一位王子宣称有和雌蚁交换养分的经验。雌蚁吐出的蜜露带着桦树树汁般的芬芳，身上散发的性爱荷尔蒙，就像刚摘下的黄水仙般浓馥。其他人暗自羡慕他。

327号，他才真正从雌蚁口中吸取过蜜露——而且是多美的一只雌蚁啊！他知道，这些蜜露和从工蚁或糖果蚁口中得到的蜜露味道完全不同。不过，他没有加入交谈。

一个甜蜜调皮的念头浮上心头，他很想提供自己的精子给56号雌蚁，让她建立未来的城邦。如果他能找到她……太可惜了，怎么没想到要事先约定好借由某种味道辨识，好让他们在人群中会合呢？

当56号雌蚁出现在雄蚁休息室时，群情哗然。跑到这里来违反了族群的禁令。雄蚁和雌蚁只有在交尾飞行时才能相见，这里可不是侏儒蚁窝，不准在地道里交配。

雌蚁不顾一切往混乱的人群中央冲，她推挤每个人，全力施放扩散费洛蒙。

"327号！327号！327号！你在哪里？"

王子们再也按捺不住，不客气地告诉她，没有人能自行选择交尾对象！她要有耐心，一切随缘，有点羞耻心。

56号雌蚁终于找到她的同伴了。

死了。头被一口咬下，干净利落。

极权体制——

人类之所以对蚂蚁感兴趣，是因为他们认为蚂蚁成功塑造出一个极权政治。的确，从外表看，一个蚁窝里大伙辛勤工作，服从命令，愿意为他人牺牲，无一例外。而到目前为止，人类施行过的极权体制全部失败……

因此，人类想模仿社会性昆虫（拿破仑的象征不正是一只蜜蜂吗？）。

弥漫在蚁窝中的全球资讯费洛蒙，就是今日的卫星电视。人类相信，只要给大家最好的，完美的人类终究会出现。

这并不是事物的真义。大自然，请达尔文先生别见怪，并非朝向适者生存独大的方向演进（何况又根据什么标准评定适者呢？）。

大自然的活力源自它的多样性。它必须有优良，劣等，疯子，绝望，运动健将，体弱多病，驼子，兔唇，乐天派，悲观，聪明，混蛋，自私，慷慨，瘦小，高大，黑人，黄种人，印第安人，白人，等等。还要有各类宗教，学说，狂热迷信，真知灼见……真正的危险是其中一种被另一种灭绝。

我们看到人类培育出的玉米田，培育出品种最好、果实累累的玉米穗（而且只要少量的水，又抗寒冻，玉米粒颗颗饱满结实），一旦碰上任何疾病便死亡殆尽。相反地，野生玉米田里长着好几种特质各异的品种，各有弱点，各有缺陷，但往往能找出抵御传染病的方法。

大自然憎恨一统，偏爱多样，也许这正是它的聪明之处。

埃德蒙·威尔斯
《相对且绝对知识百科全书》

56号雌蚁拖着疲惫的脚步回到圆顶。她的红外线单眼察觉出有两个身影靠近内室走道。

带岩石味的杀人狂！大块头和小跛子！

她们直直地朝56号走过来，56号鼓动双翼跳起，飞向跛子的颈项。但是她们早一步先制住了她，她动弹不得。然而，她们并没有杀死她，相反地，强迫她进行触角沟通。

雌蚁怒不可抑。她质问她们：

"为什么要杀死327号雄蚁？"

"反正飞行完后他自然就会死。"

"为什么要杀死他！"

两只杀手试着劝她。

对她们而言，有些事情不能等，而且不计代价。如果想使族群和谐地生存下去，尽管有些任务不甚光明磊落，有些举动不甚堂皇，也必须一一完成。千万不要太天真……为了贝洛岗的团结安定是值得的。而且如果情况非得如此，就必须多加留意！

"原来你们不是间谍？"

"不，不是。"

她们不是间谍。她们自称是保护族群安全健康的首席干员。

公主释放出狂怒的费洛蒙叫道：

"难道327号危害到族群的安全？"

"是的，总有一天，你会明白，你还太年轻……"

明白，明白什么？明白城邦里有个超级的暗杀集团，还胆敢向她宣称，杀死亲眼目睹关系族群存续的关键事物的327号雄蚁是为了拯救族群。

跛子低声下气地辩白：

"身上带有岩石味道的兵蚁隶属于反颠覆性压力部队，正常的压力可以让族群进步并鼓舞士气，然而颠覆性的压力则会导致族群自我灭亡……并不是所有消息播送后都有好后果。有些消息会招致抽象玄奥的焦虑不安，此时若没有因应的措施，族群会立即陷入不安，但受制于现况又无力安抚……这对每个人都非常不利。族群开始产生毒素，毒害自己。整个族群的长治久安比起眼前事实的知情权利要重要多了。如果一只眼睛看到某种事物，而大脑知道会危害到整个机构时，最好把那只眼睛弄瞎……"

大块头从旁唱和，综整小跛子的至理名言如下：

我们弄瞎那些眼睛，我们切断精神刺激，我们挡住不安情绪。

她们的触角坚称，强调所有的机构都有这种类似的保安系统。没有这种系统的族群将因过度恐惧而亡，或者因无法面对不安的现实而自杀。

56号相当意外，但是立场坚定。

"真相费洛蒙最美！就算她们想隐瞒秘密武器一事，也已经太迟了。拉舒拉岗是秘密武器的第一个牺牲品，早已尽人皆知，尽管就技术上而言，仍是一大谜团……"

两只兵蚁一直保持相当的冷静，但也不敢稍有松懈。拉舒拉岗，大伙早就忘了，胜利冲淡了好奇心。只要在走道上闻一闻就知道，没有任何毒素的痕迹。新生庆典前夕，整个族群是一片祥和。

她们究竟想对她怎么样？为什么这样掐着她的头？

在地底追逐时，跛子嗅出第三只蚂蚁的味道，一只兵蚁。

"她的编号是多少？"

原来是因为这个缘故才没有立刻杀了她！雌蚁用触角尖深深地刺进大块头的眼睛里当作答复，虽然天生失明，还是一样痛彻心扉。至于跛子，在大吃一惊时放松了大嘴。

56号雌蚁没命地奔跑，为了跑快些还张开翅膀飞翔。鼓动翅膀时扬起一阵泥灰烟尘，追兵迷失了方向。

"快，得快点回到圆顶上。"

刚才从鬼门关捡回一条命。

现在她将开展生命的新页。

△

反对蚁窝玩具请愿文告，由埃德蒙·威尔斯在国会调查委员会前宣读，节录如下：

昨天，我看到商店陈列要送给小孩的新圣诞玩具。透明的塑胶盒铺着一层泥土，里面放了六百只蚂蚁，其中一只保证是会繁殖的蚁后。

我们可以清楚地看到它们在工作、挖掘及奔跑。

对小孩子来说，真是太神奇了。好像送一座城市给他们，里面的居民除了身材迷你外，简直就像几百个会动的洋娃娃，而且自动自发。

坦白说，我自己拥有一个类似的蚁窝。原因很单纯，因为身为一名生物学者，我的工作就是要研究它们。

我把它们放进一个鱼缸里，然后用透气的纸箱盖住。

然而，每次站在我的蚁窝前时，我有一种非常奇怪的感觉。好像我在它们的世界里是无所不在的。我好像是它们的上帝……

如果我懒得喂食，我的蚂蚁必定难逃一死；如果我突发奇想制造一场大雨，只要拿杯水往城里洒就行了；如果我想提高环境的温度，把鱼缸拿到电热器上就好了；如果我想绑架一只蚂蚁放在显微镜下观察，只要拿起镊子伸入鱼缸中；如果我发神经想杀死它们，也不会遭遇任何反抗。蚂蚁甚至不明白这到底是怎么回事。

我告诉您，各位先生，我们对这些生物有绝对的操纵力，只因为它们属微小的生态。

我绝不会滥用我的操纵力。但请想一想，一个小孩子……也可以对它们呼风唤雨。

有时候，我会有个蠢念头。看着这些泥土城，我想：假如这是我们的城市？假如我们也像这样被关在某个大鱼缸里，被另一种大巨人看管着呢？

假设亚当和夏娃是两只实验用白鼠，被安置在人造的布景中，为了让人"观赏"？假设《圣经》所描述的伊甸园只是另一个鱼缸牢笼？

假设洪水，竟然，只是一杯上帝不小心或因好奇心而倒下的水？

您跟我说不可能的？请了解……这中间唯一的差别在于，我的蚂蚁是被玻璃墙禁锢，而我们则是被物理力量绑住——地心引力！

有时候，我的蚂蚁会弄破纸箱，好几只就这样逃走了。而我们，我们成功地发射火箭，脱离万有引力的掌控。

言归正传。我刚才跟您说过，我是个宽宏大量慈悲为怀、甚至带点迷信色彩的上帝，所以我绝对不会伤害我的子民。

但是千百个在圣诞节卖出的蚁窝，将使小孩摇身一变成为千百个小上帝。他们会像我一样宽宏大量慈悲为怀吗？

当然，大部分小孩能了解他们肩负着城市兴衰的责任，他们享有权力，也必须履行神圣的义务——喂食、调节温度，不因一时高兴而下毒手。

然而，小孩子，我指的是那些年纪比较小还不知担负责任，或容易受挫的小孩；成绩不好、父母吵架、同伴斗殴。他们在盛怒下，很可能就忘了"年轻上帝"应尽的义务，我不敢想象在他们"统治下的子民"会有什么样的命运……

我不是要求您以同情蚂蚁的角度或保障动物权利的名义，通过法律禁止贩售蚁窝玩具。只是请您想想，或许我们也是被某巨人族研究的笼中囚，您愿意地球像一个圣诞礼物一样被送到一位不负责任的年轻上帝手中吗？

▼

日正当中。

迟到的雄蚁和雌蚁全都挤在通往城邦外层的中央干道上。

一旁的工蚁催促、舔舐、鼓励他们。

56号雌蚁及时隐没在这群欢欣鼓舞的人潮中，身份味道互相打散混杂。这里，没人能辨识出她的气息。她随着姊妹们的行进方向移动步伐，愈走愈高，穿过无数陌生的区域。

拐过走道，突然，生平头一遭，她看见白昼阳光。一开始只不过是反射在墙上的光晕，很快就转幻成令人目眩的亮光。她终于看到保育员口里描述的那股神秘力量——炽热、温柔及灿烂的阳光。美丽新世界的承诺。

由于直接照射强烈的光子，她觉得飘飘然，仿佛多喝了几杯第32层出产的纯酿蜜露。

56号公主持续前进。地面上白光点点。她不知所措地踏入温热的光圈中。对一个童年都在地底度过的人来说，对比是极其强烈的。

再转个弯。白热的阳光扫射，目眩神怡的光圈扩大，渐渐变成银白色面纱。阳光直射使她不禁后退。她感到光粒子钻进眼睛，燃烧视觉神经，炙熔三个大脑。

三个大脑……古老的祖先遗产。每个环节各有其神经结，每具身体结构的部分也各有一神经系统。

她迎面朝光粒子逆势而行。远远地,她瞥见姊妹们被太阳攫住的影子,仿佛鬼魅。

她依旧前行,甲壳开始温热。大家试着向她描绘的阳光,其实是无法用言语形容的,必须亲自体验!她想起"守门蚁"那个阶级的蚂蚁们,一辈子都无法体会外面的花花世界和太阳。

她钻进光线之墙,身影投射在另一边,远远的城邦外。她的复眼慢慢地适应强光,此时开始感到野外狂风刺骨、寒冷,活泼且芬芳的气流,与她之前呼吸的调节空气有天壤之别。

触角轻轻飞舞。她不太能控制触角的方向位置。一阵劲风刮来,将触角带上面颊。翅膀戛然作响。

圆顶的最高点,工蚁在迎接她,捉住她的脚抬高往前推入一群生殖者中。一块小小的地方挤满嘈杂蠕动的数百只雄蚁和雌蚁。56号公主明白,她现在的位置是交尾飞行的起飞跑道。现在只等气候转好。

然而一阵狂风大作,十几只麻雀俯冲叼走几只生殖者。麻雀被这群意外猎物吸引得愈飞愈低。一旦他们过于接近,埋伏在圆顶四周的炮兵,立即赏他们一记蚁酸。

刚好一只鸟过来试试运气,他朝成群的猎物直冲而下,一把抓住三只雌蚁正想回头振翅高飞!在这只鲁莽的飞禽爬升到足够的高度前,被击中了;他滚进草丛,呻吟不已,口中还紧紧衔着蚂蚁,振翅猛扑,以为可以拍掉毒药。

希望能对这些鸟产生杀鸡儆猴的示范作用!实际上,麻雀是退后些……但并未完全放弃。要不了多久他们会再回来,再次以身试验蚂蚁的地对空防御线。

天敌——

假设人类无法克制他们的主要天敌,譬如豺狼、虎狮、熊或非洲鬣狗,我们的文明会变成什么样子呢?

必定是个焦虑不安的文明,永远在质疑一切。

罗马人歌舞升平之际，必会叫人送来一具尸体，以保持忧患意识。每个人都在提醒自己胜负尚未成定局，死神随时会莅临。

今天，人类已经打垮并消灭对他们造成威胁的物种，甚至有些已经变成博物馆典藏品。以至于只剩下病毒，也许蚂蚁也算，能让他们不安。

相对地，蚂蚁文明是在无法消灭天敌的状况下发展的。结果这种昆虫一直生活在忧患的状态下，它们明白自己才走了一半的路程而已，因为连最愚笨的动物只要抬起一只脚，就能毁掉几千年累积的经验与智慧结晶。

埃德蒙·威尔斯
《相对且绝对知识百科全书》

风势趋缓，阵风明显减少，气温回升。22℃——时间，城邦决定释放出它的子女。

雌蚁振动四片薄翼，嗡嗡作响。她们已准备就绪。成熟雄蚁发散的味道让她们性趣高涨。

第一批雌蚁优雅地展翅。上升不到100颅高……就被麻雀吃掉了。无一幸免。

下头一阵骚动，但蚂蚁可没这么容易罢休。

第二批出发起飞，100只中只有4只雌蚁逃过鸟喙和羽毛的拦截。雄蚁成群结队地追赶她们，完全没有遭遇任何阻力，瘦小的身型根本引不起麻雀的兴趣。

第三批雌蚁跃上云端。至少有50只鸟横亘在路上。大屠杀。无人生还。不仅如此，集结的飞禽愈来愈多，好像大伙口耳相传互相邀集至此似的。现在上头不只有麻雀，还有乌鸦、红喉雀、燕雀、鸽子……叽叽喳喳闹成一团。对他们而言，也是个大庆典！

第四批起飞。重蹈覆辙，没有任何一只雌蚁逃过。鸟雀甚至为了抢夺最肥美的雌蚁而起了内讧。

炮兵们义愤填膺。她们挺直身子倾尽全力，喷出腺体内的蚁酸。但这些掠夺者飞得很高，致命的毒液滴滴掉落，反而造成不小的破坏和伤亡。

雌蚁们惊慌失措，不敢起飞。一致认为不可能飞越鸟群，她们宁愿回到地面，与其他意外受伤的公主一块儿在室内交配。

第五批站上去准备做最后的牺牲。一定得想办法突破鸟喙之墙！17只成功了，43只雄蚁尾随而去。

第六批，11只雌蚁过关！

第七批，34只。

56号鼓动双翅，她还不敢上前。一个姊妹的头刚好掉在脚边，随后一片羽毛轻飘而至。不祥之兆。她想看看外面的大千世界吗？啊，现在她打定主意了！

她将随同第八批的姊妹一起翱翔？

不……她做对了，这一批悉数被消灭。

公主非常害怕。她再度鼓动翅膀，举得更高些。至少翅膀还能动，没问题，只是……恐惧掳获了她。必须保持冷静，成功的概率不大。

56号暂时停止振动翅膀，刚刚第九批里有73只雌蚁过去了。工蚁释放出鼓舞的费洛蒙。希望重现。随第十批出发吗？

她犹豫不决。突然她看见小跛子和被刺瞎双眼的大块头，就在不远的地方。她当下决定，一股脑往外冲。两只杀手的大嘴扑了个空，千钧一发。

56号有好一阵子一直维持于城邦和鸟群间的高度。不久，第十批出发的雌蚁追上来围在她的四周。她趁机加速往前冲，落入无穷尽的天际。旁边一只姊妹被叼走，她九死一生地逃过山雀的大魔爪。完全靠运气。

第十批共有14只毫发无伤。但是56号不敢有其他妄想，她才通过第一道考验，厉害的还在后头。她对这些统计数据耳熟能详。一般而言，1500只公主飞出去，只有十几只能顺利着陆。最乐观的估计，只有4只蚁后能存活下来建立城邦。

有时候——

有时候夏日漫步，我会瞥见一只类似苍蝇的昆虫，差一点被我踩扁。仔细一看，原来是只蚁后。倘若这里出现一只，表示应该有上千只在附近。它们在地上蠕动。几乎全都被人的鞋底一脚踩碎，要不就撞上车子的挡风玻璃。它们精疲力竭，无力驾驭航向。有多少城邦就这样，在夏日的公路上被雨刷一挥？

埃德蒙·威尔斯
《相对且绝对知识百科全书》

56号雌蚁奋力挥舞四片泛着彩绘光辉的羽翼之际，她瞧见后面一大片羽毛朝第十一批和第十二批的姊妹围拢。可怜！只剩下五批雌蚁了，城邦即将释放完它所有的希望。

她不再多想，无边的蔚蓝吸引着她。一切是如此的湛蓝！对一只生活在地底的蚂蚁来说，御风而行真是太神奇了！她仿佛来到另一个世界。离开狭窄的地道，奔向无垠的苍穹，所有的一切都是三度立体的空间。

她直觉地发掘飞行技巧。重心摆在这边翅膀上，就向右转。她变换翅膀振动的速率以及角度，忽而升高，忽而下坠。一会儿加速……她发现想完美地转弯，必须将翅膀尾端固定在一个想象的轴心中，而且毫不迟疑地让身体与轴心成大于45°角。

56号雌蚁发现天空并不寂寞，这里到处是阵风，有些像气泵般把她托高。气流洞则不然，会让她骤失高度。他们只能观察在前面飞的昆虫动态，以探知是否有气流洞潜伏。

她冷。高空气温低。有时还会刮起热乎乎或者冷冰冰的旋风、暴风，把她当成陀螺转。

一群雄蚁追赶她。56号雌蚁加速急飞的目的，在于挑选那些速度快又有毅力的追求者。这是遗传基因评选的第一道关卡。

她感觉有人攀住她，一只雄蚁黏附在她的肚子上，奋力地攀登。蛮小的一只雄蚁，但当他收回翅膀时，感觉挺重的。

她掉了些高度。她身上的雄蚁稍微弯曲，免得被舞动的翅膀打到。等他能保持平衡后，他突起腹部让刺针碰触女性生殖器。

她好奇地等待欢愉。阵阵奇妙的轻螯扩散到全身。她突发奇想，毫无预警地摇晃一下，全力俯冲。

太疯狂了！神魂颠倒！速度和性爱构成她初次交欢的鸡尾酒。

327号雄蚁的影像隐约浮现，风在她的眼睛和须毛间呼啸而过。一股辛辣的汁液使触角微微发颤。某部分的思绪幻化成波涛汹涌的大海，腺体分泌的神奇玉液混合为炽热的汤汁，一骨碌灌进脑中。

降落在草叶上，她集中精神再次展翼。现在她如飞箭般拔高，当她重新获致平衡时，雄蚁感到不太舒服，脚在发抖，嘴巴无意义地上下咬合，心跳停止，垂直下坠。

大部分昆虫雄性都被设定在初次性行为后立即身亡。他们只有一次机会，得一举成功。一旦精子射出体外，连生育者的生命也跟着走了。

单就蚂蚁而言，射精置雄蚁于死地。其他昆虫则是在交配之后，由雌性杀死爱侣，原因无他，纯粹是因为激情使她们食欲大振。

第二只播种者黏上她，别人离开后马上有人取而代之！第三只来了，然后一只接一只数不胜数。雌蚁早就懒得算了。至少来了17或18只雄蚁，在她的精液囊里灌满新鲜的精子。

她感觉这群小小生命体在她的肚子里乱钻。未来城邦的库存子民。数百万雄性精细胞，可以供她每天产卵长达15年之久不虞匮乏。

她周围的姊妹们和她分享着相同的激情。天上充斥着飞翔的雌蚁，每人身上趴着一只或数只雄蚁进行交配。爱人队伍拉向云端。女士们被同时袭来的疲累和幸福弄得醺醺然。她们不再是公主，她们是皇后了。阵阵高潮差点使她们晕厥，失却航向。

就在此刻，四只雄赳赳的燕子从花意盎然的樱桃树上跳下。他们没有展翅高飞，只是轻巧地滑向天际，冷酷严峻……他们朝这群展翅的蚂蚁而来，张开鸟喙，一个接一个地吞入腹中。

56号在劫难逃。

103683号现正位于探险队员的房间。她本来打算孤军深入东方白蚁窝，继续侦察，但是有人邀请她加入"猎龙"探险计划。据说在奴比奴比岗附近的放牧区发现了蜥蜴的踪迹，该城是城邦中最大的蚜虫畜养场……共计900万只蚜虫！只要有一只蜥蜴类动物出没，放牧业就会受到莫大损害。

恰巧奴比奴比岗位于联邦的最东端，正在贝洛岗与东方白蚁窝的中间。103683号于是同意加入探险队一同出发。如此一来，没有人会注意到她的离开。

周围的探险队成员细心地做行前准备，不仅嗉囊装满高能量的糖，腹袋更灌满蚁酸，接着大伙往身上涂蜗牛黏液，既可御寒又能预防格链孢的感染（现在她们知道了）。

虽说是猎杀蜥蜴，有人拿他与蝾螈或青蛙相比拟。32位成员绝大多数同意，此次狩猎难度相当高。

一只老将宣称蜥蜴的尾巴断了之后会再长出来！大伙嗤之以鼻。另一位则肯定曾看过一种类似的怪物，可以像石头般动都不动长达10℃——时间之久。接着聊起贝洛岗人民赤手空拳，只凭大颚对抗这些怪物的情形……那时候，蚁酸的使用还不普遍。

103683号不由得一阵寒战。到目前为止，她还没碰过蜥蜴。想到不久要用大颚甚至蚁酸攻击不免有点担心。她暗下决心，一有机会就溜走。毕竟从族群存续的角度来看，调查白蚁的秘密武器比运动性质的狩猎重要多了。

探险队全体就绪。她们循着城邦外环地道往上走，通过7号门，一般所谓的"东城门"，离开城邦，隐没在阳光下。

首先，她们得穿过城市郊区。这可不是件简单的事。贝洛岗城附近到处是拥挤的人潮，工蚁、兵蚁步调一个比一个急促。

好几批人潮汹涌。有些蚂蚁身负树叶、果实、花卉、谷粒或蘑菇；另外有人扛着枝丫、碎石块等建材。还有人推着肉块……五花八门。

猎人们在壅塞的人群中杀出一条通路，慢慢地交通顺畅起来。道路变狭窄，成为宽只有3颅（9毫米）的小径，之后只剩2颅、1颅……她们应该离城邦有一段距离了，已经接收不到群体的讯息。队员切断她们的嗅觉脐带，组成自发性单位。她们采用"漫游"队形，两两排列成行。

不一会儿，她们遇上另一组探险队。队员似乎打了场硬仗，整队只剩下零星人马，而且只有一人完整无恙。其他人都肢体不全——有些只剩下一只脚悲戚地拖曳身体前进，而断了触角或肚破肠流的也好不到哪里去。

103683号自从丽春花战役后，就没见过受伤如此严重的兵蚁。她们想必面对非常恐怖的东西……也许是秘密武器？

103683号想与一只长嘴裂开的兵蚁谈谈。你们打哪儿来？发生了什么事？是白蚁吗？

对方放慢脚步，默不作声地转过头来。天哪，真可怕，他的眼睛被挖空了！头部从嘴巴到脖子的关节处整个被劈开。

103683号望着他渐行渐远。远方，他不支倒地，再也没起来。但见他奋力地扭动身子爬到路边，以免阻碍他人的行进。

56号企图加速俯冲避开燕子攻击，但是燕子的速度比她快上10倍有余。大嘴碰触到她的触角边缘，含住她的肚子、胸膛、头颅，整个罩住她。身体触摸到鸟嘴内颚时，真令人作呕！鸟喙合起，一切都结束了。

牺牲——

仔细观察蚂蚁，它们的生命原动力好像来自与自我生命无关的外在野心。斩断的头还希望能贡献一己之力，死命咬住对手的脚不放，或者硬要咬碎一粒谷子；一块胸膛缓缓爬着，只为了要去堵住出入口不让敌军入侵。

无我的牺牲？对城邦的死忠？团体生活下的愚行？

不，蚂蚁也能独自过活。它不需要族群，甚至会反抗族群。

那么，为了什么牺牲自己呢？

从我目前研究的阶段来讲，我会说：因为谦虚。对蚂蚁而言，本身的生命似乎没有重要到让他放下数秒前正在进行的工作。

埃德蒙·威尔斯
《相对且绝对知识百科全书》

绕过树林、土丘和荆棘，探险队持续朝凶险的东方迈进。

道路变窄，但是养护工程队显然没有忽略这里。绝不能忽略任何一条连接联邦子城的交通要道。养路工人拔除青苔，移开横亘路中的枝干，利用居甫腺体分泌物留下嗅觉的方向标志。

现在，与她们反向而行的蚂蚁愈来愈少。地面上偶尔还闻得到费洛蒙指标——

"29号交叉路绕过英国山楂花回头"，大概是指敌军最后一次的埋伏地。

走着走着，103683号愈发惊讶，她从没到过这一带。居然有该死的牛肝菌可以长到80颅高！而且从特征上看，有点像是西部的品种。

此外，她还注意到恶臭吸引成群苍蝇的眼蝶，珍珠般晶莹的马勃草；她爬上一株鸡油菌，快乐肆意地践踏柔软的菌肉。

她看到各式奇怪的植物：花瓣抓得住露珠的野生大麻、美丽却不安好心眼的拖鞋兰、茎梗特别长的猫尾草。

她迫不及待地走近一株花儿像蜜蜂的植物，一不小心，成熟的果实往下掉，正好打到她的脸，黄色黏稠的果粒横流！幸好不是格链孢。

她丝毫不以为悍地登上一株状似银莲花的毛茛，就近观测天空。她看见蜜蜂正呈八字形回旋，替她们的姊妹指引花粉的地点。

景物愈来愈荒凉。神秘的味道盘旋不散。数百种不知名的小生物到处乱窜，听到踩踏枯叶发出的咔咔声，才注意到他们的存在。

103683号回到地面与队员集合，头上还有麻痒的感觉。就这样踩着平和的步伐，她们到达联邦子城奴比奴比岗的外缘。远远望去，看起来和一般的小树林没两样。若非气味路径的引导，绝不会有人到这里来找一座城市的。实际上，奴比奴比岗是座古典的褐蚁建筑，有树墩、枝丫圆顶和垃圾场。只不过这一切都隐身在灌木丛中。

城邦的入口全在上头，几乎在圆顶的最高处。穿过一丛蕨类植物和野玫瑰后才看得见……探险队循线前进。

城里活力四射，想找出蚜虫并不简单，因为他们的颜色近似树叶。不过只要事先知情，一只触角和眼睛，就能毫不困难地辨认这些吸食树汁长大的小小绿色树瘤。

很久以前，蚜虫和蚂蚁达成协议。蚜虫供给蚂蚁食物，作为交换条件，蚂蚁保护他们的安全。老实说，有些城邦拔掉他们"乳牛"的翅膀，并给他们身份确认的味道，放牧畜养。

奴比奴比岗全城皆从事畜牧业，或许为了报偿，或许只是单纯的畜牧现代化，城邦在第二层盖了座豪华的畜牧场，里面各种起居设备应有尽有，都是为了让蚜虫能过得舒适。蚂蚁保育员在此照料蚜虫卵，其细心程度不亚于照顾自己的蚁卵。无疑地，本地畜牧业的规模以及它超乎寻常的重要性由此可见一斑。

103683号和她的同伴走近一群蚜虫。他们正忙着汲取玫瑰树汁。兵蚁开口问了几个问题，但是蚜虫置若罔闻，埋头在植物茎梗肉里。反正蚜虫也许不懂蚂蚁的嗅觉语言……探险队员伸展触角寻找牧羊人，没见着半个人影。

说时迟那时快，可怕的事发生了。三只瓢虫翩然而至。可恶的猛兽让蚜虫群起了恐慌，可怜的蚜虫没了翅膀根本无处闪躲。

狼来了，幸好，把牧羊人也给逼出来了。奴比奴比岗蚂蚁从树叶上跳下来，她们早就躲在一旁等待这些红色带黑点的掠夺者入瓮，然后突袭。她们瞄准目标，精准无误地发射蚁酸。

然后她们连忙赶去安抚惊魂不定的蚜虫，挤压蜜汁，轻搔蚜虫的腹部，抚摸他们的触角。蚜虫释出一大滴透明糖浆，珍贵的蜜露。奴比奴比岗人在饱餐吸食的同时，发现了贝洛岗探险队的存在。

互相招呼。触角沟通。

"我们到这里猎杀蜥蜴。"

"果真如此，你们还得继续往东走。往居艾伊狄欧洛岗哨的方向曾见过这类的动物。"

一反平常养分交换的待客之道，牧羊人请她们直接从蚜虫身上汲取蜜露。探险队员也不推辞。每个人选定一只蚜虫，轻敲他的肚子并挤出甜美的蜜露。

喉管里伸手不见五指，散发恶臭而且滑不溜丢的。全身涂满黏液的 56 号雌蚁骨碌碌地滑进掠夺者的喉咙里。由于鸟没有牙齿，不经过咀嚼，所以 56 号现在仍是毫发无伤。不能妥协，她死了整个城邦也跟着消失。

放手一搏吧！她张大嘴咬向食道光滑的肉壁。一个反射动作救了她。燕子感到一阵恶心，打喷嚏把刺激呛鼻的食物喷得老远。56 号盲目地乱跑，翅膀油腻腻重得要命，根本就举不起来。她掉进溪流中央。

她身旁有几只雄蚁正在做垂死前的挣扎。她的头上探得不规则的心跳声，大约有二十几只姊妹。她们通过燕子那一关后，就精疲力竭不住地往下掉。

有一只掉在荷叶上。两只虎视眈眈的蝾螈，老实不客气地攫住她剁成碎片。其他的蚁后则陆续被鸽子、蟾蜍、土拨鼠、蛇、蝙蝠、刺猬、母鸡和小鸡判定出局，离开生命游戏的现场。最后统计，1500 只雌蚁起飞，只有 6 只存活。

56 号是其中之一。天意。她必须活下去。她必须创立自己的城邦，解开秘密武器之谜。她知道她得有后援，她可以仰赖腹中孕育的友好伙伴。只要将他们生下来……

首先，必须先离开这里……

顺着阳光的角度回旋，她定位出坠落的地点，东方的溪流，一个声名狼藉的地方。尽管全世界的岛屿都有蚂蚁的踪迹，但究竟她们是怎么过去的，无人知晓，而且蚂蚁不会游泳。

一片树叶飘到身边，她趁势爬上。疯狂地用后脚打水，可是这种推进方法一点都不管用。就这样，她随波逐流好长一段时间，直到有一片硕大的黑影出现。

蝌蚪？不，比蝌蚪大上千倍。56 号雌蚁瞥见一条流线型的物体，皮肤光滑带有斑点。她第一次看见这种生物。

鳟鱼！小甲壳虫、剑水蚤、水蚤全都吓得仓皇而逃。怪物潜回水底再次浮出水面，并朝蚁后的方向游来。蚁后紧紧抓住叶片，惊恐万分。

鳟鱼使出全力冲出水面，凌空越起。一波惊涛骇浪淹没蚂蚁。鳟鱼在空中盘旋张大嘴，露出一排细细的牙齿，衔住在附近飞舞的小飞虫，然后鱼尾一甩再度回归他晶莹剔透的水世界，也再度掀起一阵浪潮冲击蚂蚁。

青蛙立即放心地跳下水，觊觎蚁后和她腹中的卵子。可怜的蚁后好不容易浮出水面，又被一波波不怀好意的涟漪带着往水底跑。青蛙追逐而来。寒冷让她全身僵硬。她失去意识。

△

尼古拉和他的两个新伙伴——荣以及菲利普一块儿在食堂看电视。他们周遭的小朋友仰着红扑扑的粉红小脸，被一连串的画面轻晃催眠。

影片情节通过他们的眼睛和耳朵，以每小时500公里的速度传送到大脑记忆体。人类的脑容量约可储存600亿个资讯。当记忆体达到饱和状态时，大脑自动清理，判定为不重要的资讯将被遗忘。所以，最后脑中只剩下一些悲惨回忆、悔恨和旧日欢笑。

连续剧后，那天刚好播出一场有关昆虫的辩论。大部分孩子都已散去，科学方面的长篇大论一点也引不起他们的兴趣。

"勒居教授，您和罗森菲教授两人并称为欧洲最有成就的蚂蚁专家。到底是什么因素促使您去研究蚂蚁呢？"

"有一天我打开厨房柜子，一整排蚂蚁赫然出现在我眼前，我呆立好几个小时看它们忙来忙去。它们给我上了人生和谦虚的一课。因此我想要更深入了解它们……就这样。"

他笑了。

"您和另一位知名的科学大师罗森菲教授，有什么不同？"

"啊，罗森菲教授，他还没退休啊？"

他再次笑出声。

"不，正经地说，我们的观点不同。您知道，要了解昆虫有很多方式。以前，我们认为所有的社会性昆虫——白蚁、蜜蜂、蚂蚁，是绝对忠诚的物种。

"立论简单明了，但错得离谱。我们发现蚂蚁的世界里，除了生育特权外，蚁后根本不具有任何权力。蚂蚁的政府有各种形式——君主政治、寡头政治、军人三头分治、民主政治、无政府状态……甚至有时候，子民不满意政府施政，它们也会揭竿而起反对政府。我们看过城邦内部爆发过内战。"

"真是太奇妙了！"

"对我而言，还有我所代表的'德国'学派，蚂蚁世界组织的首要基础是阶级制度，每个阶级由其中天赋较高的领导人控制管理，譬如工蚁阶级……

"而罗森菲教授属于'意大利'学派。他们主张所有的蚂蚁都是天生的无政府主义信徒，没有领导人，也没有天赋高于一般的个体。之所以会有领导人出现，只不过是为了解决实务性质的问题，临时遴选出来的。只是暂时性的领导人。"

"我不太明白……"

"这么说吧！意大利学派认为无论哪一只蚂蚁都可以成为头头，只要它能提出有创意的见解，并博得他人的认同。相反地，德国学派长久以来一直倡议具有领导人特质的蚂蚁才能担此重任。"

"两派学说分歧到这种程度吗？"

"有一次在国际研讨会期间大打出手，如果您指的是这个的话。"

"又一次撒克逊精神和拉丁精神的传统对垒局面，不是吗？"

"不，这场论战比较倾向于拥护'天赋'和提倡'学习'两派之争。我们一出生就是浑蛋呢，还是后来逐渐变成的？这是我们研究蚂蚁的目的之一，找出这个问题的答案！"

"为什么不研究兔子或白鼠呢？"

"蚂蚁提供一个社会运作的绝佳范例，一个有数百万居民的社会。就好像观察一个世界。就我所知，好像没听说过有数百万只兔子或是白鼠的城市……"

尼古拉的手肘动了一下。

"你听到了吗，尼古拉？"

但是尼古拉没在听。这张脸，这对泛黄的眼睛，他一定在哪儿看过。哪里呢？什么时候？他绞尽脑汁。没错，他想起来了，是那个装订工人。他谎称自己叫作古纽，但他就是正在电视上自吹自擂，叫勒居的家伙。

尼古拉的新发现让他陷入思考的深渊。如果这位教授说谎，他一定是为了要夺取那部百科全书。里面的内容一定对蚂蚁研究贡献非凡，书一定在那下面。原来大家要的就是这个。得去找这本天杀的百科全书，这样真相才能大白。

他站起身。

"你要去哪儿？"

他不回答。

"我觉得，你挺迷蚂蚁这东西的？"

他走出门口，一路跑回他的房间。无须带太多东西，只要他那件护身符的皮外套、小刀和胶底大鞋子。

当他穿过大厅时，学监根本连头都没抬一下。

他逃离了孤儿院。

▼

居艾伊狄欧洛岗哨从远处望去像座浑圆的火山口，也像土拨鼠洞。所谓的岗哨站，其实是个迷你蚁窝，居民约100人。每年4月到10月间才见得到人烟，秋季和冬季则空无一人。

这里一如原始蚂蚁的生活形态，没有蚁后，没有工蚁、兵蚁之分。每个人兼具各种角色。偶尔，这里的人不免调侃大城市的弱点，讽刺交通壅塞，地道塌陷，让城邦变成一只生虫的烂苹果的秘密通道，分工过细造就了完全不懂狩猎的工蚁，终生锁在洞口的瞎眼守门蚁……

103683号检视这个岗站。居艾伊狄欧洛岗哨由一座谷仓和一间宽阔的主厅组成。大厅的天花板上有个出入口，两道阳光从那里溜进来，照亮挂在墙上的狩猎战绩，一张张剥下的皮。穿堂风呼啸吹过，噼啪作响。

103683号近前细看五彩缤纷的尸体。一个本地人过来轻触她的触角，向她一一介绍这些蚂蚁运用机智猎杀回来的漂亮生物。尸体全都涂上了一层蚁酸防止腐坏。

那里有各式各样、色泽不一的蝴蝶和大型昆虫，成行罗列地展示。但是，收藏里独缺最有名的生物——白蚁蚁后。

103683号问她们是否曾与比邻的白蚁起过冲突。本地人抬起触角强调她的惊异。嘴巴停止嚼弄东西。沉重的静默。

白蚁？

她放下触角。没什么可说的。何况她还有事做呢！得将食物撕裂成块，刚做到一半。她浪费太多时间了。再见。转过身准备离去。103683号毫不放松。

本地人陷入一种恐怖不安的状态。触角微打哆嗦。显而易见的，白蚁这个字眼唤起可怕的回忆。谈论这个主题似乎太强人所难。她快速地钻进一群正在饮酒作乐的工蚁中。

这些工蚁的嗉囊装满花蜜纯酿，她们互相吸吮对方的肚子，形成一条封闭式的长链子。

五位被派驻前哨的猎人，此时声势浩大地进场。她们推着一只毛虫在前头。

"我们找到这个。最神奇的是，他们也生产蜜汁！"

宣布大消息的猎人，用触角轻搔新捕猎物的肚子。然后她搬来一片树叶。当毛虫啃食叶片时，猎人跳上毛虫的背脊，毛虫身子往上仰，但徒劳无功。蚂蚁的爪子紧紧扣住毛虫背部，确定不会掉下来之后，她转过头，舔毛虫身体的最后一个环节，直到某种液体流出。

所有的人都向她道贺。大家口口相传品尝不知名的琼浆，滋味和蚜虫蜜露截然不同。它比较绵密，而且饮用后回味无穷。正当103683号细细品味这异国风味的饮料时，一根触角拂过她的脸。

"听说你在打听白蚁的事。"

对她施放费洛蒙的蚂蚁看起来已经上了年纪。外壳布满咬伤痕迹。103683号缩回触角表示肯定。

"跟我来!"

她是4000号兵蚁。她的头扁得像一片树叶,眼睛细小;释放费洛蒙时,浑身发颤,气息味很淡,还带有酒味。正因如此,她才坚持到一处几乎算得上是密室的小洞里交谈。

"用不着害怕,我们可以在这里谈话,这个洞是我的房间。"

103683号问她知道些什么有关东方白蚁的事。对方展开触角。

"为什么你对这个有兴趣?你不是为了猎杀蜥蜴来的吗?"

103683号决定坦诚相告。一五一十地告诉老兵蚁,一种无法理解的秘密武器已经用来对付贝洛岗。一开始,大伙以为是侏儒蚁的诡计,但结果不是她们。因此顺理成章,所有的怀疑全都转到白蚁身上,我们的第二号大敌……

老人弯起触角表示惊讶。她从来不曾听说过有这种事。她审视103683号,问道:

"是秘密武器害你失去第5只脚吗?"

年轻的兵蚁否定地回答,这只脚是在光复拉舒拉岗的丽春花战役时失去的。4000号立即神情振奋。她也在!

"哪个部队?"

"第15队,你呢?"

"第3队!"

最后一次攻击时,一队在右侧,另一队在左侧。她们一同缅怀战争的点点滴滴。战场上总是可以学到教训。举例来说,4000号在战争一开始,就发现敌方利用小苍蝇当传讯兵。她认为这是一种非常好的长途传讯方式,远胜传统的跑步传讯兵。

103683号兵蚁衷心地表示赞同。然后急切地想回到原先的主题。

"为什么没人愿意提及白蚁呢?"

老战士靠近,她们的头几乎粘在一起。

"这里也发生一些非常离奇的事……"

她的气息显示一个谜团。

"非常离奇……非常离奇……"

这句话在墙上萦绕回响。

接着，4000号解释，有好长一段日子没看到东方白蚁的踪影。过去，她们经常利用绕过萨泰的通道过溪，派间谍到西方。我们心里都很清楚，而且也或多或少地加以控制。现在连一只间谍都没有，什么都没有了。

大举进攻的敌人让人不安，但失去线索的敌人更加可怖。由于一直没看见白蚁斥候，以及伴随的小型武装冲突发生，居艾伊狄欧洛岗哨的蚂蚁决定换我们派间谍过去一探究竟。

第一小组探险员出发，音讯全无。第二组接后，同样也消失无踪。我们想她们可能碰上了饥肠辘辘的蜥蜴或刺猬。不会的，若碰上掠夺者攻击，就算浑身是伤，总有一只能侥幸生还。这次，士兵们仿佛被施了魔法般凭空消失。

"这让我想起一件事……"103683号开口道。

老人不愿有人打岔，她继续说下去。

两组人马相继失败后，居艾伊狄欧洛岗哨的兵蚁决定孤注一掷。她们快马加鞭组成一个迷你军团，共有500位全副武装的战士。总算有一个生还者回来。

她历经数千颂的长途跋涉，历尽千辛万苦好不容易回来，一进家门就死了，死于过度忧虑。

我们检查她的尸体，没有一丝外伤。触角也没有任何打斗的痕迹。就好像死神无缘无故地突然降临。

"你现在明白，为什么没人愿意提起东方白蚁了吧？"

103683号明白了。而且相当满意，她确定自己没走错路。如果秘密武器之谜存有解答的话，一定要往东方白蚁窝内寻找。

立体显影——

人类的大脑和蚁窝有个共同点，可以用立体显影的影像来比拟。

什么是立体显影呢？一种影像重叠，铸模的带子集中后，在某一角度下接受阳光照射，可以让影像产生凹凸的立体感。

事实上，立体显影无所不在，却又无处可寻。铸模带子集中后另一种景物诞生，第三度空间——立体幻象。

我们大脑的每一个精神元，蚁窝中的每一只蚂蚁都拥有全部的资讯，但是必须在集体运作下才能产生意识，"立体的想法"。

埃德蒙·威尔斯
《相对且绝对知识百科全书》

刚升格当上皇后的 56 号雌蚁意识恢复时，她警觉到自己躺在一大片鹅卵石滩上。一定是湍流使她逃过青蛙之劫。她想飞行，可是翅膀湿答答的。

只好等……

她有条不紊地清洗触角，并嗅嗅附近的空气。她到底身在何方？希望不是在溪的另一边才好！

她以每秒 8000 次的频率振动触角，有熟悉的味道。

太幸运了！她在溪的西岸。但是找不到任何费洛蒙路径。她必须往中央城邦靠近，以便将来自己的城市能与联邦联络上。

终于能展翅高飞了。航向定往西方，她现下还走不了多远，翅膀肌肉酸疼，只得沿土丘低空飞翔。

她们回到居艾伊狄欧洛岗哨的大厅。自从 103683 号表明要侦察东方白蚁的意愿后，所有人都唯恐避之不及，好像她感染了格链孢似的。她不动声色，全心贯彻任务。

在她身旁，贝洛岗人以及居艾伊狄欧洛岗人彼此交换着养分。居艾伊狄欧洛岗人尝着新收成的蘑菇，贝洛岗人则趁机大啖野生毛虫蜜汁。

后来，各种味道气息纷纷出笼，聊天的主题转到她们即将猎杀的蜥蜴身上。居艾伊狄欧洛岗人讲述不久前，她们才发现了那 3 只跑去惊吓奴比奴比岗蚜虫的蜥蜴。据说，他们吃掉了两大群各 1000 多只蚜虫以及一干牧羊人。

有一阵子人心惶惶。牧羊人只敢让蚜虫在受保护的地道或洞穴里活动。幸好蚁酸强力扫射逼退了这三只恶龙。其中两只已经逃之夭夭，第三只受了伤，就停留在离此地 15000 颅的一块石头上。

奴比奴比岗的军队切断了他的尾巴。必须尽快找到他趁机解决掉，免得他有喘息的机会。

"蜥蜴的尾巴会再长出来吗？"一位探险队员问。回答是肯定的。

"但不是原来的那一条。正如城邦之母所言：'人们绝无法完整地找回失去的东西。'第二条尾巴没长椎骨，比较软。"

有一个居艾伊狄欧洛岗人提供了另一条资讯，蜥蜴对气候的变化非常敏感，甚至比蚂蚁还敏锐。如果他体内贮存足够的太阳能，他们动作之迅速令人咋舌。相反地，若他们感到寒冷，一举一动变得缓慢无力。若为明日之战设想，得将这个现象考虑进去。最好是拂晓出击，经过一个冷飕飕的夜晚，他一定全身凉透了，也就是全身迟钝。

"可是我们也一样全身冰凉啊！"一位贝洛岗人强调。

"只要我们采用侏儒蚁的御寒方法就没问题。"一位猎人反驳。

"我们装满糖和酒，借以补充精力，然后在甲壳上涂抹黏液，防止热量太快散出体外。"

103683 号漫不经心地接收这些讯息，思绪沉浸在白蚁窝的谜团当中，还有老战士描述的浑不可解的失踪事件。

之前那位自动上前与她攀谈，并主动提议养分交换，但后来绝口不提白蚁的第一个居艾伊狄欧洛岗人，现在回过头来找她。

"你和 4000 号谈过了？"

103683 号示意没错。

"千万别把她的话当真。你就当作和一具死尸鬼扯。几天前她被姬蜂蜇伤……"

姬蜂！

103683 号着实吓了一大跳。姬蜂是一种带有长刺针的昆虫，每到入夜时分，他们会在蚁窝上钻洞，只要触及温热的身体就用针刺穿，然后在伤口里产卵。

他们是幼蚁最可怕的噩梦——仿佛一根针筒从天花板潜入，摸黑寻找柔软温润的身躯繁殖下一代。产下的卵在寄生体内悠游成长，待凶狠的幼蜂啃食寄生体再从体内窜出。

劫数难逃。那天晚上，103683号梦见一截可怕的管子插进体内，想把他那些肉食性的子女接种到她身上！

△

大门的密码没改。尼古拉留有钥匙，只要扯掉警方贴上的封条就能顺利进入屋子。自从消防队员失踪后，一切都维持原状，连地窖的门都是开着的。

手边没有手电筒，他动手做了个简单的火把。他砍下一截桌脚，顶端包上一层纸，然后点燃。木头轻易地着火燃烧，一团小小的火焰，却相当均匀，就算阵风吹过也挺得住。

他随即步下螺旋阶梯，一只手握着火把，另一只手拿着小刀，坚决地咬紧牙关，自觉颇有英雄气概。

他不断地下降……永无休止地下降和旋转。就这样，仿佛过了好几个小时。他又冷又饿，但心中征服的怒火熊熊燃烧。

他加快步伐，激动地在粗糙的穹拱地道内呼喊，一会儿呼叫爸爸妈妈，一会儿发出喔喔的战士嚎叫，交互轮替。现在他的步伐异常坚定，飞也似的一阶阶狂奔，没有丝毫意识控制。

突然，他的面前多了扇门。推开门，两队老鼠正在打群架，小孩的出现吓得它们落荒而逃，尤其那小孩还不停地吼叫，手上又有一支小火把。年纪稍长的老鼠为此感到忧心不已——这段时间，愈来愈多的巨人来到这里。到底意味着什么呢？

老天保佑，希望这个人别放火焚烧怀孕妇女藏匿的地方。

尼古拉继续往下走，踩不完的阶梯，看不完的古怪铭文，这次他当然没有去读。

蓦然，有声响"啪啪"，然后一样东西接触到他。一只蝙蝠抓住他的头发，尼古拉惊恐万分，猛力地想摆脱蝙蝠，但这只动物好像已经和他的头连在一起了。他想用火把吓走它，结果只烧掉几绺自己的头发。尼古拉放声尖叫发足狂奔，蝙蝠则安详地端坐头上，像顶帽子。直到它吸走一些血后，才心甘情愿地离开。

尼古拉已经完全失去累的感觉，气喘吁吁，心脏和太阳穴跳得如敲鼓般急促。突然，他迎面撞上一堵墙。他倒地，但旋即爬起，火把没熄。他将火把拿到前面细细琢磨。

没错，的确是堵墙。更棒的是，尼古拉认出那些水泥块和钢板，都是他爸爸费尽力气搬下来的，而且水泥的砌迹也是新的。

"爸爸、妈妈，如果你们在那里，回答我！"

但什么都没有，只有恼人的回音。他应该离目标不远了。这堵墙，他可以发誓，一定可以转动……因为电影里都是这么演的，而且又找不到门。

这堵墙到底隐藏些什么？尼古拉终于找到一句铭刻文字：

如何用 6 根火柴棒摆出 4 个等边三角形？

就在这行文字的正上方安装了一个小键盘，上面只有字母按键，没有数字。共有 26 个字母，问题的答案一定是用这些字母构成的。

"要用不同的思考模式！"他大声说。他苦苦思索，双手不敢碰触键盘。然后心中产生一股奇特的静默，巨大的静默掏空他的思绪。但是超乎想象地，带领他的手在键盘上依序按出 8 个字母。

一阵机械运转的嘎吱声缓缓响起……墙动了！深深吐出一口气，尼古拉心里已有面对一切的准备，他走向前。不久，墙回归原位；关闭时造成的一股阵风吹熄了火把的余烬。

四周一片漆黑，尼古拉不知所措地跑回墙边。墙边已没有任何秘密按键，后路已经断绝。他的指甲被水泥块和钢板锉断。泥水功夫做得很好，父亲果然是个好锁匠，绝非浪得虚名。

干净——

有比苍蝇更干净的东西吗？它无时无刻不在清洁身体，对它来说，清洗不是义务而是需要。如果它的触角和复眼不是 100% 的干净,就永远无法侦测出远处的食物,甚至察觉不出即将拍下、压死它的手掌。对昆虫而言,干净是求生存的必要条件。

埃德蒙·威尔斯
《相对且绝对知识百科全书》

第二天,热门媒体的大头条写着:

枫丹白露被诅咒的地窖再度出击!又一人失踪:威尔斯家的独子。警察究竟在哪里?

▼

蜘蛛高距在蕨类植物叶顶往下俯瞰。是很高。他吐出一滴丝液,粘在叶片上,走到叶片尖端往空中一跳。坠落费了蛮长的时间。丝线一直延伸,至蜘蛛行将落地前变干变硬将他拉住。他差点就像过熟的浆果落地摔烂。很多姊妹都因为一时突起的寒意,延长了丝线变硬的时间,而重重摔在地上跌坏了外皮。

蜘蛛舞动8只脚平衡身体,然后伸长脚,终于攀上一片树叶,这是蜘蛛网的第二个固定点。他将丝线的一端固定在叶尖。一条拉直的丝线起不了多大的作用。他朝左边一株树干冲去,只要再跳几次,再找几根树枝就大功告成了。他已经架设好丝网的巩固横梁,这些横梁必须挺得住狂风吹袭,以及猎物挣扎的力道。整个网呈八角形构造。

蜘蛛丝是一种纤维蛋白,叫丝心蛋白,有超强的韧性和不透水性。有些蜘蛛在饱餐后,可以吐出直径2微米的细丝达700米长,其韧度可以媲美尼龙和三层橡胶。

最厉害的是,蜘蛛拥有7种分泌腺,生产的丝线各有不同。有专门分泌横梁用的丝线,警戒用的丝线,网中央专用丝线,带黏液的丝线专门对付飞行速度快的猎物,专门保护蜘蛛卵的丝线,为自己建造防蔽罩的丝线,专门缠住猎物的丝线。

事实上,丝线是蜘蛛体内荷尔蒙衍生的高纤维物质,就好像费洛蒙是蚂蚁体内荷尔蒙释出的一种挥发性物质。

因此，蜘蛛会自行制造警戒用的丝线并伏身其上。一旦有任何风吹草动，他就任自己循线落下，毫不费力地躲过一场灾难。就这样，多少次全靠这条丝线救了他一命。

接着在八角形的中央交错4条线。百万年以来，一直是相同的步骤……蛛网逐渐成形。今天他决定造一张干燥的丝网。带黏液的网也许更有效，但是太脆弱，灰尘和枯枝屑全都会被粘住。干燥的蛛网也许捉东西的本领没那么强，但至少可以支撑到夜晚。

蜘蛛造好屋脊横梁后，在每个象限加上十几条丝线，最后才修饰中央螺旋地带。这是最心旷神怡的部分。他从固定干燥丝线的一根树枝上出发，在每个象限间跳来跳去并往中心靠，速度愈慢愈好，一直顺着地球自转的方向。

他有一套自创的织网方式。这世上找不到两张一样的蜘蛛网。一如人的指纹般独一无二。

他必须拉紧他的编织缝隙。当他完成中心网时，他环视他的丝线受刑台，并目测其强度。接着他到各个象限巡视，并以8只脚摇摇织网。经得起考验。

这地区的蜘蛛网多是呈"十二分之七十五"的构造。也就是说75圈丝线回旋密布在12个象限中。但是他对"十分之九十五"情有独钟，像蕾丝花边一般。这看起来相当显眼且强韧。不过，既然他用的建材是干燥丝，就别斤斤计较用量的多寡，否则上网的昆虫将只是歇息的过客……

而这项必须屏气进行的工程可把他累坏了。他必须紧急补充食物。这是个恶性循环，由于织网他饥肠辘辘，但要借这张网之力他才有饭吃。

全身的24根爪子平摆在主要横梁上，藏匿在一片树叶下，他等待着。根本不需要靠他的眼睛，只要嗅嗅上空，或用脚感应四周空气的细微晃漾，即可获知猎物是否上门。这些全都拜蛛网所赐，丝线能立即反映出任何的薄翼振动。

这种微小的振动，是一只蜜蜂，在离此约200颅的地方呈八字形回旋飞翔，正指引蜂巢的同伴前往繁花似锦的花房。

这种轻巧的跳动，八成是蜻蜓。蜻蜓真是美味可口，可惜这只不是往这边飞。午餐飞了。

大晃动。有人闯进他的蛛网。原来是另一只蜘蛛想坐享其成。小偷！得赶在猎物上门前，将不速之客给赶走。

此时，他左后脚感到一只苍蝇类的生物从东边飞来。似乎飞得很慢。如果他持续这个航向飞行，应该会直直地冲进他的陷阱里。

踢啪！命中。

一只带翅膀的蚂蚁。

蜘蛛……他没有名字。因为像蜘蛛这类独居的生物，不需要名字与同类沟通交往……耐心地等待。记得他年轻时，血气方刚，吓走不少快到手的猎物。他以为被蛛网粘住的昆虫插翅难飞。然而，成功的概率只有 50% 而已。

时间才是关键因素。要沉得住气，被扣住的猎物在惊惶之下会自乱阵脚。

蜘蛛界至高无上的论述：

最高明的战斗策略，莫过于耐心等候对手自取灭亡。

过了几分钟，他靠近细看他的阶下囚，是只蚁后。西方帝国，贝洛岗的褐蚁蚁后。

他听人说过这些超级复杂的帝国。据称里面数百万居民相互依赖，根本不会独自觅食生存！有什么好处，到底哪里进步？

现在他手上正掌握整座城邦的生杀大权，不可避免地，这将是未来的侵略者。他不喜欢蚂蚁，他曾目睹他的母亲被一群纺织红蚁猎杀。

他睥睨他的猎物，正不断地挣扎。愚蠢的昆虫，难道她们永远学不会恐惧是自己最大的敌人。带翅膀的蚂蚁愈想逃，丝线缠得愈厉害……不过，蜘蛛开始有点担心损坏丝网。

在 56 号这边，振翅挣扎已被怒火取代。她几乎动弹不得了。身体被细丝纠结缠绕，每动一下只能让缠绕的丝线层变得更厚。她无法相信在相继闯过层层考验后，竟然这么愚蠢地送掉性命。

她生于一颗白色圆茧，终将死于一颗白色圆茧。

蜘蛛渐渐靠近，沿途检查丝网受创的部分。56号有机会近距离观看这只黑色与橘色相间的大虫，8只绿色的眼睛环绕头颅一圈。她曾吃过这种蜘蛛。风水轮流转，轮到她成为别人的午餐……对方朝她吐丝！

至于蜘蛛，他则盘算着，捆再紧也无妨。接着露出两根令人胆战心惊的毒钩。事实上，蜘蛛网无法置猎物于死地，就算会也很慢。当蜘蛛网抓住一块奋力挣逃的肉时，蜘蛛不会立即咬死他，而是用类似镇静剂的毒药使猎物昏厥，然后等要嚼两口时再摇醒他。如此一来，猎物在丝线的层层包裹下保鲜，他也可随时大啖新鲜的肉。有时候，一顿美食可以享受一个礼拜。

56号听说过这种吃法。她不寒而栗，简直比死还不如。身体四肢一根根慢慢地被吃掉。被叫醒亲眼看着自己的一部分被扯下然后再昏睡。每一次少一部分躯干，直到最后一刻，重要器官被撕裂，终于可以获得安息了。

宁可自杀！为了逃避毒钩致死的凄惨情况，56号开始放缓心跳速率。

就在此时，一只蜉蝣一头栽进蜘蛛网里，劲道之强使得丝线反弹，立即将他全身捆绑，紧紧地……他才出生数分钟，而他即将在数小时内老化死亡。短暂的生命，昙花一现。他的动作必须加快，不能浪费一分一秒。

"如果你早上出生晚上就撒手人寰，你将如何丰富你的人生呢？"

两年漫长的幼虫期结束，蜉蝣即刻出发寻觅雌性伴侣繁衍后代。通过后代承续寻求永生。在他仅有一天的生命里，蜉蝣全神贯注地寻找对象。他不吃，不休息，也不想惹麻烦。

他最大的天敌是时间。每一秒都是他的对手。相对于时间，蜘蛛只是浪费时间的障碍，而不是真正的敌手。

蜉蝣感到体内迅速地衰老。几个钟头后，他将完全老化。完蛋了，他白到世界走这一遭。孰不可忍的失败。

蜉蝣极力挣扎。问题在于动得越快，蛛网就缠得越紧，但是如果不挣扎，也不可能就此逃离纠缠。

蜘蛛跑过去在他身上多绕几圈丝线。现在他拥有两只美味的猎物，可以供给他足够的蛋白质重织一张网。

当他准备再一次让猎物昏昏欲睡之际，他察觉到另一种不同的振动。某种聪明绝顶的振动。

嗒！嗒！嗒！

是一只雌蜘蛛！

她沿着一根丝线走向前，同时轻轻敲击发出信号：

"我是你的人，不是来夺取你的猎物的。"

雄蜘蛛从没有感应过如此性感的振动方式。

嗒！嗒！嗒！

啊，受不了了，他朝爱人奔去（一只大约4次蜕皮期大的年轻女孩，而他已经度过12次蜕皮期了）。

雌蜘蛛的体形比他大上3倍，正巧他喜好壮硕的女性。他指指两只猎物，示意待会儿可以补充体力。

他们就妥交配的位置。蜘蛛交配是相当复杂的事。雄性没有生殖器，只有一种双管道的生殖管。他忙着编织一张小网在上面洒下精液，然后用一只脚沾取精液，用脚将精子送到雌性的贮精囊中。他重复这些步骤好几次，异常兴奋。年轻的美人则几乎快到眩晕的地步了，突然情不自禁地捉住雄蜘蛛的头，一口咬碎。

事已至此，不把雄蜘蛛吃完未免太笨了。好，就吃了吧！但她还是饿。她跳向蜉蝣，削短他已经够短的生命。现在她转向蚂蚁，56号明白受毒钩穿刺的时刻再度逼近，惊慌地乱蹿。

56号真是太幸运了，因为新的猎物嗡嗡乱响地闯进网底，事情又有了转机。又一只新近从南方北上的小虫。还是只挺肥的小虫呢！独角金龟或是甲虫。他在网中心用力地撞击，像胶水般得紧拉扯丝线……绷断了。尽管"十分之九十五"结构的蜘蛛网比较坚固，也没有夸张到这个程度。漂亮的丝织小桌巾撕裂成片，碎丝飞舞。

雌蜘蛛早已经抓紧那根警戒用丝线逃开了。56号雌蚁挣开白色的枷锁，小心谨慎地在地上蹒跚而行，无力起飞。

蜘蛛另有打算。她爬上一根树枝，编织一个丝线绒毛团准备产卵。当她产下的十几颗卵孵化后，小蜘蛛们就迫不及待吃掉他们的母亲。蜘蛛就是这样，不知感恩。

△

"毕善！"

他赶紧将听筒拿开，好像听筒是会螫人的毒虫。

实际上，电话那端是他的顶头上司——苏兰芝·都蒙。

"喂？"

"我已经下达命令，你却没有任何动作。你在搞什么？你在等着全市居民都跑到地窖失踪吗？我知道你，毕善，你只想过一天算一天！但是我再也不放纵这种懒虫！我要求你在48小时内解决这个案子，给我个交代！"

"可是……"

"没什么可是不可是的！你的人已经接到我的命令了，你只要明天一早跟他们一道下去就行了，所需的装备一应俱全。移动一下你的大屁股，该死的！"

一股不安袭来。双手乱颤。他不是自由的男人。为什么他一定得遵守命令呢？为了保住饭碗，为了不被社会摒弃。就在这里，唯一能获得自由的方式就是去街上当流浪汉，可惜他还没准备好接受这种磨难。他对秩序的热爱以及希望被社会接受的需求，跟他想要摆脱别人意志行事的欲望有了冲突。内心激战的战场，其实是他的胃，出现溃疡。对秩序的尊崇终于战胜对自由的向往。所以他听命行事。

▼

整队猎人藏身在一块大岩石的后面，正秘密地观察蜥蜴。这只怪物身长超过60颅（18厘米）。外表如岩石般粗糙，黄绿色皮肤上布满黑色斑点，看了让人既害怕又恶心，103683号觉得那些黑色斑点是蜥蜴嘴下咀肉飞溅出来的斑斑血迹。

正如所料，蜥蜴因为寒冷全身僵硬。他步履迟缓，仿佛不知该在哪个地方歇脚。

当阳光即将划破天际，费洛蒙讯息发射。

"冲啊，冲向怪物！"

蜥蜴看见他前面流泻出一团具有攻击性的黑色物体。他慢慢站直身子，张嘴伸出急速扭动的舌头，卷起最靠近的蚂蚁囫囵吞入喉中。然后轻轻地打了个嗝，闪电般快速逃跑。

一下子失去三十几位战友，猎人们目瞪口呆，惊讶得喘不过气。就一只被寒冷麻痹的动物而言，这只可真是活力澎湃！

虽然没有人敢怀疑103683号是个胆小鬼，但她确实是第一个提出猎杀这种动物无疑是自杀的人。对方所占的优势似乎无法克服。蜥蜴的外皮是大颚或蚁酸都穿不透的盔甲。还有他的体型、他的活力，就算在低温的环境中，也能让他有难以抗衡的绝对优势。

然而，蚂蚁并不气馁，她们像一队迷你狼群，循迹追踪怪物。她们奔驰过一丛蕨类植物，施放威胁的费洛蒙，死亡的气息。这些气息只吓走一些蜗蝓，但有助于提振蚂蚁士气，让她们觉得自己是威震八方的常胜军。

大约1000颅外，她们发现蜥蜴粘在一根云杉树干上，无疑，一定正在消化刚吞下的早点。

立即展开行动！时间愈久，他的精力恢复得愈多！在天寒地冻的情况下，他的动作已经这么快，一旦吸满了阳光热能，不是更快得惊人。触角集体商议。必须出其不意地袭击，规划出完美的作战策略。

一些战士从树枝上跳到蜥蜴头上。她们想用大颚猛咬来弄瞎他的眼睛，并企图钻进鼻孔。但是第一小队彻底地失败。蜥蜴用一只脚恼怒地清扫面颊，又吃掉几只跑不快的。

第二队狙击手已经奔出。差不多到达怪物舌头能及的范围，她们突然来个大转弯……转而冲向蜥蜴断尾的伤口。一如城邦之母所言：

> 每个对手都有弱点，找到弱点，而且专攻这个弱点。

整群蚂蚁覆盖住伤口，喷洒灼热蚁酸，并从断尾处钻进体内侵入他的小肠。蜥蜴翻滚着，四脚朝天。后脚不住地踩踏，前脚则拼命地捶肚子。千百个伤口腐蚀。

另一组人马趁机占领鼻子部位，到处喷洒滚烫的蚁酸挖大鼻孔。

正上方，有人袭击眼睛。他们挖出软软的眼珠，后来发现被挖空的眼睛原来是条死巷；视神经孔非常狭窄，无法取道至大脑。于是，他们前往与在鼻孔大有斩获的人马会合……

蜥蜴东逃西窜，甚至将脚放进喉咙里，想要压死啃食喉管的蚂蚁。太迟了。

在肺部的小角落里，4000号找到年轻同胞103683号。里面漆黑一片，而这些不具生殖力者又没有红外线单眼，所以什么都看不见。她们连接触角。

"来吧！趁姊妹们忙碌的时候，往东方白蚁窝出发。她们会以为我们已经阵亡沙场。"

她们从进来的地方出去，尾巴的伤口血流如注。

明天，蜥蜴将被肢解成千百片食用肉块。一部分将用沙土覆盖搬运到奴比奴比岗；其他的将长途转送回贝洛岗，她们又将再度创造一首壮阔史诗，传颂这次狩猎事迹。

蚂蚁文明需要军事功绩来振奋人心。征服蜥蜴尤其能让她们充满信心。

异种交配——

若以为蚁窝一律禁止外人进入，就大错特错了。不可否认，每只昆虫身上都带有其隶属城邦的气味旗帜，但这并不代表它们有我们人类所谓的"排外性"。

举例而言，假设在铺满泥土的鱼缸里放入百来只联邦制褐蚁，与

100多只牧羊黑蚁，其中包含繁殖各族的蚁后一只。我们发现，经过数次无人伤亡的小型冲突以及长时间的触角协商后，两族协议共同建立蚁窝。

有些地道的大小依照褐蚁的身材而凿，另外一些地道则将黑蚁的身长纳入考量，彼此交错连接。

明确的证据显示——没有任何一族占有绝对优势，也没有一族企图将另一族封锁在一个特定区域内，构成城邦的贫民窟。

埃德蒙·威尔斯
《相对且绝对知识百科全书》

通往东方领域的道路没有清扫的痕迹。与白蚁的纷争一直阻碍本地区的和平发展。

4000号和103683号在一条明显发生过多起武装冲突的小径上奔跑。光彩夺目的有毒蝴蝶在她们触角的正上方盘旋不去，令她们捏了把冷汗。

再远些，103683号觉得她的右脚下有东西乱动。原来是蜱螨目昆虫，外表布满突起的触角、须毛和钩子的迷你小虫，他们通常成群结队寻找藏污纳垢的窝移居。103683号觉得眼前的景象非常有趣，同一个星球上竟然可以找到像蜱螨目昆虫这样小的生物，和蚂蚁这样大的生物并存。

4000号在一朵花前停下来。痛苦非常。现在，姬蜂幼虫在她那历尽人世艰苦考验的衰老身躯中蠢蠢欲动。他们八成正在用餐，大快朵颐地尽情享用可怜蚂蚁的内脏。

103683号想要帮忙，她在自己的嗉囊里层找出几滴鞘翅目蚜虫蜜露。她在贝洛岗城底作战时曾搜集一些，量不多，可当止痛药。她小心翼翼地处理这些液体，免得甜蜜的毒汁伤及自己。

4000号消化吸收了止痛剂后疼痛减缓，并要求再多吃些。103683号劝她最好不要，4000号不为所动甚至武力相向，想从她同伴肚子里再挤出珍贵的药品。她跃起攻击，却滑进一个类似泥沙火山口的地洞里。

蚁狮布下的陷阱！

蚁狮，严格说来应该是蚁狮的幼虫，有一颗外形类似铲子的大头，所以能够挖掘出远近驰名的火山口形洞穴。然后她们躲在里面等待猎物造访。

4000号明白发生什么事时，已经太迟了。一般而言，蚂蚁的体重相当轻，不至于一失足成千古恨。只是在她们努力往上爬之前，两片长嘴就已经从洞底蹿出往她们身上泼沙子。

"救命啊！"

她忘却体内强行寄居房客所造成的痛苦，也忘了极欲抢夺的鞘翅目蚜虫蜜露。她很害怕，不愿就此离开人间。

她用尽全力挣扎，但蚁狮的陷阱与蜘蛛网有异曲同工之妙，完全针对惊慌失措的猎物所设计。4000号愈想回到地面，动得愈激烈，斜坡垮得愈快，愈加把她拖入深渊……蚁狮正不断地朝她泼细沙。

103683号很快明白，如果贸然伸出脚施救只会把自己也拖下水。她跑开寻找一片够长又够坚韧的草。

老蚂蚁度日如年，她发出吼叫的气息，在犹如流沙般的沙堆里舞动得更厉害，因此也陷得更快。距离利剪般的大嘴只有5颅之距。

靠近细看，景象更是骇人。上下两颚形成一长圆弧的黑桃状，而且上百只尖锐的小牙齿围成一圈，大嘴尖端好似一具打孔器，不必花太多力气就能贯穿任何族类的蚂蚁甲壳。

103683号终于回到洞口，递给她的同伴一枝雏菊。

快！

4000号举起脚抓住花茎。不过蚁狮也不愿意见到煮熟的鸭子飞掉，疯狂地向两只蚂蚁喷洒细沙。她们看不见东西，也听不见任何声响。蚁狮现在开始抛掷碎石子，甲壳反弹发出凄惨的声音。

4000号一半的身子已经埋在土里了，而且还不断地往下滑。103683号大嘴紧紧咬住花茎使劲地拉。她期待一阵晃动的出现，心血似乎白费了。正当她颓然想放弃之际，一只脚破沙而出。

得救了！

4000号终于脱离了死亡之穴。下面，贪婪的钳子愤怒又沮丧地开合敲击。蚁狮幼虫需要蛋白质才能蜕变为成虫。到底她还要等多久才会有另一只受害者滑向她呢?

4000 号和 103683 号洗净身体并且进行养分交换。鞘翅目蚜虫蜜露不在这次交换的菜单上。

△

"早,毕善。"

她向他伸出一只有气无力的手。

"好,你很惊讶,怎么会在这里看到我,因为这个案子迟迟无法破案,市长亲自表示希望此案能圆满收场。要不了多久,就轮到部长表示关切了,所以我决定自己亲自出马……好了,别老是这副苦瓜脸。不过和你开开玩笑罢了,毕善。你的幽默感到哪儿去了?"

老警察不知该说些什么,15 年了,和她共事,那句"当然"完全没用。他盯住她看,目光躲在一绺长长的发梢后面。红发,一定是染的,现在正流行。在局里盛传,她故意让人以为她天生红发,为的是给她身上散发的强烈体味一个合理的解释……

苏兰芝·都蒙自从到了更年期后,变得越发尖酸刻薄。照理说,她应该补充女性荷尔蒙,但由于荷尔蒙会留住水分而发胖,所以她咬紧牙关让周围的人忍受她身体老化带来的艰辛。

"你为什么来?你想下去吗?"老探长问。

"开玩笑,老兄!是你下去。我嘛,留在这里。我已经计划妥当了。这是我的茶杯保温垫和无线通话机。"

"如果我碰上麻烦怎么办?"

"你胆子这么小,一开始就往坏处想?告诉你,我们用无线电联系。一旦发现任何危险,马上通知我,我会采取一切必要的措施。而且,我还替你们设想周全。老兄,你将有为出艰巨任务准备的一切最新式器材。看!一条登山绳索及步枪。何况还有六位健壮的队员。"

她指指旁边的警员。毕善嘀咕道:

"加蓝还带了八位消防队员呢!结果根本没有帮助……"

"但是他没带武器，也没有无线电！好了，别再摆一张死人脸了，毕善。"

他不想再争辩。权力和威吓的游戏令人不耐烦，和苏兰芝的争辩终将以局长的命令收尾。她是花园里的杂草，剥夺其他人的生长环境，其他的花草只能自求多福。

毕善觉悟了。他套上洞穴研究员的专门衣服，腰际绑上登山绳，然后将无线通话机挂在斜背的皮带上。

"万一我没回来，我想把所有的财产捐赠给警察遗孤。"

"别说无聊话了，我的好毕善。你会回来的，然后我们再一道去餐厅庆功。"

"我怕万一我回不来，所以我想跟你说几句话……"

她皱起眉头。

"好了，别再耍小孩脾气啦！毕善。"

"我想要告诉你……恶有恶报，不是不报，总有一天……"

"你居然变得高深莫测了！不对，毕善你错了，不会有什么恶报临头的！正如你所言，世上是有一位'仁慈的上帝'，但是他根本不管我们。如果在有生之年不尽情享乐，死后也不会有机会的！"

她冷笑几声，然后靠近他。对方屏住呼吸，臭不可当，地窖里就够受的了……

"你不会死得那么早，你得解决这个案子。你死了对案情一点帮助都没有。"

心里的恐惧不安让老组长宛如一个钉耙被偷的小孩，明知再也拿不回来了，只好在口头上泄愤。

"当然，我死了就是你的大挫败，大家亲眼看你出马，这可是你自个儿接手的结果。"

她靠得更近，仿佛要拥吻他的嘴似的。然而，她安详地开口，唾液四溅：

"你不喜欢我，嗯，毕善？没有人喜欢我，我根本不在乎。何况我也不喜欢你。也不需要被喜欢，我只想让人惧怕。不过你得知道一件事：如果你在下面翘辫子，我可是不会感到丝毫歉疚的，我会派第三批人下去。如果你真的想跟我过不去，就以胜利者的姿态活着回来，到时候我就感激不尽啦！"

他不搭腔，目不转睛地盯着那头时髦发型下露出的白色发根。此举让他心绪平静。

"准备就绪！"一位警员拿起步枪报告。

"每个人绑上绳索。"

"OK，出发。"

他们向留守地面、负责与他们保持联系的三位警员打过招呼后，鱼贯步入地窖。

苏兰芝·都蒙在一张书桌前坐下，桌上摆着她的收发器。

"祝好运，早点回来！"

第三章 三大历险记

▼

56号终于找到一个建立城邦的理想地点。圆滚滚的一座山丘。她爬上山头，在上面可以看见最东边的城邦——奴比奴比岗以及克卢比狄岗。正常的情况下，从此地与联邦其他城市相连应该不是大问题。

她检视四周，泥土呈灰色而且有点硬。新任蚁后想找一块泥土较松软的地方，但是到处都挖不动。她想干脆用嘴钻孔，整治出她的第一间寝室。奇怪的摇晃。类似地震，但是震荡的区域不大，大约是一只生物大小的范围。她再次啄咬地面。又动了，而且更厉害；整座山丘站起来还滑向左边。

蚂蚁们的见闻广博，曾见过许多光怪陆离的现象，但是会动的山丘，前所未闻！山丘以相当快的速度前进，劈开高高的草丛，践踏灌木。

56号尚未完全由震惊中恢复神志，第二座山丘走近。这是什么妖法？来不及下山，她好像被卷进一场野马驯服表演中；实际上，还是一对求爱的山丘呢！这对爱侣，现下，正恬不知耻地互相乱摸，更惨的是，56号骑的那座是母的。另一只正慢慢地爬上来。石头般的头慢慢显现，张大嘴发出咕噜咕噜的声音。

太过分了！

年轻蚁后只得放弃在这一带建立城邦。她滚下山脚才发现，她刚刚真是九死一生。山丘不仅是个头而已，还有四只带爪的脚和三角形的小尾巴。这是56号第一次看见乌龟。

阴谋家的时代——

人类最常见的组织系统形态如下：复杂的层级制，在上位的男人或女人是"行政家"，管理一群为数较少的"发明家"阶级，其中当然也有"企业家"。经过分工的阶段后，各自将工作纳为己有……行政家、发明家和企业家即今日组织的三大主流，正好与蚂蚁社会里的工蚁、兵蚁和生殖者阶级相互呼应。

20世纪初，斯大林和托洛茨基［译者注：Trotski（1879—1940），俄国政治人物，十月革命的主要发起人之一，后与斯大林理念不合逃亡海外，1940年遭暗杀。］的斗争，完美地阐释了由发明家崛起到行政家抬头的进程。托洛茨基是数学家，红军的创始人，后来受到斯大林的排挤。历史展开新页。

如果知道蛊惑的技巧，并纠集杀手愚弄社会各阶层，比只会创新观念和发明新事物更能有效而且快速地迈向成功。

埃德蒙·威尔斯
《相对且绝对知识百科全书》

4000号和103683号再度上路，循着气味路径的指示往东方白蚁窝前进。中途，她们遇见忙着推腐殖土块的金龟子。还有一些蚂蚁探险队，有的蚂蚁身材迷你，小得几乎看不见，有的则大到可以挡住两只兵蚁……世上共有12000多种蚂蚁，形貌各异。最小的只有数百微米，最大的可达7厘米长。褐蚁属中型蚂蚁。

4000号终于复原了。她们穿过这摊青苔，爬过这丛洋槐树叶，钻过黄水仙花丛，大体而言，就在这块枯树干的背后。

的确如此，横越这块树干后，从盐角草和沙棘丛间隐约可见东方溪流和萨泰码头。

△

"喂，喂，毕善，你收得到吗？"
"100%。"
"一切还好吧？"
"没问题。"
"按照绳索上的标记来看，你们已经走了480米。"
"很好。"
"有没有看见什么？"
"没什么发现。只是墙壁上有一些铭文。"

"什么样的铭文？"

"一些玄秘难懂的话，你要我念一段吗？"

"不必了，我相信你……"

▼

56号雌蚁的腹部剧烈地沸腾，在里面拉、推、踢，她未来城邦的子民已迫不及待地想出世了。

她不再挑三拣四。选定一个泥色红黑相间的小洞，她决定在这里建立她的城邦。

地点其实不坏，附近既没有侏儒蚁、白蚁，也没有胡蜂的气味。但是嗅得到一点费洛蒙路径气息，指出贝洛岗人曾到此一游。

她尝尝泥土的味道。土里饱含有机元素，够湿润又不会太湿，上头还有一小丛灌木横生。

她着手清理出一直径约300颅的圆形地盘，表示这是城市的最佳规模。

精疲力竭的她试着从嗉囊反刍一些食物，嗉囊老早就空荡荡了。她已经耗尽储存的所有能量，所以她毫不犹豫地一把扯下翅膀，狼吞虎咽地大嚼根部的带肉部分。由此获得的能量还能再撑几天。

然后把触角深藏。在这期间，她手无缚鸡之力，绝不能让任何人发现她。

她等待着。隐匿在她体内的城市缓缓苏醒。

她该给城市取个什么名字呢？

首先她得替自己找一个皇后名讳。在蚂蚁的世界里，有了名字就等于有一个自动自发的群体。工蚁、兵蚁和交配前的雄蚁与雌蚁，只能用他们出生时的序号互相称呼。雌蚁一旦怀孕，相反地，有权取一个名字。

嗯！她被带岩石味的兵蚁追杀才起飞，不妨叫作"被追杀的皇后"。不好，要不然，她是未解开秘密武器谜团才被人追杀，这一点不能忘。那么就叫"来自谜团的皇后"。

她决定她的城邦叫作"来自谜团的皇后之城"。翻成蚂蚁的气味语言，闻起来应该是"希丽普岗"。

△

两小时后，通话再度接上。

"还好吗，毕善？"

"我们前面有一扇门，很普通，门上刻有很大的铭文，用的是古老的字母。"

"说些什么？"

"这次，你要我念吗？"

"对。"

组长调整手电筒开始念，由于他得逐字拼出，所以他缓慢而郑重地念道：

垂死的灵魂和被引向伟大神秘谜团的人有相同的心灵感受。一开始由于因缘际会，在很偶然的机遇下，启程跋涉穿过黑暗，历经一连串的九弯十八拐，仿佛永无止境的、焦虑不安的旅程。

然后，旅途终了前夕，恐惧达到最高点。颤抖、哆嗦、冷汗、惊恐占据全身。

这个阶段之后，马上是迎向光明的爬升，仿佛获得启示一般。眼前是璀璨的光芒，踏上圣洁之境以及歌舞升平的草原。

圣谕唤起对宗教的崇仰。完美的人，获得引导的人自由了，而他将欢庆神秘。

一位警员不由自主地发颤。

"门后面有什么？"无线通话机问。

"好，我把门推开……跟我来吧，伙伴！"

漫长的寂静。

"喂，毕善！喂，毕善！回答，该死的，你看见了什么？"

一声枪响传来。寂静还原。

"喂,毕善,回答我啊,老兄!"

"这里是毕善。"

"说,发生了什么事?"

"有老鼠。数千只老鼠。跟我们撞个正着,已经被我们赶跑了。"

"就因此开枪?"

"是的,它们现在都躲起来了。"

"叙述一下你眼前所看到的!"

"这里一片红。墙壁上有铁质岩层,还有……地上有血!我们往下走……"

"保持无线电联络!刚刚为什么切断?"

"我喜欢用我的方式进行,不愿事事受你遥控。请原谅,长官。"

"可是,毕善——"

咔嚓。他切断了联系。

▼

　　严格说来,萨泰并不能算是个码头,也称不上是前哨站。但是,无疑,它是贝洛岗探险队过溪的最佳据点。

　　从前,倪朝的第一批蚂蚁就在这个溪湾上,明白过溪不是件简单的事。只是蚂蚁从不轻言放弃,有必要的话,她会试验15000多种方法,朝障碍物撞击15000多次。不到黄河心不死,不是她死,就是障碍让步。

　　这种处理方式似乎不太合逻辑,的确让蚂蚁文明赔上了大批人力和时间。但这是有回报的,最后在超乎想象的大代价下,蚂蚁往往克服了所有的困难。

　　在萨泰,探险队员首先尝试徒步涉水。水面看来相当坚固,似乎能够承受蚂蚁的重量。可惜水面上没有爪子可以固定。蚂蚁在溪边把溪面当成溜冰场般前行。往前两步,旁边走三步,然后……扑通!被青蛙吃掉。

历经上百次的尝试，牺牲了数千队的探险员。蚂蚁决定试试别的方法。工蚁们脚连脚、触角连触角，结成一条长链子直达对岸。如果溪面不这么宽，水中没有那么多湍流，这种方法肯定会成功。24万人身亡。蚂蚁仍不灰心。

当时的蚁后碧·芭·妮指示造桥，大伙先尝试用树叶、树枝，再来用金龟子的尸体，用碎石块……4次试验又葬送了将近67万只工蚁的性命。碧·芭·妮光是为了造这座乌托邦的桥，就牺牲了比她任内战死沙场还多的子民！

她却不愿就此罢手，一定要穿越东部疆域。继造桥之后，她又有新点子，想朝北方走绕过溪流。

派出去的探险队没有一个回来，8000人死亡。之后她认为蚂蚁应该去学游泳，15000人死亡。接着她想应该驯服青蛙，68000人死亡。坐在叶片上从树上飘落溪面划过去呢？50人死亡。利用变硬的蜂蜜包扎脚在水底走路？27人死亡。传闻，直到有人向她禀报城里只剩下十几只安然无恙的工蚁而已，蚁后才宣布放弃这项渡溪计划，她还说：

"可惜，我还有好多点子……"

30万年后，丽芙·丽妮蚁后向她的子民建议，在溪底挖一条隧道。这个方法真是太简单了，以至于先前根本没人想到过。

因此从萨泰，蚂蚁可以毫无阻碍地穿过溪底。

103683号和4000号已经在这条著名的隧道内走了好几度——时间了。有点湿，不过没积水。白蚁城邦就在溪的对岸。而且白蚁也利用同一条隧道往联邦疆土探游。目前为止，有一项不成文的协定，隧道内不准起武装冲突。所有人都可自由通行，白蚁或蚂蚁一视同仁。但态势很明显，一旦哪一方自称占优势，另一方一定会堵住隧道甚至引大水淹没。

她们走在长长的隧道里，仿佛永远走不完。唯一的问题，上头覆盖的水非常冰冷，而地底下更冷，她们会冻僵。每踏出一步都变得异常辛苦。

万一她们在里面睡着了，就长眠地底啦！她们非常明白。她们匍匍身子爬行。嗉囊的最后一点蛋白质和糖即将耗尽。肌肉以及关节变硬。

终于，出口到了……全身冰冷的 103683 号和 4000 号一同呼吸新鲜空气，便直挺挺地倒在路中央。

△

在漆黑的羊肠小道里，大家一个接一个排队前进，他不禁兴起好玩的念头。这里没什么好想的，只能想着快点走到尽头，希望有尽头……

后面，谈论声不再扬起。毕善只听见六位警员沉重的呼吸声。毕善更加确认自己是不公平待遇下的牺牲者。

照理说，他应该已经擢升为主任专员了，领丰厚的薪金。他的工作绩效没话讲，工作时数超出规定，而且侦破了十几起案子，都是那个苏兰芝·都蒙断了他的升迁之路。

这种情形突然变得难以忍受。

"他妈的！"

"还好吗，组长？"

"是的，还好。继续！"

最令人感到羞愧的是，他居然在自言自语。他咬紧嘴唇，自我克制。然而不到 5 分钟，他再度沉浸在忧虑当中。

他对女人没什么不满，但他看不惯没有能力的人。

"这个老婊子连字都看不太懂，也不会写。她从来没参与任何侦讯，而她居然当上局子的头头，管底下的 180 个警员！领的钱比他多 4 倍！他们还高唱，加入警界行列！她是上任头头指定接班的，这中间一定有不可告人的暧昧关系。这也就罢了，她还一点都不知检点，胡搞瞎弄。她操纵底下人员彼此对立，蹂躏自己的部门，自以为是不可或缺的人物。"

一路下来，毕善想起一部关于蟾蜍的纪录片。蟾蜍发情时是处在极端兴奋的状态中，只要碰到会动的东西，就不顾一切跳上去——

无论是母的、公的还是石头。它们用力按住对方的肚子，挤出卵以便使卵受精。碰上母蟾蜍当然能如愿以偿。按住公蟾蜍的自然挤不出东西来，只好换伴侣。往石头上跳的蟾蜍弄痛脚，颓然放弃。

但有个特别例外——有的蟾蜍跳上一座小土堆。因为土堆犹如母蟾蜍的肚子一般柔软，所以公蟾蜍不断地挤压。这种无意义的举动可以持续好几天之久。它们还自认已经尽了全力。

组长微微一笑。也许只要告诉这个勇气可嘉的苏兰芝，有比限制和压榨属下更有效率的措施就行了。但是，他不相信这样行得通。他想，追根究底或许是他自己不适合待在这个该死的部门。

其他的人在后面，也陷入灰暗的沉思。静默无声地往下走，让每个人神经紧张。他们已经走了五个小时，没有休息。大部分人盘算着，这次出勤任务结束后，应该要求特别津贴；其他的人有的想妻子、小孩、汽车、一箱啤酒……

虚无——

有什么比停止思考更快乐呢？终于切断了如潮水般的念头，多少有用，或具有重要性的念头。

停止思考！当我们已经死去，却又能获得重生。四大皆空，回归最终的泉源。

不只是一个不想任何东西的生物。幻化成虚无。这才是崇高的理想。

埃德蒙·威尔斯
《相对且绝对知识百科全书》

▼

两只蚂蚁整夜躺在泥沙淤积的溪岸，动也不动，直到第二天曙光洒下才恢复生气。

103683号的复眼一只接一只地睁开，状似硕大眼睛的物体赫然悬挂在正上方，也目不转睛地盯着她瞧。

没有生殖力的年轻兵蚁发出惊恐的费洛蒙，烫到自己的触角。那只巨眼也吓了一跳，急忙往后退，还带一根长长的角。两个生物各自躲到一块类似石头的圆形物体后。

是蜗牛！

她们四周还有几只。加起来共有五只，全都钻进壳里了。两只蚂蚁走近绕了一圈。她们想用嘴咬，但咬不动。他们随身携带的家是座攻不下的碉堡。

城邦之母的一番话穿过脑际：

安逸是我们最大的敌人，使我们反应迟钝，怠忽创新。

103683号暗自说道，躲在壳里的这些笨蛋活得太自在了，只啃食固定不动的草。他们不必战斗、引诱、猎杀、逃跑。他们从不必面对现实的人生，所以不会进化。

她突然有个顽皮的念头，想强迫这些蜗牛离开他的壳，证明他们不是没有弱点的。

恰巧五只中有两只以为危险过去了，他们的身子探头探脑地伸出屏障，想要纾解过度紧张的情绪。

他们互相会合，腹部对腹部，黏液贴黏液。现在他们的身体好像焊在一起，进行滑腻的拥吻。生殖器互相接触。

两只蜗牛发生奇妙的变化。一切进行得非常缓慢。

右边的蜗牛将由石灰钙质构成的阴茎，插入左边蜗牛充满卵子的阴道中。而左边那只并没有昏厥，反而伸出他自己挺直的阴茎插入伴侣的身体里。

两人同时享受插入和被插入的欢愉快感。每只蜗牛的阴道外另有一根阴茎，他们可以立即感受两性的激情。

第一只感到雄性高潮，他怪异地扭曲又伸展，仿佛全身通了电。

两只雌雄同体的生物头上，四只带眼睛的角彼此纠结，液体产生泡沫，然后形成气泡。这是一曲黏腻的舞蹈，肉欲因肢体动作的极度缓慢而凸显。

左边的蜗牛挺直角，轮到他感应雄性的高潮。他才刚射精完毕，第二股快感席卷全身，这次来自阴道。右边的蜗牛接着也享受雌性的欢愉。

此时，他们的角垂下，收回爱情的箭，阴道闭合……性爱结束，一对爱侣突然变成同极的磁石。同性互斥。

这是古老的自然现象。两只施与受的机器慢慢地分开，各自带着对方的受精卵。

103683号目睹这幕绝美的场景表演，目瞪口呆，久久不能自已。4000号却拔腿赶上一只蜗牛展开攻击。她想趁交配后精疲力竭的好时机，杀死比较肥美的那只。

太迟了。他们再度躲入壳里。

老战士毫不气馁。她知道蜗牛终究得出来。她埋伏在旁好久好久。终于，先是一只惊疑不定的眼睛，然后整只角伸出壳外。这只腹足纲动物想出门看看他的周围有什么动静。

当第二只角探出来，4000号一个箭步上前，使尽全力张嘴咬住他的眼睛。蚂蚁想咬掉眼珠，但是软体动物施予反击，他把探险队员粘住，贴在蜗牛壳的涡旋纹路里。

啪啦！

怎么救她呢？

103683号脑中飞快地想着，一个念头从三个大脑中飞过。她用口衔住石头用力敲击蜗牛壳。的确，她发明了铁锤，可惜蜗牛壳不是木头模型。敲击的嘀嗒声好像音乐演奏。

得想别的方法。

这是一个大好的日子，因为蚂蚁发明了杠杆。她抓住一截坚固的树枝，以一块小碎石当轴心，然后整个身躯下压，想翻动这只沉重的动物。她重复好几次。终于，蜗牛前后摇晃翻转过来了。

洞口朝天。她成功了！

103683号沿着涡旋花纹攀爬，屈身站在深井般的壳口附近，然后纵身一跳直捣软体动物的巢穴。滑行良久，她跌落在某种棕色凝胶物质上，四周油腻的黏液让她感到恶心。她开始撕毁这些润滑组织层，怕烧伤自己不能用蚁酸。

很快地，有新的液体流出与黏液混合——无色透明的蜗牛血液。惊慌失措的动物一阵抽搐，将两只蚂蚁喷出壳外。

幸喜两人都毫发无伤，她们互相轻抚对方的触角，好一阵子。

垂死的蜗牛想逃走，可是沿路内脏掉落一地。两只蚂蚁追上他，轻而易举地把他解决掉。偷偷探出眼睛将这一幕全看在眼里的另外四只腹足纲动物害怕极了，紧缩到壳的最深处，一整天都不敢再动一下。

那天早上，103683号和4000号大口咀嚼蜗牛肉。她们将肉切成片浸在黏液里，像是享用一客温热的牛排。她们找到满是卵子的阴道。蜗牛鱼子酱！这是褐蚁最爱的一道菜，含丰富的维生素、脂肪、糖和蛋白质……

嗉囊差点满溢出来。她们吸收太阳能后再度上路，大踏步地往东南方前进。

费洛蒙分析（第34次试验）——

利用群体分光计以及一台色谱分析仪，我成功辨识出几只蚂蚁沟通的分子。因此，我着手分析一段撷取的对话的化学成分，这段话是由一只雄蚁和工蚁在晚间10点进行的。

雄蚁发现一片面包屑，下面是它发射的信号物质——

"甲基——6"

"甲基——4"

"己烷——3"（施放两次）

"酮"

"辛烷——3"

接着再次发射——

"酮"

"辛烷——3"（施放两次）

埃德蒙·威尔斯

《相对且绝对知识百科全书》

路上，她们碰见别的蜗牛，每一只都立刻缩回壳里，仿佛他们经由口口相传已经得知这些蚂蚁是危险分子。

但是有一只不但不躲藏，反而露出全身。

两只蚂蚁满腹狐疑地靠近。蜗牛被重物压扁，外壳碎裂，身躯爆开飞溅好大一片区域。103683号立刻联想到白蚁的秘密武器。她们应该离敌人的城邦不远了。

她们往前仔细检查蜗牛的尸体。致命的一击范围很广，利落而且超级有力。难怪她们能用这种武器刺穿拉舒拉岗。

103683号下定决心。一定要一探白蚁城邦的究竟，如果能偷走她们的武器更好，否则整个联邦有被歼灭的危险！

但是突然刮起一阵强风。她们的爪子来不及抓住任何东西。强风携她们直上青云。103683号和4000号没有翅膀……她们照样遨游天地间。

△

数小时后，地面上的队员都已进入昏昏欲睡的恍惚状态。无线通话机嗞嗞作响。

"喂，都蒙女士吗？到了，我们走到底了。"

"那么，你们看到什么？"

"是个死巷。有一堵水泥和钢板架构的墙，是新砌的。好像一切到此为止……还有一句铭文。"

"念来听听。"

"如何用6根火柴棒摆出4个等边三角形？"

"就这样？"

"不，还有一个字母键盘，一定是用来键入答案的。"

"旁边没有其他通道吗？"

"没有。"

"你们也没看见那些人的尸体？"

"没有……嗯……有脚印痕迹，好像不少鞋曾踏过这里，在这堵墙前停留过。"

"现在该怎么办，"一位警员幽幽地说，"我们折返吗？"

毕善仔细检查这座障碍物。这些象征文字、钢板和水泥块在在显示里面藏有机关。其他的人消失到哪里去了呢？

他背后的警员一个个全坐在台阶上。他把注意力集中在键盘上，一定是要按照某种次序逐一按下这些字母。乔纳坦·威尔斯曾在制锁业服务，他八成做过这种大楼大门的保全系统。得找出密码。

他转身面对他的下属。

"各位，你们身上有火柴吗？"

"喂，毕善组长，你在干吗？"

无线通话机传来不耐烦的声音。

"想帮忙的话，就试着用 6 根火柴棒做出 4 个等边三角形。当你找到答案时再打来。"

"你在讽刺我，毕善！"

▼

暴风终于平息。数秒的时间里，风神放慢舞蹈的速度；树叶、灰尘、昆虫重新受到地心引力的牵制。视个人体重随处坠落。

103683 号和 4000 号摔落在相隔约十几呎的地面上。她们重聚，没有受伤，巡视四周，到处是石砾，跟刚刚她们所在的位置景色大异其趣。这里，一棵树都没有，只有几丛杂草随风飞舞。她们不知身在何处。

当她们恢复精力想离开这个鸟不生蛋的地方时，上天决定再次展现它的强大威力。云堆聚集，大地晦暗。雷电爆裂划开气层，释放出体内累积的高压电力。

所有动物都了解大自然的这项讯息。青蛙跳入水中，苍蝇藏在石缝底，鸟雀低空飞行。

雨点落下。两只蚂蚁必须尽快找到遮蔽。每一滴雨都足以致命。她们朝一硕大的形状飞奔而去，远远望去的形状像是一棵树或一块岩石。

慢慢地，从蒙蒙细雨和一片贴地的薄雾中，那片形状愈来愈清晰。既不是树也不是岩石，而是一座真正的泥土大教堂，数不尽的高塔，塔顶被云层遮没。震惊。

那是白蚁窝！

东方白蚁窝！

103683号与4000号进退维谷，夹在暴风雨和敌人的城邦间。她们是打算进去，但绝不是在这种情况下！

百万年来延续的仇恨与对峙拉住了她们的脚步。

但没多久。反正她们大老远来到这里的目的，不正是要打探白蚁窝的情报吗？因此她们浑身打战地朝建筑物脚下的阴暗洞口前进。触角高高扬起，嘴巴张大，脚微微弯曲，她们准备壮烈成仁。然而，出乎意料，白蚁窝的洞口居然没有兵蚁防守。

完全不合常理。发生什么事了？

没有生殖力的蚂蚁潜入庞大的城市里。她们的好奇心和基本的戒备心交战。

老实说，这地方一点都不像蚁窝，墙壁的材质是比泥土坚固许多的水泥，和木头一样硬。地道饱含湿气，没有丝毫空气流动，而且大气里反常地包含太多的二氧化碳。

她们在里面走了3℃——时间，没看见半个卫兵！非比寻常……

两只蚂蚁暂停脚步，触角摸索着互相征询意见。很快就有了决定——继续。

由于一径往前，她们反而彻底迷失了方向。这座外族的城邦简直是迷宫，比她们的故乡还要蜿蜒曲折。在这些墙上完全找不到一丝味道痕迹，连她们的居甫腺体也察觉不出。她们现在搞不清楚是在地底下还是在地面上！

她们想寻原路折返，却办不到。到处穿插奇形怪状的新地道，层出不穷。

她们完全迷路了。

此时，103683号发现了一个奇怪的现象——光线！

两只兵蚁难以置信。杳无人迹的白蚁窝中会有光线，完全没道理。她们往光源走去。

一道橘黄色光芒，时而绿时而蓝。之后一阵强光闪烁，光源消失。不久再度亮起，光线在蚂蚁闪亮的甲壳上反射闪动。

仿佛被催眠似的，103683 号和 4000 号往地底的灯塔飞奔。

△

毕善兴奋地跳起！他懂了！

他表演给警员们看，如何用 6 根火柴棒摆出 4 个三角形。惊讶之余，接下来是强烈的欢呼。

苏兰芝死不认输，破口大叫：

"你们知道答案了？你们知道答案了？快告诉我！"

没有人奉命行事。她听见一阵嘈杂的人声夹杂着机械噪音，然后，又是静默。

"毕善，怎么了？告诉我！"

无线通话机开始嘈杂地嗞嗞作响。

"喂！喂！"

"是的（稀里哗啦），我们打开门了。后面有一条（稀里哗啦）秘道。它往（稀里哗啦）右转。我们走！"

"等一下！你们是怎么弄出 4 个等边三角形的？"

但是毕善一行人再也接收不到地面的讯息了。发音器出了毛病，八成短路了。

他们收不到信号，但仍能发射信号。

"啊！太不可思议了。我们愈深入，四周的建筑愈堂皇。有道拱门，远远有光线射进。我们走。"

"等一等，你刚才说有光线，在地底下？"

苏兰芝声嘶力竭地喊，只是白费气力。

"他们在那里！"

"谁在那里？老天！尸体吗？回答我！"

"小心——"

紧接着是一连串惊呼和尖叫，然后联系完全被切断了。

绳索不再往下拉，但是仍然拉直紧绷着。地面的警员以为绳索卡住了，他们抓住绳子用力拉。三个人一起……然后五个人。绳索突然断了，无力地垂下。

他们开始将绳索往回拉并缠成圈，绳索之长足以缠绕成一个巨无霸线团。终于，被切断的那一端出现了，绳头不齐，看来好像是被摩擦磨断的。

"报告长官，下一步该怎么做？"一位警员喃喃问道。

"什么都不做。千万别做任何事。再也不会有任何行动。绝对不能向媒体透露半个字，不能对任何人提起。然后你们把这扇门给我封死，愈快愈好。侦察结束。档案终结，而且我再也不要听见任何人说起这个天杀的地窖！

"去，快去买砖块和水泥。至于你们，你们负责处理这些警员的遗孀问题。"

正午过后不久，警员正准备垒上最后几块砖，忽然传来低沉的噪声。有人回来！大伙忙着清开入口。一个头从黑暗中伸出来，然后是整个身体。是一名警员。终于可以明白下面发生什么事了。脸上恐怖至极的表情。面部肌肉长期处于强烈痉挛的收缩状态，仿佛受到攻击。

一抹真正的幽灵！鼻尖被削去一片，血流如注。浑身乱颤，眼睛翻白。

"叽哩叽叽叽……"他试着逐字强调地说。

落下的下巴流出一长线的唾液。他举起满是伤痕的手抹一下脸，而他同事殷切的眼神犹如利刃。

"发生什么事了？你们遭突袭了吗？"

"叽哩叽叽叽哩咕噜！"

"下面还有人活着吗？"

"叽哩叽叽叽哩咕噜叽叽喳！"

鉴于他无法多说些什么，大伙替他包扎好伤口之后，送他到一个精神疗养中心接受治疗。接着封死地窖的门。

▼

连她们的脚踩在地上造成的最轻微摩擦，都会影响光线强度的变化。光源发出呻吟声，好像听见她们走过来似的，光线仿佛有生命。

蚂蚁停住不动，想弄个明白。光线突然变强，照亮地道，连最小的凹洞都原形毕露。两个间谍敏捷地躲藏，免得被奇怪的探照灯发现。然后，趁着光线变弱时冲向光源。

原来是鞘翅目萤火虫，发情期的黄萤。当他认出闯入者为何人之后，光线完全暗淡……然而，鉴于什么都没发生，他又小心翼翼地发出淡淡的光芒，像个小灯芯。

103683号释放出善意的气味。虽然所有的鞘翅目昆虫都懂得这种嗅觉语言，但萤火虫没有回应。淡绿色的光芒转暗，变成黄色，再逐渐呈橙红色。蚂蚁心想，这个颜色大概是表示疑问吧？

"我们在白蚁窝中迷失方向了。"老战士发射讯息。

起先对方仍不搭腔。过了几度——时间后，他开始闪耀光芒，这既可代表高兴，也可解释为恼怒。蚂蚁满腹狐疑，静静等待。萤火虫突然朝一条横向的地道飞去，灯火闪烁得更频繁，好像有东西要给人看。蚂蚁尾随而至。

她们到达一个更冷更湿的区域。不知从哪里传来悲号的嘎吱声。凄惨的哀嚎以气味和声音双重方式发射扩散。

两位探险队员互相投以探询的眼神。尽管放光芒的昆虫不会说话，听力却很好。他仿佛针对她们的怀疑作答似的，光芒明灭，间隔时间很长。好像在说："不要怕，跟我来。"

三人往陌生的地底深入。一行人来到一个非常寒冷的区域，此间地道比先前的宽广得多。

嘎吱般的哀嚎叫得更加惨烈。

"小心！"4000号突然发射道。

103683号回过头。萤火虫灯光照亮一只怪物，正往她们的方向逼近。苍老憔悴，皱纹密布的一张脸，浑身裹着透明白布。吼叫里含着极度惊恐的气息，两只蚂蚁差一点呛得喘不过气来。木乃伊持续往前行，弯下身似乎想要跟她们说话。事实上，她绊了一跤直挺挺地往前倒，砰的一声。包裹的外壳裂开，妖魔似的老人幻化成新生儿……

白蚁幼蚁！

原先她乖乖地站在角落，但是茧壳破裂后，木乃伊只好蠕动爬行并发出悲戚的嘎吱声。

原来哀嚎的起源，是这个。

而且木乃伊还不止一个。三只昆虫目前位处育婴室，数百只白蚁幼蚁垂直靠墙排列。

4000号视察这些幼蚁，发现有些因缺乏照料已经死了。其他侥幸活着的，全都发出可怜的气味呼叫保育员。至少有2℃——时间没有人舔舐她们了。她们全将因营养不良而逐一死去。

太反常了。任何社会性昆虫绝不会丢下她们的幼儿不管，哪怕只是短短的1℃——时间。莫非……两只蚂蚁的脑海浮现出同一念头。

莫非……所有的工蚁都已悉数死亡，只剩下这些幼蚁！

萤火虫再次闪烁光芒，示意她们跟随往新地道去。空中弥漫着怪异的味道。兵蚁的脚踏在某种坚硬的东西上。她没有红外线单眼，黑暗中不能视物。光线飞过来照亮103683号的脚边。

白蚁士兵的尸体！白蚁和蚂蚁外貌近似，她们除了一身雪白外，也没有明确的腹部结构。地面上躺了数百只这样的白色尸体。

可怕的杀戮！

最怪诞的是——所有的尸体全都肢体健在。不是战争！死亡之神必然如闪电般来袭，因为居民还专注于日常工作上，以至于死时仍维持日常的姿态。有些好像在交谈或是用嘴巴咬断木头。什么东西带来了这场大灾变呢？

4000号检查这些僵死的塑像，她们散发出刺鼻的香味。一股寒战传过两只蚂蚁全身。

毒气。谜题终于揭晓——第一批派遣侦察白蚁的探险队失踪之谜；第二批唯一的幸存者，全身没有外伤离奇死亡之谜。

而她们之所以没有感觉，是因为经过这段时间毒气已经散去。但白蚁幼蚁又是如何逃过劫难的呢？老探险队员发射出一个推测。她们有独门的免疫防护罩——也许是她们的茧救了她们一命。她们应该已经终生免疫了。这就是著名的抗药性，昆虫能够产出突变的下一代，完全不受杀虫剂的毒害。

又是谁施放毒气呢？十足的难题。再一次，在寻找秘密武器的过程中，103683号又碰上了其他的东西，同样浑不可解。

4000号表示想出去。萤火虫光芒明灭表示同意。蚂蚁喂一些纤维素食品给一息尚存的幼蚁，然后出发寻找出口。萤火虫尾随在后，跟着她们走。白蚁士兵的尸体愈来愈稀少，取而代之的是侍奉蚁后的工蚁尸体，有些嘴里还衔着蚁卵呢！

建筑结构愈来愈繁复，三角形的地道里充斥着各种信号。萤火虫突然转换地道，光芒开始变成淡蓝色。他一定察觉到什么了。的确，地道底端有喘气的咻咻声。

三人快步来到那里，一种类似神殿的厅堂，外面有5只巨蚁守卫。她们全都死了！入口则被20多具工蚁尸体挡住。蚂蚁用脚传递、移开尸体。

近乎完美无瑕的圆形地穴慢慢显露。白蚁的皇室。声音由此而来。

萤火虫发出美丽的白色光芒，闪烁照亮洞穴正中央，一只形状奇特的软体动物躺在那里。白蚁蚁后，蚂蚁蚁后的滑稽卡通版。小小的头和胸，配上长达50颅的超大肚子。这块肥厚的附属身体构造规律性地抽搐着。

小小的头痛苦地摇动，呼出嗅觉和听觉的吼叫信息。工蚁的尸体将洞口严密地封住，毒气因而没有渗入。但是，蚁后因为乏人照料已濒临死亡边缘。

"看她的肚子！里面有小生命推挤，可是她无力独自生下她们。"

萤火虫飞上天花板，天真无邪地散放橙黄光芒，在两只蚂蚁的合力之下，白蚁卵从母亲那巨大的腹袋里流泻而出。好一只生命泉源水龙头。白蚁蚁后似乎松了一口气，她不再喊叫。

她用全球通用的嗅觉语言询问是谁救了她。当她辨识出蚂蚁的气息时，相当震惊。

"你们是易容蚁吗？"

易容蚁是非常善于运用化学有机物质伪装的一种蚂蚁。体形壮硕，全身黝黑，居住在东北方。她们知道如何制造各种人工费洛蒙——身份确认、路径、沟通……只要恰如其分地混合树液、花粉和唾液。

伪装的味道施放后，她们旋即径行潜入，譬如白蚁城邦，而不会被识破。然后她们尽情掠夺并杀戮。她们手下的亡魂没有一个认出她们！

"不，我们不是易容蚁。"

白蚁蚁后问她们城里是否还有其他的生还者，蚂蚁们回答没有。她释放希望被杀的心愿，立即解脱折磨。但在这之前，她想透露一些事。

她知道城邦是如何灭亡的。白蚁不久前发现世界的东方边缘，星球的终点。那是个黑暗疆域，到处光滑，但一切都已遭摧毁。

"那里住着奇怪的动物，动作快且狠。他们是世界的守护者，身上有黑色盾牌可以压碎任何东西。而现在他们连毒气都会用了！"

这番话令人想起已故蚁后碧·史汀·嘉的野心——寻找世界边缘。

难道真有可能？

两只蚂蚁无法相信。到目前为止，她们以为地球是如此广大，根本不可能找得到边际。然而，这只白蚁蚁后宣称世界的边缘已经不远了！还有怪物看守。

碧·史汀·嘉皇后的梦想原来并非遥不可及。

整个故事听来是那么大胆，她们简直不知从何问起。

"但是，为什么这些'世界尽头的守护者'会来到这里？他们想进犯西方疆域？"

肥硕的白蚁蚁后也不太清楚。现在她想死去。她没学过如何停止心跳。得杀死她。

当蚁后指明出口后，蚂蚁砍下她的头。然后她们吃掉几颗卵，离开硕大无朋的城邦，现在只是个死城了。

她们在入口施放费洛蒙，叙述此地发生的悲剧。身为联邦探险队的一员，绝对不能忘记任何一项应尽的职责。

萤火虫与她们互道珍重。他一定是为了躲雨才在白蚁窝里迷了路。现在天气变晴，萤火虫恢复每日一成不变的生活步调——吃喝、发光吸引女伴、繁殖……就是一只萤火虫的生活！

蚂蚁的眼睛和触角都望向东方。从这里，自然看不见什么，但是她们知道——世界的边缘在不远的地方。就在那里。

文化冲击——

两种文化接触的时刻总是敏感时分。在人类文明对文化严重质疑的重大体认中，18世纪非洲黑人被捉当作奴隶是值得注意的案例。被贩卖为奴的黑人，大多数住在大陆深处的平原和森林之中，从来没见过海。突然，邻国毫无理由地攻打他们，非但不一举杀死他们，反而将他们俘虏成战犯，用锁链捆绑，强迫他们往海岸走。

在一段长途跋涉中，黑人发现两样无法理解的东西：

一、辽阔的大海。

二、白皮肤的欧洲人。

然而，他们不曾目睹过的大海，常在神话故事里被描绘成死亡国度。至于白人，对他们而言简直是外星人，他们身上散发着奇怪的味道，有奇怪的皮肤颜色，穿着奇怪的衣服。

很多人因为过度恐惧而丧生，其他的人则惊慌失措，跳船逃跑而成为鲨鱼的腹中物。而幸存者则愈来愈惊奇。

他们看见了什么呢？

例如白人喝葡萄酒。而他们深信那是血，他们族人的血。

埃德蒙·威尔斯
《相对且绝对知识百科全书》

56号雌蚁饿极了。不仅仅是一个单独个体，而是整城的人口在要求自己的一份口粮。该如何养活深藏在体内的整个族群呢？

最后她决定走出产卵的洞穴。费力地拖着身子爬了大约100颁的距离，带回3片针叶，贪婪地舔食嚼碎。这些还不够。最好能找些猎物，但她欲振乏力，而且附近有上千个掠夺者。在强敌虎视眈眈的环伺之下，她自己都面临着被猎杀的危险。因此，她蹲在洞穴里安静地等待死神降临。

相反地，1颗卵排出。她的第1个希丽普岗子民！她几乎没感觉到她的到来。她动动麻木的脚使尽气力挤压肠子。必须成功，否则就完了。蚁卵滚出。小小的，深灰色几乎接近黑色。

如果她任由这颗卵孵化，出生的幼蚁也活不久。甚至……她还不知道能不能供给足够的养分直到孵化。所以她张口吃掉她的第1个孩子。

马上获得一股额外的热能。她的腹部少了1颗卵，胃里却多了1颗。第1颗卵的牺牲换来第2颗的出世，她觉得有力气生出第2颗，小小的，灰灰的卵，和第1颗一模一样。她细细品尝，觉得精神好些。第3颗卵色泽也好不到哪里去。她依旧吞入腹中。

一直到第10颗后，蚁后改变策略。她产下的卵变成正常灰色，大小与她的眼球差不多。希丽·普·妮产下3颗这样的卵，吃掉1颗留下2颗，并把他们放在身体下保暖。

她持续不断地孵育，2颗年纪稍长的卵蜕变为长形的幼蚁，但头上却是一张挥之不去的苦脸。她们开始呻吟哭叫着要吃东西。计算变得有些复杂。她若产下3颗卵，她自己要1颗，另外2颗用来喂幼蚁。

就这样，在密闭循环的状态，从无到有。其中一只幼蚁比较大时，较小的那只就变成另一只的食物。这是获得成长必需的蛋白质，让她长成蚂蚁的唯一方法。

但是仅存的幼蚁还是直嚷饿。她蜷曲身体，哭嚎。姊妹身躯的盛宴无法满足她。最后，希丽·普·妮自己吃掉了第一个即将长成的孩子。

"我一定要成功，我一定要成功。"她反复地告诉自己。

她想到 327 号，然后一下子排出 5 颗颜色较亮的卵。她狼吞虎咽吃掉 2 颗，让剩下的 3 颗继续成长。

如此这般，杀死孩子喂养孩子，生命更迭接续。前进三步，退后两步。残酷的生活锻炼，终于造就出第一只完整的成蚁。

蚂蚁外形瘦弱，并因营养不足的关系似乎有些智障。无论如何，终于成功地养出她的第一位希丽普岗子民！为了城邦的存续，残杀同类的血腥历程终于跑完一半。今后，这只先天不良的工蚁能够到附近带一些食物回来：昆虫尸体、谷粒、树叶、蘑菇……她做到了。

希丽·普·妮终于能够获得正常充分的饮食，产下的卵颜色晶亮，也结实多了。卵壳厚实足以抵挡严寒。幼蚁的身材也恢复到一般标准。新一代的新生儿既高大又健壮。她们将是希丽普岗人口的基干。

至于第一只弱智蚂蚁，提供食物给繁殖者的任务完成，没多久便死亡，尸体已被姊妹们分享。自此，城邦建立前的所有杀戮、苦痛都已被遗忘。

希丽普岗诞生。

蚊子——

蚊子是最有意愿和人类单挑对决的昆虫。我们每个人都有这样的经验，身着睡衣站在床上，手里拿着拖鞋，眼睛盯着雪白的天花板。

想不通。让人搔痒的只是蚊钩分泌的杀菌唾液。若非这个唾液，被叮咬之后很可能会受感染。而且蚊子总是很小心地选择在两个痛苦感应点间叮咬！

面对人类，蚊子的策略有了改进。它学习变得更迅速，更审慎，起飞更灵活，变得愈来愈难发现。最新的一代甚至有些大胆地躲在受害人的枕头底下。它们领悟了爱伦·坡名作《失窃的信》中的重要原则——最棒的藏身之处就在眼前，因为人们往往大老远去寻找近在眼前的事物。

埃德蒙·威尔斯
《相对且绝对知识百科全书》

△

奥古斯妲外婆注视着准备妥当的两只大箱子。

明天她将搬到希巴利特街去住。

看起来真是不可思议,不过埃德蒙仿佛早已预知乔纳坦会失踪似的,在他的遗嘱里写着:

如果乔纳坦死亡或失踪了,而他本身又没有立遗嘱,我希望由我的母亲奥古斯妲·威尔斯继承我的公寓。如果她失踪了,或是她拒绝接受这项遗赠,我希望由丹尼尔·罗森菲继承这个地方;若果罗森菲拒绝或失踪了,则杰森·布拉杰可以前来居住……

照目前事件发展的情况,不得不承认埃德蒙预先指定至少四位继承人是明智之举。奥古斯妲一点都不迷信,何况就算埃德蒙再怎么愤世嫉俗,也没理由要置他的母亲及外甥于死地。还有杰森·布拉杰,那是他最要好的朋友啊!

新奇的想法福至心灵。埃德蒙似乎努力地在计划未来,好像……他死后一切才开始。

▼

她们朝着旭日东升的方向走了好几天了。4000号的健康状况持续恶化。她的勇气和好奇心真的超乎寻常。

傍晚时分,当她们爬往一棵栗子树的树干时,突然遭到红蚁包围。又是这些向往外面世界的南方小虫。硕长的身体上,一根毒针突出,只要被刺到立即当场毙命。两只褐蚁多希望自己不在这里。

除了几只天性鲁钝的外籍佣兵外,103683号还没见过外界的其他红蚁。的确,东方疆域果然值得探访……

触角乱动。红蚁可以与贝洛岗人民用相同的语言沟通。

"你们的身份费洛蒙不对。滚开!这里是我们的地盘。"

褐蚁回答她们只是路过而已，她们想去世界的东方边缘。红蚁齐集商议。

她们认出这两只蚂蚁是来自褐蚁联邦。联邦或许离此遥远，但是势力庞大（她们上次迁居时，计有64个城邦）且威名远播早已越过西方溪流。最好不要乱找借口制造冲突。终有一天，随季节迁移的红蚁迟早得经过褐蚁联邦的版图。

触角的动作逐渐缓和。综整意见的时刻到了。一只红蚁传送团体的意思——

"你们可以在这里过一夜。我们也愿意为你们指明前往东方边缘的路线，甚至也愿意与你们同行。但是你们得留下一些身份费洛蒙作为报酬。"

交易很公平。103683号和4000号深知给她们身份费洛蒙，等于给她们一张任意出入联邦广阔疆域的珍贵通行证。但是，能够到达世界的尽头是无价的。

主人引导她们到扎营地点，就在更高的树枝上。和其他的营地完全不同。红蚁借由纺织缝纫的技巧搭建临时巢穴，她们先将3片栗子叶的叶缘缝在一起。一片当地板，其他两片是墙壁。

103683号和4000号仔细观察一群正忙着在入夜前缝合"屋顶"的纺织蚁。她们选定充当天花板的栗子叶。为了将这片叶子与其他3片缝合，首先形成一座活动梯，十几只工蚁层层相叠像个小土堆，一直到能抵着屋顶叶片为止。

好几次，叠罗汉垮了。实在太高。

红蚁换个法子。一队工蚁爬上天花板叶片，组成一条抓稳的链子，垂到叶片的边缘。链子往下加长，然后与下面一直叠不高的活动梯相接。两队相隔距离还很远，所以链子尾端持续有红蚁成串地加入延长。

还差一点，叶梗开始弯曲。右边只剩下几厘米的距离。结成链子的红蚁如钟摆般摇晃以补足差距。每次摆动链子延伸，好像快要断了，还好挺住了。高空表演者的嘴巴终于和下面的队友联结成功，咔嗒！

第二道手续——链子缩回。中间段的工蚁，极其小心地脱离队伍，爬上同事的肩膀，然后所有的人齐心协力将两片树叶拉近。权充天花板的叶片慢慢落下来覆盖整个村落，阴影笼上地板。

盒子加盖了，但还得缝合才行。一只老红蚁冲进一间房子，挥舞着一只肥壮的幼蚁跑出来。这就是缝纫用具。

调整对齐叶片边缘保持接合，然后幼蚁被抱来。可怜的人儿正吐着丝造茧，准备安静地躲在里面度过蜕变期，但是她可无法那么逍遥自在。一只工蚁从茧里捡出一个线头开始抽丝。工蚁吐出一点唾液，然后把丝线的一端粘在叶片上，并将茧传给下一位。

幼蚁感到有人抽她的丝，赶紧再吐出丝线加强。丝线被抽得愈多，幼蚁感到寒冷就吐得愈多。工蚁们得渔翁之利。她们依序传递这个活生生的纺织机，一点也不计较丝线用量。她们的幼子用尽全力气竭而死，她们另拿一个出来。因此，为了这项工程，12只幼蚁牺牲了。

她们缝完天花板叶片的第二道边；现在整个村落活脱儿是带白色叶脉横梁的绿色盒子。103683号在里面漫步，感觉就像在自己的家一样，同时好几次瞥见一些黑蚁混在红蚁群里。她忍不住发问：

"那些是佣兵吗？"

"不，她们是奴隶。"

然而红蚁并没有畜养奴隶的习惯。红蚁解释最近她们在路上碰到大队的蓄奴蚁正往西行，她们就用一些黑蚁卵交换一栋可随身携带的编织巢。

103683号并不就此罢休，她接着问道她们后来是否起了冲突。对方说没有，那些凶狠的蓄奴蚁已经吃饱喝足，只是手边留有太多的奴隶罢了；更何况，她们也惧怕红蚁的致命毒针。

交换得来的黑蚁身上已经有主人的身份味道，而且把红蚁当成自己的亲人般伺候。她们要如何才能知道她们原来应该是掠夺者而不是奴隶？除了红蚁愿意告诉她们的事之外，她们对外界一无所知。

"你们不怕她们反抗吗？"

没错，是有一些小骚动。一般而言，红蚁反倒利用这些意外消灭个别顽强分子。只要黑蚁一直被蒙在鼓里，不知道她们属于另一种族，就缺乏真正的暴动动力……

夜晚和寒冷双双降临栗子树头。两位探险队员被安排在角落里，安然度过这个迷你冬眠。

希丽普岗慢慢成长茁壮。她们首先布置了一间皇城。皇城不是建在树墩里，而是在一只深埋在此的奇怪东西里：一只生锈的铁罐子，从前里面保存了3千克的糖渍水果，吃完后被邻近的一家孤儿院丢弃。

定居新皇宫后，希丽·普·妮开始大量产卵，而她则获得充裕的糖、脂肪和维生素。

她的第一批子女在皇城的正下方盖了间育婴室，利用腐殖土壤分解产生的热能保温。等待枝丫圆顶和太阳能育婴室工程结束之前，这是最方便的权宜之计。

希丽·普·妮希望她的城邦享有所有的已知技术：蘑菇田、水壶蚁、蚜虫畜牧、常春藤支梁、蜜露发酵室、谷类面粉制造厂、佣兵制、间谍组织及有机化学室……

每个角落嬉嚷嘈杂。年轻的蚁后深知如何散播热诚与希望。她绝不同意她的城邦变成一个类似其他联邦的子城市。她野心勃勃地想把希丽普岗变成前线中心，蚂蚁文明的尖兵。她脑中满是想法。

例如，地底第12层的附近发现一条地下河。根据她的说法，水是一种尚未经过彻底研究的元素，应该可以找出在上面行走自如的方法。

第一阶段，组成小组负责研究生活在淡水中的昆虫：龙虱、剑水蚤、水蚤……这些昆虫能吃吗？是否有这么一天能在管理完善的水洼中饲养？

她发表的第一篇文告以蚜虫为主题：

我们正走向烽火战乱的时代。武器愈来愈复杂，我们无法随时跟进。也许有一天，出外狩猎会变得困难稀少，我们必须居安思危以防万一。我们必须将蚜虫畜养视为获得主要糖类供应中最优先的一种方式。这些牲畜将被安置在城邦的最底层。

30只子民外出抓回两只待产的蚜虫。数小时后，城邦已经繁衍出数百只小蚜虫，翅膀一一拔掉。大伙把畜牧业起头的第一批牲畜安置在地下第23层，保护她们不受瓢虫骚扰，并大量地供应新鲜树叶和饱含汁液的茎梗。

希丽·普·妮派遣探险队到各个角落。有一些带回来伞菌孢子，便立即种植到蘑菇田里。雄心壮志的蚁后甚至决定完成她母亲的梦想——沿着东方疆界种了一排肉食性植物。她希望能借此吓阻白蚁不要轻举妄动，甚或运用她们的秘密武器攻击。

然而，她并没有忘却秘密武器之谜，327号遇刺以及藏在花岗岩下的食物。

她派遣一队外交使节团出使贝洛岗。官方说法，使节团的任务是向联邦蚁后报告第65个城邦成立，以及加入联邦的意愿。但是私底下，她们将着手侦察贝洛岗地底第50层之谜。

△

奥古斯妲正忙着在灰色墙面上固定她的珍贵相片，门铃声大作。她先确认安全铁链挂好后将门微微打开。

外面是位年届不惑的男士，一身干净整洁，甚至连外套的翻领上都找不到头皮屑的痕迹。

"威尔斯老太太，您好。我先自我介绍，我是勒居教授，您儿子埃德蒙的同事。我就开门见山直说好了。我知道您在地窖里已经失去了您的孙子、曾孙子。而且有八位消防队员、六位宪警和两位警察同样在里面消失无踪。然而我希望能下去。"

奥古斯妲以为自己听错了。她将助听器的音量调到最大。

"您是罗森菲教授？"

"不，我叫勒居，勒居教授。我明白您曾听说过罗森菲的名字。罗森菲、埃德蒙和我三个人都是研究生物学的。我们有一个共同的专长——蚂蚁研究。正因为埃德蒙在这个领域上有超越我们的惊人发现，如果不让世人共享实在太可惜了……所以我希望能进入您家的地窖。"

人如果听力差，视力反而会出奇地好。她仔细观察勒居的耳朵。人类有一项特点，他们身上保留着最古老的过去痕迹；耳朵，就这个方面而言，代表的是一个人的胎儿时期。耳垂象征头部，蝴蝶翅膀般的外耳轮廓反映出脊椎骨，等等。这个勒居在幼儿时期必定非常瘦，而奥古斯妲对瘦骨嶙峋的胎儿评价一向不佳。

"您想在地窖里找出什么东西呢？"

"一本书。一部百科全书，有系统地记录他的实验所得。埃德蒙爱故弄玄虚，他一定把书埋在下面，然后设一些机关杀掉或吓阻那些笨蛋。但是，我是有备而来的。"

奥古斯妲领他到地窖。警察砌的墙上漆着鲜红的几个大字：

千万不可进入这座天杀的地窖里！

"勒居先生，您知道这座大楼的人是怎么说的吗？他们说这是地狱的开口。这间房子会吃人，它把那些在它食道里搔痒的人都吃掉了……甚至有些人提议灌水泥进去。"

她从头到脚打量着他。

"您不怕死吗，勒居先生？"

"不，我怕死。我怕像个白痴死去，永远无法得知地窖底层有些什么。"

▼

103683号和4000号离开纺织红蚁已经好几天了，她们身旁有两只具有毒针的兵蚁结伴同行。一行人沿着残留的路径费洛蒙走了一段时间。自从离开栗子树上的编织巢穴，她们已经跋涉数千顷之远。一路上，她们与各式各样连名字都叫不出来的异国生物擦肩而过。为防万一，她们一概敬而远之。夜晚来临，她们挖掘洞穴藏身。她们尽可能挖得愈深愈好，以便享有大地之母的温暖保护。

今天，两只红蚁带她们登上山丘顶峰。

"世界的边缘还很远吗？"

"就在那里。"

从她们所在的山岬上，一望无际的东方深处，褐蚁发现一个晦暗的灌木丛国度。红蚁示意她们的任务已经达成，无法继续陪同前往。在某些地方，她们的气味不受欢迎。贝洛岗人只要笔直往前走就可以到收割蚁的田地上，她们一直住在"世界边缘"的附近；她们一定知道路。

与她们的向导告别之前，褐蚁交付了珍贵无比的身份费洛蒙，此行议定的代价。然后她们大踏步地走下斜坡，直奔收割蚁耕垦的著名田地。

骨骼——

骨骼是藏在体内比较好呢，还是包在体外好？

如果骨骼包在体外等于形成一道防护甲。肌肉不会受到外界的危害，但肌肉也因此变得软弱无力，几乎变成流动液态。所以万一有尖刺刺穿盔甲般的骨架，伤害是无法弥补的。

假设骨骼是体内细长坚硬的条状支架构造，弹性肌肉因此暴露在任何可能的伤害之下。受伤是常有而且司空见惯的事。也正因如此，这项明显的弱点将促使肌肉结实、纤维强韧。肌肉因而进化。

我见过有些人凭借着聪明盔甲的精神防御，打造出抵制不安焦躁的人格特质，这些人似乎比一般人坚强。他们常挂在嘴边的老是"我不在乎"，而且对所有一切皆以嘲讽的态度面对。万一某种焦虑不安超越他们的防线时，伤害是可怕的。

我也见过某些人，往往因为小小的摩擦不安而忧心忡忡，但是他们的精神状态不是完全封闭的，他们保持一颗敏锐的心，从伤害中学习教训。

埃德蒙·威尔斯
《相对且绝对知识百科全书》

"蓄奴蚁进攻啦！"

希丽普岗城陷入恐慌。精疲力竭的斥候蚁和间谍蚁在新城邦里散播最新的消息。

"蓄奴蚁！蓄奴蚁！"

蓄奴蚁令人胆寒的名声早已闻名海外。一如某些蚂蚁优先发展某个专长的方式——畜牧、仓储、蘑菇培育、化学试验——蓄奴蚁的唯一专长就是战斗。

她们只会这个，而且把战斗当作艺术看待。她们的身体构造也为此而调整。最微小的关节尖端已经形成弯钩刺。她们的甲壳厚度是褐蚁的两倍，狭窄的头呈完美的三角形，让敌人无处使力。她们的大嘴，侧影就像一群大象，是两把圆月弯刀，舞动时之灵活令人震慑。

当然，蓄奴的风俗也是由于她们极度发展专长而自然形成的。因为本身对力量的追求，她们差一点濒临灭种的危机。长期以来好勇斗狠，这类蚂蚁已不知如何建造蚁窝，抚养小孩，甚至……养活自己。弯刀般的大嘴虽然在战场上无往而不利，却无法正常进食。虽然她们如此好战，但一点也不笨。既然没能力从事一些生活上不可或缺的日常工作……就找别人代劳。

蓄奴蚁特别喜欢挑选小型或中型的黑蚁、白蚁或黄蚁蚁窝为掠夺的目标，她们既没有毒针也没有蚁酸分泌腺。她们先将垂涎的蚁窝团团包围，被包围的蚁窝居民发现外出的工蚁全数惨遭杀害后，一定会关闭出入口。此时正是蓄奴蚁发动第一波攻势的时机。她们轻而易举地突破防线，在城邦上开一道裂缝，地道中的蚂蚁无不惊慌失措。

此时，受惊的工蚁则企图挖掘另一个出口，将蚁卵送到安全的地方。正如蓄奴蚁所料。她们挡在每个出口前，胁迫工蚁放下身上背负的珍贵重担。她们只杀不从抗命之人；在蚂蚁的世界，绝不会无故开杀戒。

战争结束，蓄奴蚁占据蚁窝，强迫存活的工蚁将蚁卵搬到她们的地盘上继续照料。当幼蚁破茧而出，旋即被灌输侍奉这些侵略者的观念。这批幼蚁对过去一无所知，认为服从强壮的蚂蚁是天经地义的事。

每次剽掠村庄之际，服务比较久的奴隶则远远地躲在一旁的野草之下，等待她们的主人肃清这一带。当她们凯旋，这些奴隶就进入该地，摇身一变成为伶俐的主妇，把新抢得的蚁卵与旧有的混合，并教育战俘和其子女。随着这批强盗迁徙，掳获的蚂蚁世代交互重叠。

一般而言，每位独裁者有三个奴隶侍奉，一只喂她进食（她们只能由奴隶将嚼烂的食物一口口喂进嘴里）；一只替她梳洗（她们的唾腺早已萎缩）；一只清除排泄物，否则堆积太多会腐蚀甲壳。

这些凶狠的战士，最可悲的命运就是被奴隶弃置不顾。此时她们必须由豪夺的洞穴而出，寻找新的征服目标。入夜前如果仍无斩获，她们将冻死或饿死。剽悍的战士最滑稽的死法。

希丽·普·妮听说过很多关于蓄奴蚁的传闻。曾经有奴隶起而反抗，不过这些对主人了若指掌的奴隶却无法占得上风。另外，有人说某些蓄奴蚁收集蚁卵，她们意欲收藏各种大小、不同种类的蚂蚁。希丽·普·妮想象一个房间充满了大小不一、颜色各异的蚁卵。而在每颗白色蚁茧下……是个别的蚂蚁文化，每一只都准备一生侍奉粗暴的野蛮主人。

她努力想摆脱这些灰色的想法，得想个办法迎战。据报，大批蓄奴蚁由东面而来。希丽普岗的斥候和间谍确认数目约在40到50万之间，经由萨泰码头隧道过溪。而且她们看来相当急躁，因为她们手边的那一栋活动式编织巢穴可能在钻进隧道时弄坏了。所以她们没有遮风蔽雨的窝，如果她们不拿下希丽普岗，她们就得露宿过夜了！

年轻蚁后极力保持冷静，澄清思绪：

"如果她们已经有了活动式蚁窝，为什么她们一定要过溪呢？"

然而，答案再清楚不过了。蓄奴蚁打心底厌恶城市，这种厌恶常人无法理解。城市对她们而言，不是威胁就是挑战。势不两立的游牧民族和城市居民。而且蓄奴蚁知道溪对岸有数百个蚁窝，一个比一个宏伟，物阜民丰。

希丽普岗还无力对抗侵略。最近城邦的人口已高达数百万，而东方边界也种了一排肉食性植物……但光是这些绝对不够。希丽普岗还太稚嫩，没有经过大风大浪。此外，派往贝洛岗宣誓加入联邦意愿的使节团一直没有回音，因此她无法依靠邻近城邦的支援，甚至连居艾伊狄欧洛岗离此都有数十亿颅之遥，根本来不及通知夏季蚁窝的居民……

面对这个状况，城邦之母会怎么做呢？希丽·普·妮决定召集手下最好的猎人——她们还没有机会证明自己是好战士——进行绝对沟通。必须紧急定出一个策略。

驻扎在横生于希丽普岗上的灌木丛的值班守卫报告，察觉到一批人马朝这里前进，此时她们还在皇城里开会。

所有的人准备作战。没有定出任何策略。随机应变吧！准备战斗的命令已经下达，士兵们马马虎虎地集合完毕。她们没有接受过任何作战训练，与侏儒蚁对抗时花了好大代价得来的经验也尚未传承给她们。老实说，大部分兵蚁都对那排肉食性植物寄予厚望。

马里——

马里（译者注：Mali，非洲国家。）的多康族人（译者注：Dogons，马里的土人，大多居住在班加卡拉高地。）认为，当大地与天空结合之初，大地之母的生殖器就是蚁窝。世界乃因大地与天空的结合而诞生，当世界完全成形，外阴部变成嘴巴，言语由此发声，由蚂蚁传承给人类的纺织技艺，正是物质的基础。至今繁殖的仪式典礼仍然和蚂蚁息息相关。不孕的妇女坐在蚁窝上向天神安曼祈祷能早获麟儿。然而蚂蚁对人类的意义不仅限于此，它们还示范如何盖房子，还能指出水源所在地。因为多康人终于明白在蚁窝底下挖掘一定能找到水。

埃德蒙·威尔斯
《相对且绝对知识百科全书》

蚱蜢四处乱蹦。是个警讯。就在那里,眼力好的蚂蚁可以看见一阵烟尘。

谈论蓄奴蚁虽然有一段时间了,但真正看到却又是另一种感觉。她们没有轻骑兵队,本身就是轻骑兵。身躯壮硕灵活,脚坚厚,肌肉结实,精致尖细的头好像长着活动的角,原来是两片大颚。完美的流线型身体结构,当飞毛腿带动身躯飞奔时,乘风破浪,连风的咻咻声都追赶不上,无法入耳。大队人马行经,野草弯腰,大地震动,尘土飞扬。挺直的触角散放出呛鼻的费洛蒙,味道之辛辣让人以为是怒吼。

该关上城门坚守,还是出外正面迎战?

希丽·普·妮无法下定决心,她在害怕,以至于不敢提出任何冒险的建议。所以,褐蚁自然地做了她们最忌讳的事——意见分歧。一半的人毫无掩护便出外应战;另一半则藏在城里作为后援部队,万一敌军围城还能固守。

希丽·普·妮试图回想丽春花战役的片段,她经历过的唯一战争。好像是炮轰战术让敌人一蹶不振。她立刻下令在前线部署三排炮兵。

蓄奴蚁已经冲到肉食性植物墙边。她们经过时,这些植物猛兽受到温热肉食的吸引纷纷垂下。但是他们的动作实在太慢了,敌人的部队早已经全数通过,没有任何一株捕蝇草来得及弯下腰,更不用说夹住敌人了。城邦之母的构想没有用!

正当敌人发动攻击之际,第一排的希丽普岗炮兵发射出近似蚁酸的液体,约莫只消灭了20个敌军。第二排根本来不及就发射位置,就被一把抓住,身首异处,更谈不上发射任何一滴蚁酸。蓄奴蚁最厉害的独门攻击法就是咬断对手的头,而且毫无虚发。新生的希丽普岗城人民的头颅飞溅,无头的躯干还盲目地继续战斗,要不然就到处乱窜吓死活着的人。

12分钟后,褐蚁的精锐部队尽失。另一半士兵挡住所有出入口。希丽普岗圆顶尚未完工,所以地面大约有十几个火山口似的小洞口,外围一圈碎石。

所有人惊惶万分。她们花费心力建造的现代化城市,现在居然眼睁睁看着它落入一群野蛮人的手里，这群原始人连饭都不会自己吃。希丽·普·妮一次又一次地进行绝对沟通，无效。她完全不知道如何是好。出入口四周铺的小石子顶多能挡几秒钟。至于在地道内展开巷战，希丽普岗人民也高明不到哪儿去，和出外应战根本没有两样。

外面，仅存的几只褐蚁像疯子般乱杀乱砍，有些人还且战且退，但是大多数人已经看见背后的入口被封住。对她们而言，一切都完了。然而她们依旧奋勇抗敌，反正她们也没有后路可退，而且她们心想，能拖住这些侵略者愈久愈好，入口就能封得更结实。最后一只希丽普岗子民的头颅被斩，趁着精神反射的作用，身躯跑到一个入口处用力贴紧形成一片临时盾甲。

希丽普岗城里，静静地等着。大伙以凄惨的宿命心情等待蓄奴蚁。单纯的孔武有力仍有其效用，这是某些作战技巧无法超越的……

但是蓄奴蚁停止进攻了，就像兵临罗马城的汉尼拔，她们在犹豫。这一切未免太容易了。一定有陷阱。尽管她们杀手的名气响彻云霄，褐蚁也不是省油的灯。蓄奴蚁的阵营里流传着褐蚁善于发明精巧陷阱的言语。据说她们和外籍佣兵联手，佣兵在最后时刻突然冒出来。还有她们驯服了凶猛的野兽，制造让人痛得受不了的秘密武器。当然了，蓄奴蚁有多喜欢自由自在地露天室外，就有多讨厌被四壁禁锢的感觉。总之，她们一直未冲到出入口去清除障碍。她们耐心地等，她们有的是时间。反正，还有15个小时夜晚才会降临。

蚁窝里面，大伙非常惊讶。为什么她们不继续攻击呢？希丽·普·妮不喜欢这种状况，这让她忐忑不安，因为对手的行为举止完全超乎她的理解范围。她们是强势的一方，没有理由这样做。有些子民畏缩地发表意见，她们可能想要饿死我们。这个看法只能替褐蚁打打气而已——位于底层的牧场、蘑菇田、谷类面粉仓、水壶蚁储藏室，足够让她们充裕地度过长达两个月的围城都不成问题。但希丽·普·妮不认为她们会围城。上面那群人想要的是一个过夜的洞穴。她再次想起城邦之母的话：

如果敌人比你强，举动必须出人意料。

没错，面对这些粗暴的野蛮人，需要先进的作战技术，她开窍了。50万希丽普岗人民进行绝对沟通。一场颇有建树的讨论。

一只工蚁散放道：

"我们犯下了大错，妄想原封不动地将龙头老大贝洛岗那一套策略和武器搬来用。我们不能一味仿效，我们必须创造自己的方式来解决问题。"

这番费洛蒙气息语言释放后，心智豁然开朗，很快达成决议。每个人立即着手准备。

土耳其禁卫军——

14世纪，苏丹穆拉德一世（Murad I）创立了一个非常特别的军团，名为土耳其禁卫军。土耳其禁卫军有个特点——全军都是孤儿。事实上，土耳其士兵剽掠亚美尼亚或斯拉夫村庄时，带走年幼的孩童监禁在一所学校里，完全与外界隔绝。他们只学习作战艺术，这些孩童后成为奥斯曼帝国最骁勇善战的斗士，毫无羞惭地摧毁他们亲人的村落。土耳其禁卫军从来没有过要回到亲人身边与他们并肩对抗土耳其的念头。相反地，眼见他们日渐强盛，苏丹穆罕默德二世（Mahmut II）开始猜忌，最后下令将他们屠杀殆尽，并放一把火烧毁了他们的学校。

埃德蒙·威尔斯
《相对且绝对知识百科全书》

△

勒居教授带了两只大皮箱。他从皮箱里抽出一把令人咋舌的汽油发动铁锤——钻孔机。他马上动手拆警察砌的那面墙，钻出一个足够让人进出自如的洞。一番震天价响后，奥古斯妲外婆建议来杯马鞭草茶，但是勒居婉谢了，神情自若地解释怕喝了之后会想上洗手间。他转向另一只皮箱，搬出一整套洞窟研究专用衣物。

"您认为地窖有那么深吗？"

"亲爱的老太太，不瞒您说，来拜访您前，我已经对这栋建筑做了番透彻的研究。文艺复兴时期，这里住了一些笃信基督教的学者，而且挖了不少地道。我确信这些地道可以通往枫丹白露森林。基督教徒利用这里躲避迫害。"

"假如那些进入地窖的人都从森林出来了，我不懂他们为什么都不现身呢？我的孙子、曾孙子、孙媳妇，还有十几位消防队员和警员。这些人没理由躲躲藏藏，他们有家庭、朋友。他们不是基督徒，而且宗教战争早已成为历史了。"

"老太太，您真的这么认为吗？宗教都换上新的名目，他们有的自诩为哲学或科学，但是独断的教条精神依然没变。"

他到隔壁房间换上一身洞窟学家装备。当他再度出现时，行动笨拙，头上戴着一顶鲜红色头盔，前面还有盏小灯。奥古斯妲禁不住扑哧笑出声来。

"继基督教徒，这座公寓接着笼罩着各式各样的神秘疑团，有些人在此举行古老的异教典仪。有人喜欢洋葱，有人喜欢小萝卜，我也搞不太清楚。"

"洋葱和小萝卜有益身体健康，有人喜欢吃，我完全能了解。健康是最重要的事，看，我耳朵聋了，老化衰退得很快，我的身体一天天一点一滴地死去。"

他想安慰她：

"不要悲观，您的脸色好得很哪！"

"呦喂，说说看，您猜我多少岁了？"

"我看不出来，六十，七十……"

"一百岁了，先生！一星期前刚满一百岁，我全身上下都是病，生命似乎越来越难承担，尤其在我失去了所有的亲人之后。"

"我了解，老太太，衰老是艰苦的磨难。"

"您还有很多像这样尖酸刻薄的话吗？"

"可是……"

"好啦，快下去吧！如果明天您还没回来，我就去报警。他们一定会造一堵更厚实的墙，到时没有人能再撬开。"

▼

长期受到姬蜂幼蚁啃食的煎熬，就算在冰冻的夜里，4000号也无法成眠。所以她平心静气地等待死亡，并把心力狂热地投注到寻找世界边缘这件事上，这是在其他情况下，她绝不会有勇气参与的危险志业。

她们还在前往收割蚁田地的路上。103683号趁着无聊漫长的旅途，回忆复习保育员教的几堂课。保育员曾解释地球是一个正方体，只有朝上的那一面有生命。

当她历尽千辛万苦终于抵达世界的尽头时，究竟会看到什么呢？水？另一片虚无？

被判渐进死刑的同伴和她，到时候将知道的比其他探险队员还多，比开天辟地以来的任何一只褐蚁还多！

4000号讶异地看着103683号，她的步伐瞬间变得更坚定无悔。

下午时分，蓄奴蚁终于决定冲开入口，但是没有遭遇任何反抗和阻力，这让她们大感疑惑。她们知道褐蚁军队还没有完全被消灭，尽管这座城不算大。所以她们小心戒备……她们比往常更加谨慎地前进，因为在室外光线充足，视线良好，一进入地道她们等于全瞎了。没有生殖力的褐蚁其实也看不见，但至少她们已经习惯在这种黑暗世界的羊肠小径上穿梭。

蓄奴蚁攻克皇城。杳无人迹。地上躺着成堆的食物，完全没有动过！她们再往下深入；仓库满满的，不久之前还有人在此驻留，错不了。

地底第5层，她们察觉新留下的费洛蒙。她们想解读先前在此进行的谈话，可是褐蚁在这里放了百里香，它的香气干扰了原有的费洛蒙气息。

地底第 6 层，她们不喜欢被关闭在地底的这种感觉。这座城是那么黑！褐蚁怎么受得了终生住在这片狭窄的空间里，而且被死亡一般的黑暗所笼罩呢？

地底第 8 层，她们嗅出更新鲜的费洛蒙。她们加快脚步，褐蚁跑不了多远的。

地底第 10 层，她们迎面撞见一群挥舞着蚁卵的工蚁。一看见侵略者，一致大步逃开。

原来如此！她们终于明白了，整城的人都到最底层，希望拯救珍贵的后代子孙。当一切都有了合理的解释后，蓄奴蚁将该有的谨慎抛诸脑后，大声地在地道里发出她们著名的叫战费洛蒙。希丽普岗工蚁摆脱不了她们的追逐，现在的位置是地底第 13 层。

突然，身负蚁卵的工蚁消失无踪，沿着追来的地道，蓄奴蚁通往一个辽阔的房间，地板上到处是一摊摊蜜露。蓄奴蚁直觉地争先恐后往前冲。吸吮甜蜜的琼浆，再晚一点就全渗入地底了。其他战士在后面推挤，但是房间真的很大，蜜露洼每个人都有份儿。多么醉人，多么甜美啊！这里一定是褐蚁们的水壶蚁储藏室。

一只蓄奴蚁曾听说——

"有一种现代化的技术，强迫可怜的工蚁终其一生头朝下倒挂，肚子撑得鼓鼓的。"

她们边灌蜜露边嘲笑这些城市佬。但是一个细节吸引了蓄奴蚁的注意。这么重要的地方居然只有一个出入口，真令人惊讶……

她们没空多想。褐蚁们早已挖掘完毕。一股湍流从天花板涌出。蓄奴蚁急忙想逃回地道，殊不知入口已经被一块大石头堵住了。水位不断升高。没被大水冲昏的残兵在水中奋力挣扎。

整个构想来自那只发表不应该模仿前辈意见的褐蚁。她接着发问：

"本城的特点是什么？"

全体一致发出相同的费洛蒙：

"地底第 12 层的地下河！"

她们当下从地下河旁挖一条小沟渠，然后在水道底部铺上防水的油性树叶。其他的工程都是关于建筑水库的技术。她们在室内造了一座大水库，然后用一根树枝在正中央凿开一个孔。可以想见，最麻烦的就是要将插在中央的树枝一直保持在水面上。于是一些蚂蚁干脆挂在天花板上用力捉住树枝，完成这项壮举。

下面，蓄奴蚁拳脚乱踢乱舞，大部分已经淹死。当所有的水都流泻至底下的房间，水位升高到足够的高度，有些战士终于能够爬上天花板沿着洞口出去时，褐蚁则安逸地发射蚁酸解决她们。

一小时后，一大锅蓄奴蚁汤已经不再沸腾。

希丽·普·妮蚁后终于获得最后的胜利。她发表了历史上的第一句箴言——

障碍越高，越要超越。

△

低沉而规律的敲击声将奥古斯妲唤至厨房，勒居教授正屈身钻过墙上的洞。真是的，整整24小时过去了！就这么一次，有一个就算失踪她也不在乎的讨厌家伙，居然回来了！

洞窟学家的专用衣服有多处扯破的痕迹，但他安然无恙。这一次，他仍然无功而返，就像鼻子长在脸上那么显而易见。

"怎么样？"

"什么怎么样？"

"您没找到他们？"

"没有……"

奥古斯妲激动不已。第一次有人活着从地窖里出来，而且神志清醒。所以冒险下去活着回来是有可能的！

"但是下面到底有什么呢？真如您所说的，通向枫丹白露森林吗？"

他摘下头盔。

"请先给我一些喝的。我的存粮已经耗尽，而且从昨天中午到现在滴水未进。"

她端来一杯一直存在保温罐里保温的马鞭草茶。

"底下有一座陡峭的螺旋梯，往下延伸约数百米长。有一扇门、一条地道，尽头有红色反光，而且到处是老鼠。然后最里面是一堵墙，八成是您孙子乔纳坦的杰作，非常结实的一堵墙。我试着用钻孔机打穿，但是没有用。老实说，它应该是可以移动或旋转的，因为旁边有一套字母按键系统。"

"旁边有字母按键？"

"没错，无疑必须按入问题的答案。"

"什么问题？"

"如何用6根火柴棒摆出4个等边三角形？"

奥古斯妲忍不住放声大笑。科学家在一旁显得有点恼怒。

"您知道答案？"

在两次笑嗝间，她终于能清楚地说：

"不，喔不！我不知道答案！但这个问题我很熟！"

她不断地笑着，笑着。勒居教授咕哝道：

"我想了好几个钟头。我们可以把V形当作一个三角形，不过不是等边三角形。"

他收拾器具。

"如果可以，我去问问一位数学家朋友的意见再回来。"

"不行！"

"怎么不行？"

"仅此一次，机会只有一次。如果您没有好好把握，就太迟了。麻烦您把这两只大皮箱搬离我家。再见，先生！"

她甚至没替他叫计程车。对他的憎恶已超过一切。他的确有一股让人无法置信的味道。

她在厨房坐着，面对着破个大洞的墙。事情有进展了。她下定决心打电话给杰森·布拉杰和那位罗森菲先生。她已经决定在死之前做一点有趣的消遣。

人体费洛蒙——

一如运用气味沟通的昆虫，人类也拥有嗅觉语言，能够和同类人私下对话。因为我们没有像发射器一般的触角，费洛蒙乃由腋下、乳头、头皮及生殖器官释放到空气中。讯息在无意识的情况下发射与接收，但效用并不因此减低。人类有5000万个嗅觉神经末梢；5000万个细胞能够分辨数千种不同的气味，而舌头只能区分出4种味道。

这种沟通方式对我们有什么用呢？首先用来吸引异性。男性很可能单纯地被女性的体香吸引（可惜常被人工香水遮盖！）。同样地，男性也可能被女性排斥，因为他的费洛蒙对她一点都不具诱惑力。整个过程极其不可捉摸。两个人甚至丝毫不曾留意他们身上的嗅觉语言交流。我们只是常说："爱情是盲目的。"

人体费洛蒙的影响也出现在攻击行为上，就像狗一样，人嗅到对手传出害怕的气味讯息时，自然想攻击对方。

最后，人体费洛蒙最别出心裁的后续影响，无疑的是月经周期的同步化。我们发觉同住在一个屋檐下的女性，散放体味互相作用调节生理机构，以至于每个女性月经都同时来潮。

埃德蒙·威尔斯
《相对且绝对知识百科全书》

▼

她们在金黄的田野间瞥见第一群收割蚁。事实上，她们应该叫伐木蚁才对；谷物每株都比她们高大，必须剪断梗茎底部才能让营养丰富的谷穗倒下。除了采收外，她们最主要的工作是拔除农作物中杂生的野草。迄今为止，她们一直使用自行发明的除草剂：引朵——醋酸，由腹部腺体喷洒。

对于103683号以及4000号的到访，收割蚁根本没注意。她们从来没见过褐蚁，而且她们认为这两只昆虫顶多是逃跑的奴隶，要不就是为了寻找鞘翅目蚜虫分泌物而来的。总之，不是流浪汉，就是吸毒的瘾君子。

而一只收割蚁察觉到红蚁的气味分子。她放下手边的工作，跟一位同伴靠近她们。

"你们碰到过红蚁？她们现在人在哪里？"

一路交谈下来，贝洛岗人才知道几个星期前，红蚁侵犯过收割蚁的洞穴。她们用毒针杀死了一百多只工蚁和有生殖力的蚂蚁，然后夺走所有的谷类面粉库存。收割蚁的军队碰巧到南方寻找新的谷物，班师回来只能对着惨重的损失干瞪眼。褐蚁承认她们确实和红蚁打过照面。她们指出红蚁所走的方向。有人问她们来到这里的目的，她们开始叙述自己的冒险经历。

"你们在寻找世界的尽头？"

她们表示没错。其他人爆发出狡黠意味的欢笑费洛蒙。

"你们为什么哈哈大笑？难道根本没有世界的尽头？"

"不是的，它存在着，而且你们已经到了！除了收割外，我们的主要工作就是尝试穿越世界的尽头。"

收割蚁自告奋勇地提议，明天一早带她们到那块玄秘的地域。整个晚上，大伙不停地讨论，舒适地躺在收割蚁于杉毛榉树上挖掘的小小洞穴里。

103683号问："世界尽头的守护者呢？"

"别担心，你很快就会看到了。"

"她们真的有一种武器能一下子把整团军队压死？"

收割蚁颇感意外，没想到这些外邦人也知道这些细节。

"是的。"

103683号终于能解开秘密武器之谜了！

那一夜，她做了个梦。她看见地球呈90°垂直不动。垂直的一面有道水墙高耸入云，并跳出一大批蓝色的蚂蚁，拿着威力强大的洋槐树干，只要被点着，一切都化为烟尘。

第四章

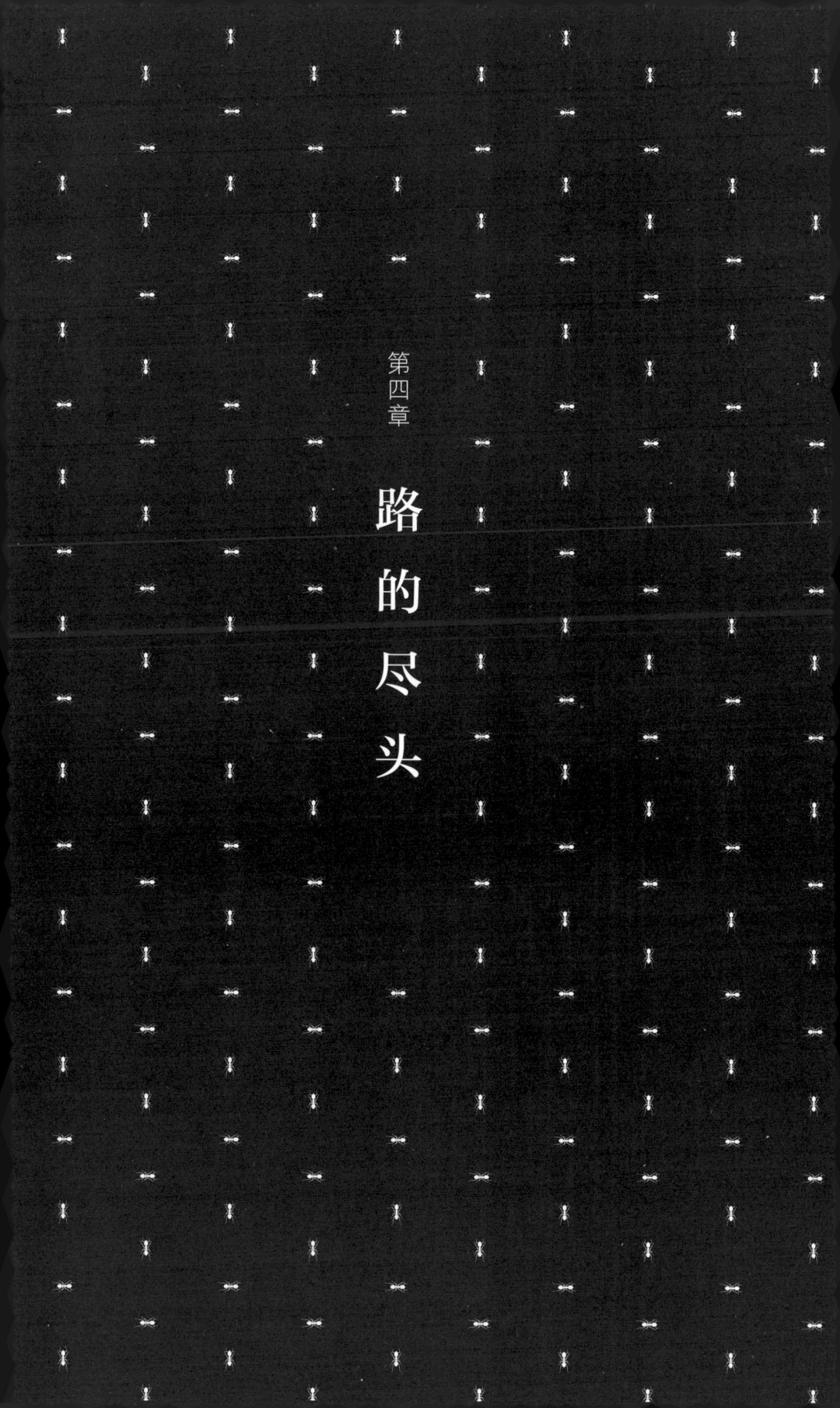

路的尽头

△

　　奥古斯妲整晚面对着6根火柴棒。那堵墙原来是一道心理屏障，并不真实。这一点她早明白了。埃德蒙的名言："不同的思考模式！"她的儿子发现某些东西是千真万确的，而他运用智慧把它藏起来了。

　　她忆起埃德蒙孩童时期的那些洞穴。或许是我们摧毁了他所有的洞穴，他才跑到一个外人无从进入、完全不受干扰的地方……仿佛一处内心世界，正好对外反映出他的平静……和他的隐世遁迹。

　　奥古斯妲动一动僵麻的身躯，年轻时代的回忆片段突然浮现。一个冬夜，她还只是个小女孩，而她得知在零底下还有数不尽的数字……3、2、1、0、–1、–2、–3……反过来的数字！好像数字是容易翻转的手套。因此，零既不是一切的结尾，也不是开始。另外一面存在着另一个无限的世界。就如同我们爆破零之墙。那时候，她大概只有七八岁吧！她的大发现让她不知所措，害得她整夜无法合眼。反过来的数字……那是另一度空间的入口，第三度空间。立体！

　　"上帝啊！"

　　她的手因为情绪太过激动而发抖，她哭了，但是她有力气拿起火柴棒。先在平面上摆下3根形成一个三角形，然后在各个顶点竖着摆一根火柴棒，再慢慢将这3根火柴棒的一端往中间聚拢，共同连接形成一个在上面的顶点。是个金字塔，也是4个等边三角形。

▼

　　这里就是世界的东方边缘。怪异！没有一丁点的自然之处，没有泥土地。与103683号的想象差十万八千里，世界尽头一片漆黑，她没有到过比这里更黑暗的地方！坚硬、光滑、微热而且有矿物油的味道。没有垂直的海面，只有威力惊人的气流。

　　她们在此驻足良久，试图了解是怎么一回事。偶尔，会有微微的震动。其强度成几何级数增加，接着地表摇晃，一阵狂风扬起她们的触角，地狱般的吼声敲击胫节鼓膜，仿佛暴风雨将至，但是费洛蒙才刚释出，一切又立刻停止，只留下空中飘落的螺旋状灰尘。

许多收割蚁探险队曾想穿越边界，但是守护者严密监控着。这些声响、狂风及震动全都是他们弄出来的——世界尽头的守护者毫不留情地攻击胆敢跨入黑暗地狱的人。

"你们见过守护者吗？"

褐蚁接收到回音前，又是一阵噪声，然后再度回归平静。六个收割蚁中的一位肯定地说，还没有人曾踏上"受诅咒的土地"而能活着回来，守护者把他们都压碎了。

守护者……应该就是他们进攻拉舒拉岗，并杀死了327号他们的探险队。但是，他们为什么离开世界尽头跑到西方去呢？他们想征服全世界？

关于这点，收割蚁知道的并不比褐蚁多。她们至少能描绘一下守护者的外貌吧？她们只知道，太靠近一定会被压死。没人说得出他们属于何种生物——巨大的昆虫？鸟类？植物？收割蚁只知道他们的行动快速且非常厉害。远远超过她们，无法拿任何已知的东西加以比拟……

突然，4000号出乎意料地采取行动。她离开大家，纵身往禁地冒险。死就死吧！她想要一鼓作气穿越世界的尽头。其他人看着她，难以置信。她缓缓向前，敏锐的脚尖侦测任何微小的震动，任何宣示死亡阴影的气味。现在，50颅、100颅、200颅、400颅、600颅，已经跨越了800颅之远。没事。安然无恙！对面响起一阵欢声雷动。

从4000号现在的位置可以看见白色长条状的东西断断续续地急驰，忽左忽右。黑暗地域里万籁俱寂，没有昆虫，没有植物。地面是如此漆黑……这不是真实的土地。她察觉在遥远的前方有植物的存在。世界的尽头后，还有另一个世界存在？她向留在边界的同伴抛出一些费洛蒙，告诉她们这些事，但相距太远，交谈不易。她转弯准备折回，说时迟那时快，地震以及巨响再次启动。守护者回来了！她全力奔跑想回到同伴身边。

那一瞬间，这群人在震天巨响的嗡嗡声中，瞥见一个硕大无朋的物体从天而降。她们个个目瞪口呆。守护者来了，散发出矿物油的气味。而4000号消失了踪影。

蚂蚁们朝边界靠近，明白了一切。4000号被压得如此扁，以至于身体只剩下十分之一的厚度，好像镶嵌在黑色地表里！贝洛岗的老战士什么也没留下。姬蜂幼蚁的酷刑同时也宣告终结。不过还可以看见一只姬蜂幼蚁刺穿背脊，在压平的身躯上看来只是个小白点。

原来世界尽头的守护者是这样攻击的。先是一阵噪声，狂风紧接而来，然后一切就被摧毁、消失、压碎。103683号还来不及分析所有的费洛蒙，另一阵爆炸声已然响起，连没人僭越边界时，死神都会出击。灰尘翩然落下。

尽管如此，103683号仍想尝试飞越界线。她想起萨泰码头，一样的难题，如果上面过不去，必须从底下着手。把这块黑暗地域视为一条河，过河的最好方法就是在河底挖隧道。她与其他六只收割蚁分享她的看法，立刻获得热烈的回应。这是如此浅显的道理，她们心想，怎么自己早没想到！每个人张大嘴开始挖掘。

△

杰森·布拉杰和罗森菲教授素来不是马鞭草茶的爱好者，不过正逐渐喜欢上它。

奥古斯妲巨细靡遗地详细叙述。同时对他们说明继她之后，他二人是这栋房子的指定继承人。很可能每个人有一天都心血来潮地想到下面探险，就像她现在这样跃跃欲试，因此她希望能集合所有的力量，以便一击就能获致最大的成果。

当奥古斯妲提供了所有行前必需的资讯后，三个人几乎不再开口。他们不需要借用语言就能互相了解对方的心意。一个眼神、一个微笑……他们三人中的任何一个从来都不曾感受过如此即时的心灵相通，他们的遗传程式设定彼此契合，融为一体。太神奇了。奥古斯妲是年纪非常大的老妇人，然而另外两人觉得她美得超乎寻常。

他们三人聊起埃德蒙，完全没有任何私下的念头。他们对死者的爱让彼此惊奇。杰森·布拉杰不谈他的家庭，丹尼尔·罗森菲不提他的研究，奥古斯妲也不说她的病痛。

他们决定当晚便行动。他们知道这是唯一必须做的事，在这里，而且是现在。

长久以来——

长久以来，我们认为电脑资讯，尤其是人工智慧的程式设计将以全新的角度来展现人类的观念。简单地说，我们希望能由电子学衍生出新的哲学。就算呈现的方式不同，基础的物质也没有改变——都是由人类想象力发展出来的观念。跳不开的僵局。

创新观念的最佳方法，就是跳开人类想象的框框。

埃德蒙·威尔斯
《相对且绝对知识百科全书》

▼

希丽普岗城持续地成长，智慧一如规模。它现在是"青少年城市"，循着最适合自己的技术路线发展，地底第12层开发成完整的运河网络。借由水道运输，食物可以迅速地由城的一边送到另一边。

希丽普岗兴致盎然地将水路运输技术发挥到极致，最新式的扁舟其实是一片越橘叶，只要看准水流方向，经由水路交通即可到达数百颅之远。譬如从东边的蘑菇田到西边的畜牧场……

蚂蚁希望能驯服龙虱。龙虱是一种肥胖的鞘翅目水栖昆虫，他们的鞘翅下方有气囊，游泳的速度更是快如劲风。如果能说服他们在后面推越橘叶，扁舟就有比水流更稳定的驱动方式。

希丽·普·妮自己则想推行另一项更未来更前卫的想法。她想起那只让她逃过蜘蛛网之劫的甲虫。多么完美的战斗机器啊！甲虫不只前额上方有大角，身上有刀枪不入的甲壳，飞行的速度更是惊人。城邦之母仿佛已经看见大批甲虫部队，每只甲虫身上部署10只炮兵兵蚁。她已经预见这队人马冲锋陷阵，打遍天下无敌手，炮手发射的蚁酸淹没敌人阵营。

唯一的障碍与龙虱一样，甲虫甚至更难驯服，因为我们不了解他们的语言！已经有数十位工蚁整日钻研分析他们发射的嗅觉语言，并努力地让他们明白蚂蚁的费洛蒙语言。虽然目前成果不甚理想，希丽普岗人民已经能够在他们身上涂抹蜜露，而未遭到反抗。

尽管群体的活动力旺盛，希丽·普·妮却心事重重。三批使节团已经派往出使联邦，要求被认可成为第65个城邦，但是迟迟没有回音。贝洛·姬·姬妮反对我们加入？想得愈多，希丽·普·妮愈觉得她派遣的间谍使节一定露出行踪，被带有岩石味道的兵蚁给截杀了。要不然就是呆呆地被位于地底第50层的鞘翅目蚜虫的迷幻气息给诱惑了……还有其他的可能性吗？

她必须知道。她丝毫不愿放弃加入联邦，也不想终止侦察！她决定派她手下身手最敏捷的兵蚁——801号一探究竟。为了传授所有的资讯给她，蚁后与年轻的兵蚁进行了一次绝对沟通，把她对这个谜团所知的一切都让兵蚁了解了。兵蚁摇身一变成为——

希丽普岗目睹的眼，嗅闻的触角，攻击的爪子。

△

老太太准备了整整一个大背包的食物和饮料，其中包括三大罐保温瓶的马鞭草茶。绝对不能重蹈讨厌鬼勒居的覆辙，轻视了食物因素被迫跑回来……反正，他也找不出密码？奥古斯妲对这点持怀疑的态度。除了其他的配件外，杰森·布拉杰带了一支大型催泪喷枪和三顶防毒面具；丹尼尔·罗森菲则带了有闪光灯的照相机，还是刚出厂的新款。

现在三人置身岩石里的回旋地道。正如先前每个人的遭遇一样，一成不变的下降让他们忆起过往，尘封的记忆纷纷出笼。最幼小的童年时期、父母亲、早先的磨难痛苦、犯下的过错、失恋、自私、傲慢、悔恨……

身躯机械性地移动，完全感受不到疲累。他们深陷地球的肌肉里，重回过去的生命场景。啊！生命何其漫长，并如此具有毁灭性；有个毁灭性的生命比创造性的生命要容易得多……

他们终于到达一扇门前，上面有一大段铭刻文字——

垂死的灵魂和被引向伟大神秘谜团的人有相同的心灵感受。一开始由于因缘际会，在很偶然的机遇下启程跋涉穿过黑暗，历经一连串九弯十八拐，仿佛永无止境的、焦虑不安的旅程。

然后，旅途终了之前，恐惧达到最高点。颤抖、哆嗦、冷汗及惊恐占据全身。

这个阶段之后，马上是迎向光明的爬升，仿佛获得启示一般。眼前是璀璨的光芒，踏上圣洁之境以及歌舞升平的草原。

圣谕唤起宗教的崇仰。完美的人，获得引导的人自由了，而他将欢庆神秘。

丹尼尔拍了张照片。

"这篇文章是普鲁塔克（译者注：Plutarque，公元50—125年，希腊哲学家。）的作品。"杰森肯定地说。

"非常漂亮的文字。"

"你们不觉得恐怖吗？"奥古斯妲问。

"有一点，但这是故意安排的。它的意思是恐惧之后光明即将出现。"

"正是，老鼠……"

说曹操曹操便到。老鼠在那里。三位探险家感到它们躲闪的身影，而且当他们举起脚，鞋面就会碰触到它们。丹尼尔再度拿起相机，闪光灯照耀出一片如地毯般的灰色绒毛球和黑色耳朵。杰森赶忙分发面具，四周大量地喷洒催泪瓦斯。这些啮齿动物抱头鼠窜……

他们继续上路，过了很长一段时间。

"我们停一下吃点东西如何，先生们？"奥古斯妲提议。

他们小憩一会儿并野餐。刚刚老鼠那一幕似乎已被抛诸脑后，三人的心情好极了。因为这里有一点冷，用完餐点之后，每个人又喝了一大口酒以及一杯热腾腾的香浓咖啡。一般而言，马鞭草茶只有到下午点心时间才喝。

▼

她们挖了好久才找到一处泥土地冒出来。终于一对触角出现，好像一副潜望镜。陌生的气味到处弥漫，自由的空气。

她们现在的位置是在世界的另一端。

还是没有水墙。但是这片天地，真的，一点都不像另一个。就算可以叫得出几棵树和几丛草的名字，可是，立刻又是一片死灰荒漠，坚硬光滑。极目所见，没有任何蚁窝或白蚁窝的踪影。她们走几步。墨色的巨大物体在她们身旁敲动。有点类似守护者，只是这些东西落下的时机不对。不仅如此。遥远的前方一块硕大的巨岩高耸入云，连触角都察觉不到它有多高。它让天空变晦暗，压平了大地。

"这大概是世界尽头之墙，后面八成就是水了。"103683号自忖。她们再往前走一小段，正面撞上一群蟑螂围在一块儿……看不太清楚是什么东西。甲壳裂开，内脏外露，以及所有的器官，甚至血液还在血管里流动着呢！真是不堪入目！往后退的当儿，三只收割蚁被突然坠落的巨大物体压碎，魂飞魄散。

103683号和剩下的三位同伴决定不顾一切继续前进。她们爬过满是细孔的矮墙，笔直往无限高的巨岩方向奔去。她们突然置身在一个更令人迷惑不已的地方，红色的泥土还带有草莓般的黑色颗粒。她们找到类似一口井的洞，想进去寻找一点遮阴。说时迟那时快，一颗白色大圆球物体，直径少说也有10颅，出现在天际，反弹并追逐她们。她们跳进井里……瞬间紧紧贴住井壁，那颗圆球物体坠落井底。

她们爬出井，惊慌失措地飞奔。附近的土地颜色有蓝的、绿的或黄的，到处都是井以及会追逐人的白色圆球。这次，她们受够了，勇气已经达到极限。这片天地实在太奇怪了，简直无法忍受。所以她们上气不接下气地逃回隧道，飞也似的奔回正常的世界。

文化（续）——

另一个文化冲击是东西方接触。中国的史书记载，大约在公元115年有艘船，出航地可能是罗马，被暴风卷离航道，几天后在海岸触礁。

船上的旅客都是空中飞人和特技演员，为了向陌生国度的居民示好，于是下船招待居民们看一场表演。中国人目瞪口呆地望着这群长着长鼻子的外邦人喷火，扭曲四肢，把青蛙变成蛇，等等。他们因此得到一个有事实根据的结论，西方人都是小丑，要不就是吃火的人。数百年又过去了，修正这个错误观念的机会才又降临。

埃德蒙·威尔斯

《相对且绝对知识百科全书》

△

乔纳坦的墙终于出现在他们的面前。

如何用6根火柴棒摆出4个等边三角形？

丹尼尔照例不忘拍照。奥古斯妲按入金字塔（PYRAMIDE）这个词。墙慢慢地转动。她真以她的孙子为荣。他们通过墙，不一会儿听见墙回归原位的声音。杰森照亮岩壁，到处是岩石，但跟刚才的不同。之前的墙面是红色的，现在是黄色，里面含有硫黄矿脉。

空气还挺适合呼吸的，甚至可以感到丝丝微风。莫非那位勒居教授说的没错？这条地道通往枫丹白露森林？

他们再次碰上一群老鼠，比以前更凶狠。杰森明白就要发生什么事，但他没有时间向其他人解释——他们应该戴上面具，喷洒瓦斯。每次墙面移动时，当然次数不多，红色区域的老鼠就钻到黄色区域来寻找食物。红色区域的老鼠或许勉强还过得下去，迁居到这里的移民却因长期缺乏食物来源，而自相残杀。

而杰森和他的朋友面对的正是内讧下的幸存者。换句话说，也就是最凶猛的。催泪瓦斯对它们几乎起不了什么作用。他们展开攻势！丹尼尔处于歇斯底里的边缘，盲目地乱按闪光灯，但是这些噩梦般的小野兽，每只至少重达好几千克，而且一点也不怕人。第一道伤痕。杰森拉出小刀刺死两只，然后丢给其他的老鼠。奥古斯姐的迷你手枪开了好几枪，终于得以脱身。

记得当时——

记得小时候，我可以花好几个小时，光躺在地上看蚁窝。这比电视更有"真实感"。

蚂蚁带来很多迷思，其中之一——遭到我的破坏后，为什么它们只带一些伤者回去，却放任其他的蚂蚁自生自灭呢？每一只的大小都一样，它们是以什么标准来衡量某个个体有用，而另一个可以被忽略呢？

埃德蒙·威尔斯
《相对且绝对知识百科全书》

三人在黄色斑纹的地道内奔跑。然后他们来到一只钢铁笼前。笼子的正中央有一个缺口，整体看起来像是捕鱼篓。铁笼呈圆锥体，出口处缩成只能容一个身材中等的人通过的大小，但想要出来是不可能的，因为圆锥顶端的洞口有突出的尖刺。

"是新近完成的玩意……"

"嗯，拼凑这个铁笼和盖这堵墙的人好像不愿意人们往回走……"

奥古斯姐辨识出，这又是出自乔纳坦之手，门锁和金属制品的大师。

"看！"

丹尼尔照亮一行铭文。

意识在此终止,您想进入无意识吗?

他们张口结舌。
"我们怎么办?"
所有人在同一时间浮现出相同的念头。
"我们已经走到这个地步,放弃太可惜。我建议继续走!"
"我第一个进去。"丹尼尔说道,他将马尾放进衣领里免得被钩住。
"奇怪,觉得好像曾有过这样的经验。"奥古斯妲说。
"你曾经在一个鱼篓里面,而且愈来愈狭窄,让你无法回头?"
"是的。好久以前的事了。"
"你所谓的好久以前是多久?"
"喔!就好像是在我刚要出生的那一刻吧!"

▼

收割蚁回到她们的城邦讲述世界另一端的冒险故事,那个国度怪物云集,并且弥漫着无法理解的费洛蒙。蟑螂、黑色板子、高耸的巨岩、深井、白色圆球……讲都讲不完!一个如此野蛮的天地,完全不可能建造村庄。

103683号待在角落里,安静地恢复体力。她思考着。当她的姊妹听见她的冒险叙述后,地图就得重新绘制,也必须重新考量行星研究学的基础原则。她想,该是回联邦的时候了。

△

从鱼篓里出来,他们大约又走了十几公里……算了,怎么能确切知道呢?而且他们开始感到疲累。他们来到一条溪旁,横越地道,溪水特别热,而且充满硫黄。

丹尼尔忽然停住。他仿佛瞥见一群蚂蚁站在一叶扁舟上随波逐流。他醒醒脑，一定是四处弥漫的硫黄尘让他产生幻觉。

又走了约数百米，杰森的脚踩踏上某种干裂的东西。拿灯一照。一副胸腔骨架！他尖声大叫。丹尼尔和奥古斯妲连忙拿手电筒向四周扫射，又发现了三具骨骸，其中一个像是小孩的身量。难道是乔纳坦和他的家人？

他们再次踏上路途，快步地跑着——摩擦声宣告老鼠追到这里来了。墙壁已由黄色转为白色，是石灰。精疲力竭的他们终于走到地道的尽头。一座往上的螺旋楼梯！

奥古斯妲朝老鼠发射最后两发子弹，然后一行人奔上楼梯。杰森胆大心细地注意到这座楼梯正好与第一座反向，也就是说，上升和下降都是依顺时针的方向。

▼

爆炸性的大新闻。一个贝洛岗人莅临城邦。大伙依次传述一定是联邦派来的大使，特来宣布希丽普岗已经正式入盟成为第65个城邦。

希丽·普·妮可不像她的子民那么乐观。她对来访者持保留的态度。说不定贝洛岗派了一只带岩石味的兵蚁潜入这个具颠覆性蚁后的城邦。

"她怎么样？"

"她非常疲惫！一定是花了几天一路从贝洛岗跑来的。"

放牧人最先看见她浑身无力地在附近乱晃。到目前为止，她什么都没说。她们直接带她到水壶蚁储藏室，让她补充热量。

"带她到这里来，我想和她单独谈谈，不过叫守卫不可离开皇城门口半步，随时听我的指示行动。"

希丽·普·妮一直希望得到故乡的消息，现在一位代表突然到来，她脑中浮现出的第一个念头却是——奉命来杀她的间谍。她等着和访客会面，只要察觉任何一丁点岩石气味分子，毫不迟疑，杀无赦。

贝洛岗人带来了。当她们认出对方后，同时朝对方跃去，张大嘴，然后展开一连串最温润的养分交换。情绪如此激动，一时半刻竟无法释放言语。

希丽·普·妮先释放出费洛蒙。

"侦察进展到什么程度？是白蚁干的？"

103683号对她述说如何穿过东方溪流，进入白蚁窝——而且蚁窝整个被摧毁，无人幸免的经过。

"究竟是谁在幕后操纵呢？"

根据兵蚁的说法，这些玄秘事件的真正解释是世界东方边界的守护者，非常奇怪的一种动物，既看不见也闻不出。突然从天而降，所有的人都死光了！

希丽·普·妮专心聆听。然而103683号加上一句，还是有个环节缺乏合理的解释，世界尽头的守护者如何驱策这些带岩石味的兵蚁呢？

希丽·普·妮对于这点有自己的看法。她详细说明这些带岩石味的兵蚁不是间谍也不是佣兵，而是城邦机构里监控压力程度的地下秘密武力。她们钳制所有的新闻，以免走漏任何可能引起城邦恐慌的消息。她描述那些杀手如何暗杀327号，又如何想置她于死地。

"岩石底下的存粮，以及花岗岩的地道又做何解释？"

这方面，希丽·普·妮也没有头绪。她已经派了间谍使节，希望能解开这道双重谜题。

年轻的蚁后提议带她的朋友参观她的城邦。沿路她向伙伴介绍水能提供的各项发展可能。譬如，东方溪流一直被视为死亡境地，其实那只是水罢了。蚁后自己就曾落水，还不是照样没事。也许有一天可以驾着树叶小船顺流而下，说不定能发现世界的北方边界……希丽·普·妮激昂地宣布：北方边界一定也有守护者，我们可以教唆他们对抗东方边界的那些守护者。

103683号注意到希丽·普·妮开始进行一些大胆的计划，而且并不是所有的计划都天马行空不可行；单就目前实施的部分就相当令人刮目相看了；兵蚁还没看到过如此辽阔的蘑菇田和畜牧场，也没看到过顺地下河道滑行的小舟……

最令她惊奇的还是蚁后发射的最后一句费洛蒙。她坚定地说，如果她派遣的使节们 15 天内仍不见回音，她将对贝洛岗宣战。依她的看法，故乡已经不再顺应世界潮流了。单看岩石气味的兵蚁这件事，就已清楚地显示出它是一个不能面对现实的城市，像蜗牛般的畏怯。过去贝洛岗是革命激进的，现在已经过时了。轮替的时候到了。这里，希丽普岗的蚂蚁进步神速。希丽·普·妮认为如果由她主掌联邦政权，一定可以让联邦的进步更快速。有了 65 座城邦，她的创见必能获致比现今大十倍的成长硕果。她已经认真地考虑征服水道，并利用甲虫建立一队水师。

103683 号犹豫不定。她本来想回到贝洛岗报告她的冒险经过，但是希丽·普·妮劝她放弃这个念头。

"贝洛岗已经设立一个'否定知权力'的武装单位，不要强迫它去了解它根本不想知道的事。"

△

螺旋梯的最后几级是铝制的。这几级可没有文艺复兴时期那么久远的历史！一直通往一扇白色的门。又是一段铭文——

我来到一面墙旁边，一面水晶墙，四周燃烧的火舌缠绕，我感到恐惧。然后我穿过火舌走到一座水晶山庄附近，山庄的墙壁像棋盘般有双色水晶映射，基座是纯水晶材质。天花板犹若银河。其间杂有火的象征。而星空如水般晶莹。

他们推开门，登上陡峭的斜坡廊道。地面突然在他们的脚下崩陷……中空的地板！下坠的时间如此之久……以至于害怕的时刻消失，继之而起的是遨游飞翔的自在感。他们在飞！他们被一张救生网接住，巨大而且编织细密的大网。他们四肢并用地在黑暗中摸索爬行。杰森·布拉杰摸到另一扇门……不需要密码，把手一转。他低声呼叫他的同伴，打开门。

老人——

在非洲，老人之死比新生儿夭折更令人悲痛。老人代表智慧经验的累积，能对部落其他人有贡献。相对地，新生儿没有活过，根本没有意识到死亡降临。在欧洲，我们对新生儿的夭亡惋惜不已，因为我们认为，如果他们活下来一定能创出一番事业。相反地，对老人之死反而不太在意。反正他已经享受他的生命了。

埃德蒙·威尔斯
《相对且绝对知识百科全书》

整个地方浸淫在蓝色的光芒中。没有塑像没有画像的庙堂。奥古斯妲想起勒居教授的话。当宗教迫害如火如荼之际，基督教徒必定曾在此躲藏避难。

厅堂面积辽阔呈正方形，上方有巨大的石材圆拱，非常漂亮的地方。唯一的装饰只有正中央古老的小小管风琴。管风琴前有一张斜面讲经桌，上面还覆盖一层厚套子。

墙上刻满铭文。尽管只是漫不经心地浏览，似乎大多数是有关巫术的记载，而非正统宗教。勒居说的没错，这个隐秘的地底避风港曾被异教徒接收。而且，从前一定没有旋转墙、捕鱼篓、陷阱跟救生网。

大家听见滴滴答答的声响，好像水流。他们一时找不出声音来源。淡蓝色光芒则来自右手边。那里像一间实验室，充斥着电脑和试管。所有的机器都亮着，原来是电脑屏幕产生的光晕映照着庙堂。

"你们对这些感到困惑，嗯？"

他们面面相觑。三个人都没有开口。天花板上一盏灯点亮了。

他们转过身。乔纳坦·威尔斯身穿一袭白色晨袍正迎向他们。他从庙堂的另一扇门进来，在实验室的另一边。

"你好，奥古斯妲外婆！你好，杰森·布拉杰！丹尼尔·罗森菲！"

三位被叫到名字的人瞠目结舌，说不出话来。他没死！他在这里生活！怎么能在这里过活呢？他们不知从何问起。

"欢迎来到我们的小社区。"

"我们在哪里？"

"你们在一座17世纪初期由荣·安德鲁耶·居·瑟梭设计建造的基督教教堂里。荣·安德鲁耶·居·瑟梭以设计巴黎市圣安东尼街上的苏利豪邸而驰名。但我个人认为，这座地下教堂才是他最伟大的杰作。巨石建造的地道长达数公里。正如你们一路行来所见，空气非常流通，有通风口以及自然洞窟里常见的空气囊。不仅如此，有空气，也有水。你们一定也留意到那些横亘几段地道的小溪流。你们看，有一条发源于此。"

他指出潺潺流水的源头，管风琴背后有一座雕刻喷泉。

"随着时代更迭，很多人隐居在这里，为了能宁静安详地从事专心一意的志业。埃德蒙舅舅在一本古老的旧书里发现了这个地洞的存在，他的工作正是在这里开展的。"

乔纳坦再走近一些，身上散发出非比寻常的温柔和适意。奥古斯妲愕然。

"你们一定累坏了。跟我来。"

他推开刚刚取道进来的门，带他们到一间客厅，里面有几张沙发排成圆形。

"露西，我们有客人！"他双手圈住嘴巴呼叫。

"露西？她跟你在一起？"奥古斯妲快乐地喊道。

"嗯，你们这里有多少人？"丹尼尔问。

"到目前为止，一共是18个人——露西、尼古拉、8位消防队员、5位宪警、警察、组长和我。总之，所有费心下来的人，你们很快就能见着他们。对不起，现在我们这个小社区是凌晨4点，大家都还沉醉梦乡。只有我被你们的来访吵醒。你们在地道里做了什么，怎么会弄出这么大的声响。"

露西出现，她身上也披着一件晨袍。

"早安！"

她走向前，笑容可掬地拥吻三位访客。在她身后，有一个穿着睡衣的身影从门缝里探出头来，看这些初来乍到的新访客。乔纳坦从喷泉汲取了一大壶的水，并拿来几个杯子。

"我们先失陪一下，换件衣服准备准备。通常我们会替新访客举办一个小小的欢迎派对，但是我们没料到你们会在半夜三更翩然驾临……待会儿见！"

整个故事太曲折离奇。丹尼尔突然捏一下自己的手臂，奥古斯妲和杰森见状立刻效法。是真的，现实有时候比梦境更虚幻。他们彼此对看，心里有丝甜蜜的疑惑，他们终于展开笑靥。几分钟后，所有的人齐聚一堂，坐在沙发上。奥古斯妲、杰森和丹尼尔的思绪已经平复，急切地想知道一切。

"你们先前曾提过通风口，我们离地面很远吗？"

"不，顶多三四米。"

"那么我们能够再次呼吸到新鲜空气啰？"

"不，不。荣·安德鲁耶·居·瑟梭恰好选择在一块经得起任何考验的平滑的花岗岩底下盖教堂！"

"不过从中凿开了手臂粗细的孔，这个孔从前也算是个通风口。"露西补充道。

"从前？"

"没错，现在这个孔另有他用。不过没关系，墙上还有其他的通风口，你们看得很清楚，这里一点也不闷……"

"我们出不去了？"

"是的，总之无法由上面出去。"

杰森似乎非常担忧。

"但是乔纳坦，你为什么要装上那堵旋转墙、捕鱼篓、架空的地板、救生网……我们的的确确被困死在这里了！"

"他们正是为此而建的。我花了不少心思和力气，那是必要的。当我第一次来到这座教堂时，我看到这张斜面讲经桌。其实它又称为《相对且绝对知识百科全书》。我在里面找到一封信，舅舅指明给我的信。信在这里。"

他念道——

亲爱的乔纳坦：你终于不顾我的警告决心走下来了，你比我想象的更勇气可嘉，我为你喝彩。依照我的估计，你有五分之一的成功概率。你母亲曾向我说过，你有黑暗恐惧症，如果你能到达这里，表示你已经成功地克服这项障碍，而且意志变得更坚定。这些我们将来都需要。在这部卷宗里面，你会发现《相对且绝对知识百科全书》，就在我写下这几个字之时，共计有288章，记载着我研究的发现。我希望你能继承我的衣钵，这项研究绝对是值得的。研究的主要部分与蚂蚁文明有关。总之，当你读完后，一定能了解。不过首先我有一个要求，非常重要，请你务必照办。在你来到此地之时，我没有时间设置安全机关保护我的秘密研究（如果做好了，你就不会找到这封信了）。请你盖一些机关，我已经拟了几个草图，不过我想你一定可以加以改良，因为这是你的专长。设立机关的目的很简单，让人们不能轻易地进入我的洞穴，而且一旦来了就不能回头向别人说起这里的一切。我希望你顺利成功，同时这个地方能带给你"丰富的宝藏"，就像我从这里得到的一样。

埃德蒙

"乔纳坦依言行事。"露西解释道。

"他制作了所有预先设计好的陷阱。你们已经看到了，真的有用。"

"那些尸体是被老鼠咬死的吗？"

"不。"乔纳坦微微一笑。

"我向你们保证，自从埃德蒙在这里定居后，地下室里没死过一个人。你们发现的那些尸体至少有50年的历史了。我不太清楚当时发生了什么惨剧，某种异教……"

"这么说，我们再也回不去了？"杰森忧虑地问。

"是的。"

"想想先得攀上救生网上方的洞口（有8米高！）。逆向穿过捕鱼篓，单单这个已经是不可能的事了，因为我们手边没有熔铁的工具，何况还有那堵墙（乔纳坦在这一边没有预先设置开门的系统）……"

"更不用说那些老鼠……"

"你是怎么带那些老鼠下来的？"丹尼尔问。

"是埃德蒙的主意！他安置了一对特别肥大且攻击性强的老鼠在岩石的凹洞里，同时放了一大堆食物。他知道这是个定时炸弹。食物充裕时，老鼠的繁殖速度快得惊人。每个月6只小老鼠，小老鼠两星期大后又可以生育……他随身带了一把老鼠最怕的费洛蒙瓦斯喷雾枪，防止它们的攻击。"

"那么是老鼠咬死聒喳喳的啰？"奥古斯妲问。

"很不幸，的确如此。"

而且，乔纳坦事先并没有想到金字塔墙另一面的老鼠会更凶狠。

"我们的一个同事，他本来就很怕老鼠，当一只肥大的老鼠跳到他脸上，咬掉鼻头的一块肉时，他立刻往回跑，金字塔墙那时尚未完全闭合。上面有关于他的消息吗？"一位宪警问。

"我听说他发疯了，已经被关进疗养院。"奥古斯妲回答，"但这些都是传闻。"

她走过去拿她那杯水，注意到桌面上满满的蚂蚁，她叫喊出声，本能地，用手背拨掉。乔纳坦跳起来，抓住她的手腕。严厉的目光和大伙融洽的气氛形成强烈对比；以为早就痊愈的嘴角抽动，老毛病再度复发。

"绝对……不要……再……这么做！"

▼

贝洛·姬·姬妮独自在房里，漫不经心地吞了一堆她能得到的蚁卵。追根究底，这竟是她最喜欢的食物。她知道这个自称801号的兵蚁绝不只是新城邦的大使那么单纯。56号，现在就叫她希丽·普·妮蚁后吧！既然她喜欢这个称号，派801号来一定是为了继续侦察。她其实不必瞎操心，带岩石味道的兵蚁一定可以毫不费力地解决此事。尤其是小跛子，她的确是消除生活压力艺术的个中好手……简直是艺术家！

然而，这已经是希丽·普·妮派来的第四批使节团，每一个的好奇心都太重了些。第一批幸而在找到鞘翅目蚜虫之前就及时消灭了。第二批和第三批则吸了蚜虫的迷幻毒药而亡。至于801号,据说觐见蚁后结束后,旋即往底下闯。

她们真是愈来愈等不及往黄泉路上奔了!但是毋庸讳言,每一次她们都能更深入城邦的底部。万一有人排除万难发现了秘密通道该怎么办?万一她们到处散播气息讯息……族群是无法理解的;而反压力部队能及时阻止传播的概率不高,她的子民会有什么反应?

一只带岩石气味的兵蚁紧急跑来报告。

"间谍已经闯过鞘翅目蚜虫那一关!她现在已经到达底层!"

是的,该来的终究来了……

△

乔纳坦松开外婆的手腕。眼见现下的尴尬窘境,丹尼尔试图转移注意力。

"一进门的实验室,是做什么用的?"

"那是罗塞塔之石(译者注:Pierrede Rosette,上面有分别以古埃及象形文、古埃及俗体字以及希腊文三种文字刻的托勒密王朝颁布的政令。现由大英博物馆收藏。)!我们的一切努力只为了一个雄心大志:与她们沟通!"

"她们……她们是谁?"

"蚂蚁。跟我来。"

他们离开客厅往实验室走去。乔纳坦显然非常自得于埃德蒙接班人的角色,他从磁砖实验台上拿起一支装满蚂蚁的试管,举到与眼齐高。

"请看,就是这些生物。独特的物种。她们不只是微不足道的昆虫而已,埃德蒙舅舅马上就领悟到这一点……蚂蚁文明是地球上的第二大文明。至于埃德蒙,从某个角度看,称得上是克里斯多佛·哥伦布,在我们的脚指头间发现了另一个新大陆。他第一个明白与其到外太空寻找外星人,不如先与……地底生物接上头。"

没有人说得出话来。奥古斯妲想起，几天前她到枫丹白露森林散步，突然感觉鞋底压碎了一些少量的什么东西，原来她踩到蚂蚁了。她弯下腰，全都死了，但是有个谜。蚂蚁全部排成一个箭头形状，不过箭头的方向是反的……

乔纳坦放下试管，继续发表演说：

"埃德蒙从非洲回国看中这栋房子、它的地窖以及这座教堂，这是理想的地点，实验室就设在这里。第一阶段的研究侧重在分析蚂蚁交谈时施放的费洛蒙。这部机器是群体分光仪。诚如它的名称所示，它的主要功能在于显示群体的光谱，能解读任何物质并标示出组成原子。我读了舅舅的笔记。一开始他把实验用蚂蚁放在一个玻璃钟罩内，一端用管子连接群体分光仪。他把蚂蚁放在一块苹果前，这只蚂蚁碰上另一只蚂蚁必然会说：'这附近有苹果。'总之，这是最初的假设。他呢？则收集蚂蚁释放出的费洛蒙，加以分析转换，以化学方程式表示。

"譬如'北方有苹果'就译成'甲基——4、甲基氮茂——2、羧化酶'，量都非常小，每句话大约只有 2 到 3 微微克。不过已经收获良多。如此一来，我们就知道'苹果'和'北方'怎么说。接着，他利用不同的物体继续实验，有时是食物，有时是状况。他撰写了一部货真价实的《法文－蚂蚁语言大字典》。学习了一百多种水果名称、三十几种花卉、十几个方位的说法后，他终于学到警戒、建议、描述等的费洛蒙；他甚至碰上一些具生殖力的蚂蚁，向他解释如何表达第 7 环节感应到的抽象情绪……然而，只能聆听已无法满足他。现在他想要跟她们说话，建立真正的双向沟通。"

"太神奇了！"

罗森菲教授情不自禁地喃喃自语。

"他起先按照音节的断音方式，转换成每个化学程式。譬如'甲基——4、甲基氮茂——2、羧化酶'就以'ＭＴ４ＭＴＰ２ＣＸ'的记号表示，然后转成'Mitcamitipidicixou'，最后他在电脑记忆体里保存：'Mitcamitipidicixou'＝'苹果'；而'dicixou'＝'北方'。电脑可以双语互翻。当电脑察觉到'dicixou'时，随即便翻译成文字'北方';当我们键入'北方'两个字,电脑也立刻将这句话变换成'dicixou',发射器马上启动释放羧化酶……"

"发射器?"

"就是这台机器。"

他指向一排类似书柜的装置,里面摆了数千支细颈小瓶子,每支小瓶子的尾端都接着一根管子,通向一台电动抽气筒。

"小瓶子里的原子被抽气筒吸出后,同时射入这台机器内筛选,并量出字典里注明的精确分量。"

"不可思议。"罗森菲教授再次开口。

"太不可思议了。他真的做到了,和蚂蚁交谈?"

"嗯……到这个阶段,我想最好直接念大百科里的记载。"

(交谈片段)

与一只兵蚁阶级的联邦制褐蚁对话。

人类:你收得到我吗?
蚂蚁:嘶嘀嘀嘀。
人类:我在发射,你接收到了吗?
蚂蚁:嘶嘀嘀嘀,嘶嘀嘀嘀。救命啊!

(注意:修改许多调节精准度的装置。特别是发射过强会使实验主体窒息。必须将发射钮调节至1的位置,接收钮则必须开至10,如此才不会漏掉任何一个分子。)

人类:你收得到我吗?
蚂蚁:噗咕。
人类:我在发射,你听见了吗?
蚂蚁:咕噜噜。救命。我被囚禁了。

(第三次会话片段)

（注意：这次使用的字汇扩充到 80 个。发射仍太强。再次调整。发射钮必须调到靠近 0 的位置。）

蚂蚁：什么？
人类：你说什么？
蚂蚁：我听不懂。救命啊！
人类：说慢一点！
蚂蚁：你发射得太强！我的触角负担已经饱和。救命啊！我被囚禁了。
人类：那里还好吗？
蚂蚁：不好。难道你不会说话？
人类：嗯……
蚂蚁：你是谁？
人类：我是一种大型动物。我的名字叫埃德蒙。我是一个人。
蚂蚁：你说什么？我听不懂。救命啊！救救我！我被囚禁了！

（注意：这次交谈后不到 5 秒，实验主体就死了。难道发射仍旧太强？她们在害怕吗？）

乔纳坦就此打住。

"你们可以知道，这不是件容易的事！光是收集词汇并不代表能够与她们交谈。此外，蚂蚁的语言应用和我们的截然不同，并不是单纯的语言发射和接收。还掺杂着其他 11 环节送出的信息。这些信息包括确认身份、个人烦恼、心理状况……等于说，个人的全面性心灵状态，对于一次圆满的个体沟通是不可或缺的。因此，埃德蒙被迫放弃。我继续念他的笔记。"

我真是愚蠢啊！就算外星人真的存在，我们也无法了解他们。这是一定的，因为我们的参考依据不可能是相同的。我们可以向他们伸出手，然而这个动作对他们而言也许是个威胁。我们甚至连日

228

本人都搞不懂，无法理解他们切腹自杀的仪式，还有印度人的阶级社会。我们人类连彼此都不了解……我怎能异想天开地妄想了解蚂蚁！

▼

801 号肚子只剩一小截。虽然她及时杀死鞘翅目蚜虫，可是在蘑菇田与带岩石味的兵蚁激战后，体力大大折损。没关系，其实也好，肚子没了，身形更轻盈。

她钻入花岗岩地道。蚂蚁的嘴怎么能在岩石中凿出这样的地道呢？再往下，她发现希丽·普·妮特别指明的地点——储满大量食物的房间。她才刚走没几步，又发现另一个出口。她钻进去，接着置身于一个城市之中，整个城市充满了岩石的味道！城邦底下的城市。

△

"难道他失败了？"

"的确，他花了很长一段时间，反复思索检讨这次失败的经验。他觉得完全没有指望了，他的民族中心主义使他盲目。然而是烦恼让他恍然大悟，顽固不化的愤世嫉俗反而成了导火线。"

"发生了什么事？"

"教授，你曾经告诉我埃德蒙为一家'香甜乳品企业'公司服务，因为与同事发生纠纷而离职。"

"没错！"

"他的一位上司偷偷到他的办公室乱翻。他叫马克·勒居，是罗蓝·勒居的哥哥。"

"那个昆虫学家？"

"就是他。"

"难以想象……他来找我，自称是埃德蒙的朋友，然后下来了。"

"他来过地窖？"

"喔！别担心，没走多远。他没能通过金字塔墙，所以就回去了。"

"他也跟尼古拉碰过面，企图染指大百科。好……马克·勒居注意到埃德蒙狂热地在设计机器草图。他打开埃德蒙办公室里头的柜子，看见一个卷宗，也就是《相对且绝对知识百科全书》。他在里面发现为了和蚂蚁沟通的机器计划雏形。当他琢磨出机器的用途之后（旁边有足够多的注解可以帮助他了解），他对他的弟弟说起这件事。勒居教授马上显出极大的兴趣，并要求他哥哥把文件偷出来。埃德蒙察觉到有人偷翻他的东西后，为了防止小偷再光临，他在抽屉里放了四只姬蜂。所以马克·勒居第二次前来窃取时，旋即被习惯在毒针叮咬处下蛋的著名昆虫给蜇了。第二天，埃德蒙借由叮咬的伤痕想当众揭发他。不过你们知道，最后反而是他被赶走。"

"勒居兄弟后来怎么样？"

"马克·勒居罪有应得！姬蜂的幼蚁啃食他的躯体。据说持续相当长的一段时间，约有好几年。由于幼蚁在这么大的躯体中找不到出路，无法蜕变为成虫，他们只好四处乱挖乱闯。到后来实在是痛不可当，他跑去撞地铁列车自杀。这是我在报纸中无意得知的。"

"罗蓝·勒居呢？"

"他试过各种办法要夺取这些机器……"

"你刚刚说，这些刺激了埃德蒙发愤卷土重来。这些过去的事和他的研究有什么关联？"

"后来，罗蓝·勒居直接找到埃德蒙。他坦承知道埃德蒙有一部与蚂蚁交谈的机器。他宣称对此有高度的兴趣，而且愿意与埃德蒙合作。埃德蒙并不排斥这个意见，反正他一直无法突破瓶颈，他想有些外来的协助也许不错。《圣经》上说：'无法继续单打独斗的时刻来临了。'埃德蒙准备引领勒居到他的洞穴去，但是他想先了解勒居。他们的讨论既深又广。当罗蓝开始连声称赞蚂蚁社会的秩序和纪律，并且强调与蚂蚁沟通，必能让人类加以仿效等长篇大论时，埃德蒙怒不可遏。他发了一顿脾气后，请勒居不要再踏进他家一步。"

"嘿，果然不出我所料……"丹尼尔叹息道。

"勒居所属的那一帮动物生态学集团，可以说是德国学派里最糟的一帮人，他们想要模仿动物的习俗，然后以某种角度改造人类。譬如地盘的观念、蚁窝的纪律……真是异想天开。"

"突然，埃德蒙有了新的借口进行研究，他想和蚂蚁交谈，为的是政治目的；他认为蚂蚁生活在无政府组织的状态下，而他想直接向她们求证。"

"当然！"毕善喃喃说道。

"整项研究变成人类的挑战。舅舅又考虑很久，然后自忖最好的沟通方法就是制作一个机器蚂蚁。"

乔纳坦挥舞着画满图稿的纸张。

"这就是草图。埃德蒙称他为'活石头博士'，以塑胶为材质。我不想赘述制作这只小小精品所需的、如钟表制作般的精密过程！不仅每个关节齐备并且用电动引擎带动，电池装设在腹部，触角也具备完整的 11 个环节，这些环节能够同时释放 11 种不同的费洛蒙！活石头博士和真正蚂蚁间唯一的差别在于——他身上接着 11 条管子，每条只有头发粗细，管子聚集成一根尼龙绳粗的脐带。"

"神奇！真是太神奇了！"杰森兴奋地说。

"但是，活石头博士在哪儿？"奥古斯妲问。

▼

带岩石味的兵蚁在后头猛追不舍。801 号也脚不停歇，她突然发现一条宽阔的地道，于是赶忙跳过去。她来到一个巨大的房间，正中央有一只奇形怪状的蚂蚁，身材比一般的蚂蚁要大得多。801 号小心翼翼地靠近。怪蚂蚁身上的味道仿佛只有五成是真的。眼睛无神，皮肤像覆盖着一层黑色染料……年轻气盛的希丽普岗人好奇心大起。怎么会有如此不像蚂蚁的蚂蚁？

可是兵蚁已经追上来了。小跛子，独自上前，单挑。她跳过去想咬住对方的触角。两人在地上滚成一团。

801 号想起她母亲的忠告——

仔细观察对方出击的部位，通常那里正是他的弱点。

确实如此，当 801 号掳住小跛子的触角时，小跛子愤怒至极地扭曲身体。可怜的人，她的触角一定超级敏感。801 号一把拔下对方的触角，然后头也不回地逃开。现在是一群 50 只的兵蚁追着要她的命。

△

"你们想知道活石头博士身在何处？顺着群体分光仪的线路。"

他们确实看到一些透明管子，沿着磁砖实验台接到墙壁垂直通上天花板，钻进一口挂在教堂中央的大型木箱内，木箱恰与管风琴成 90°角垂直。木箱里面八成装满了泥土。新访客伸长脖子想看个仔细。

"但是，你们刚才说我们头上是一块凿不开的大岩石。"奥古斯妲注意到。

"是的，同时我也强调上面有一个废弃不用的通风口……"

"我们不再使用的原因是，通风孔堵住了！"加蓝警员接着说。

"这么说来，如果不是你们……"

"是她们！"

"蚂蚁？"

"完全正确！这块岩石板块的正上方有个面积辽阔的褐蚁蚁窝，你们知道，这些昆虫习惯在森林里用树枝盖圆顶……"

"据埃德蒙的估计，上面的蚂蚁超过 1000 万。"

"1000 万？她们能够把我们通通杀死！"

"不，不必惊慌，没什么好怕的。首先，她们跟我们对话，而且认识我们。再者，并不是整个城邦的蚂蚁都知道我们的存在。"

正当乔纳坦说这些话时，一只蚂蚁从天花板吊挂的木箱掉下来，落在露西的额头上。露西想要接她下来，801 号吓得隐没入红棕色的发丝中，接着滑落到耳垂，跑向颈背钻进衬衫里面，绕过乳房和肚脐，在光滑的大腿皮肤上奔驰直达脚踝，最后从脚踝跳到地面。

"她怎么了?"

"没关系,大概是被通风口发出的新鲜气流吸引过来,从那里出去没问题的。"

"但是从那里出去她找不到城邦的,那里直通联邦的东部不是吗?"

▼

间谍逃走了!照这个情况,我们势必得发兵攻打那个自称是第65号的城邦……带岩石味的兵蚁报告完毕,触角低垂。她们告退后,贝洛·姬·姬妮反复思量这个秘密政策的严重挫败,然后无精打采地想起这一切是如何开始的。

记得很小的时候,蚁后就曾遭遇过一次惊恐的经历,让人联想到是否有某种巨大的物种存在。她刚刚结束蜕皮期;她创立自己的城邦,然后成功地召开一次聚会,几乎所有的蚁后——母亲和女儿——都应邀而来。

她还记得。努比·努比·姬第一个发言。她说她派出的好几队探险员都碰上粉红色的圆球雨,已经有上百人因此身亡。其他的姊妹立即热烈地附议。每一位都列出一长串的死亡名单,死因都是粉红色圆球和黑色盾甲。舒柏·嘉西·妮,年长的母亲,留意到根据大家的证词,粉红圆球好像都是5个5个成群移动。另一位姊妹卢比·格费丽·妮则在离地面约300颅的地底发现一颗静止不动的粉红圆球。粉红圆球原来是一种柔软的物质,并散发一股强烈的味道。所以我们用嘴往里头凿开,最后碰上白色的硬梗,仿佛这东西有一副甲壳在里面,而不是裹在外面。

会议尾声,每位蚁后一致同意这种现象超过一般人的理解力。她们决议将之视为最高机密,以免引起蚁窝大恐慌。贝洛·姬·姬妮这边很快就设立"秘密警察",当时是一团50只兵蚁编制的工作小组。她们的任务是消灭见过粉红圆球或黑色盾甲等现象的目击证人,避免全城陷入恐慌的危机中。

只是，有一天不可思议的事发生了。一只来自陌生城邦的工蚁被带岩石味的兵蚁逮住。城邦之母饶她不死，因为她叙述的经历比蚁后所知的还要离奇。这只工蚁宣称被粉红圆球绑架！他们把她丢进一座透明监狱里，和其他数百只蚂蚁在一起。他们利用蚂蚁做实验。最常见的就是将她们放进钟罩内接收强力浓缩的气味。刚开始时非常痛苦，但味道浓度渐渐变淡，最后竟然转换成语言了！

总而言之，透过这些味道媒介以及这个钟罩，粉红圆球和她们说话，圆球自称是一种巨型动物，叫作人。他们（或是她们）宣布城邦底层的花岗岩里有一条挖好的通道，而且他们想和蚁后谈谈。请蚁后放心，他们绝不会伤害她的。

接着的事情进展快速。贝洛·姬·姬妮与他们的蚂蚁大使——活石头博士碰面。那真是奇怪的蚂蚁，身上透明的内脏一直延伸到体外，但可以与她交谈。他们相谈良久。起先，他们根本不懂对方在说些什么。但是双方兴奋之情溢于言表，似乎有很多话要互相倾吐。此后，人在通风口的出口处摆了一个装满泥土的箱子。城邦之母在这座新城中产下蚁卵，瞒着其他子民。

但是，贝洛岗二号只是带岩石味的兵蚁之城。它成为蚂蚁世界与人类世界的沟通桥梁。活石头博士常驻在那里（真是个滑稽的名字）。

（与贝洛·姬·姬妮蚁后的第 18 次会谈选录）

蚂蚁：轮子？我们居然没有想到利用轮子，真是太笨了。我想，每个人都应该看过粪金龟推土球，但我们当中居然没有任何人以此引申出轮子。

人类：你打算怎么利用这个资讯？

蚂蚁：现下，我不知道。

（与贝洛·姬·姬妮蚁后的第 56 次会话选录）

蚂蚁：你的声调悲伤。

人类：一定是味道输送管调节出错了。自从新加上情绪语言后，机器好像常出毛病。

　　蚂蚁：你的声调悲伤。

　　人类：……

　　蚂蚁：你不再发射？

　　人类：我想应该是单纯的巧合。但是我真的很悲伤。

　　蚂蚁：怎么了？

　　人类：我曾有一个女人。在我们的世界里，男人活得很久，所以我们双双成对地生活，一个男人配一个女人。我曾经有一个女人，但我失去她了，已经是好几年前的事了。然而我爱她，我忘不了她。

　　蚂蚁：什么是"爱"？

　　人类：或许，是我们有相同的气味？

　　城邦之母回忆起埃德蒙的人生终点。那是发生在与侏儒蚁的第一次交战时。埃德蒙想助她们一臂之力。他离开地底，但是因为他终日与费洛蒙为伍，以至于全身浸染着那些气息。他浑然未觉，来到森林……为了一只联邦褐蚁。当松树下的胡蜂（当时他们和褐蚁也处于敌对的状态）辨识出他身上的身份气味时，便成群蜂拥攻击他。胡蜂把他当成贝洛岗的成员而杀死他。他应该很快乐，死得其所。

　　后来，这个乔纳坦以及他那群人再度开启接触……

△

　　他再添一些蜂蜜水到三位新访客的杯子里。他们不停地发问：

　　"这样说来，上面那个活石头博士能够转达我们的话？"

　　"是的，同时让我们听懂她们说些什么。荧幕上会显示出她们的回答。埃德蒙完完全全地成功了！"

　　"但是他们彼此说些什么呢？你又说些什么？"

　　"呃……埃德蒙成功之后，他的笔记变得有些混乱不清。他好像不想全部记录下来。这么说吧！一开始，他们彼此描述自己的模样，然后描述各自的世界。因此，我们才知道她们的城市叫作贝洛岗；

是一个蚂蚁联邦的中心枢纽，居民高达数亿。"

"不可思议！"

"后来，两边都深切地认为，让自己的人民得知这个消息，目前稍嫌太早。所以他们协议互相保证，绝口不提他们接触之事。"

"就是因为这个缘故，埃德蒙才强烈要求乔纳坦搞这些机关玩意。"一位消防队员插嘴。

"他尤其不希望一般民众知道得太早。他可以想象那些电视、电台、报纸，大肆报道之后造成的伤害，令人不寒而栗。蚂蚁将蔚为流行风潮！他已经可以预见四处张贴的广告宣传、钥匙链、T恤、摇滚明星秀……极尽所能地绕着这个天大的发现转。"

"而在贝洛·姬·姬妮那方面，蚁后认为她的子民将群起对抗这些危险的陌生人。"露西补充道。

"不，这两大文明还没准备好互相认识，更别梦想彼此了解。蚂蚁不是法西斯分子，不是无政府主义人士，也不是皇室拥护者，她们是蚂蚁，而一切与她们世界相关的事物，都与我们的世界大相径庭。这正是宝贵之处。"

毕善组长做了以上这番慷慨激昂的宣布——自从他离开地面及他的上司苏兰芝·都蒙后，确实改变了很多。

"德国学派和意大利学派都错了。因为两派都想把蚂蚁囊括入'人类'能理解的范围内。所以分析注定流于粗略。好比蚂蚁企图以自己的生活为基准来了解我们的生活。就这个层次而言，可称是一种盲目崇拜蚂蚁主义。蚂蚁的任何特点都魅力难挡。我们不懂日本人、中国人或印度人，但是他们的文化、音乐、哲学，甚至在西方思想的扭曲下，依旧如此引人入胜。我们的地球，未来一定是各种文化并呈的局面，这是再明白不过的事了。"乔纳坦说。

"以文化的角度来看，蚂蚁究竟能带给我们什么呢？"奥古斯妲难以置信地说。

乔纳坦默不作声，对露西点个头；露西退下，数秒钟之后捧着一罐近似果酱的东西回来。

"请看，光是这个就已经是无价之宝了！蚜虫蜜露。来啊！尝尝看！"

奥古斯妲畏缩地伸出食指。

"嗯，非常甜……真的很好吃！和蜂蜜的滋味截然不同。"

"看！你们还没问我们在这个地底的双重死胡同里，如何获得每日所需。"

"耶，是啊，正是……"

"是蚂蚁养活我们，提供蜜露和面粉。她们在上面替我们储存了一些粮食，不仅如此，我们还抄袭了她们的农业技术，自己培育蘑菇。"

他掀起一个大木箱的盖子，里面有一层发酵的树叶温床，长满白色的蘑菇。

"加蓝是我们的蘑菇培植家。"

加蓝不好意思地笑一笑。

"我还有很多东西要学习。"

"但是蘑菇、蜜露……你们还缺乏蛋白质来源？"

一位消防队员用手指指天花板。

"我嘛，我负责收集蚂蚁放在木箱右边小盒子里的昆虫。我们用滚水烫过后去除表壳，剩下的部分就像是小虾子，而且连外表和滋味都很类似。"

"你们知道，在这里只要自己愿意想办法，一样可以过得非常舒适。"一位宪警补充说。

"电力由一座迷你核反应炉供应，运转寿命达500年。埃德蒙刚到这里不久就盖了。新鲜空气由通风口送进来，食物有蚂蚁供应，洁净的水源不虞匮乏，何况，我们投身一项神奇有趣的志业，我觉得自己是某项重要事物的开路先锋。我们好像长期生活在外太空基地站上的太空人，有时候和外星人聊聊。"

他们哈哈大笑。一阵愉悦的电流刺激着每一个人的脊髓。乔纳坦提议回客厅坐坐。

"你们知道的，长久以来，我一直在找寻一种能让朋友以及自己共同生活的方式。我试过理想社区、占据空屋、法伦斯泰尔共同生活体（译者注：Phalanstere，法国空想社会主义者傅立叶提倡建立的社会基层组织。）……屡试屡败。最后虽不情愿说自己是笨蛋，也只得承认自己是个温和的乌托邦主义者。但是在这里……事情有了转变。我们被迫共同生活，取长补短，共同思考。我们没有选择的余地——如果我们处不来，只有死路一条。逃走是不可能的，尽管我不知道是否因为舅舅的大发现，还是因为我们单纯地了解到蚂蚁就在我们头上这个事实，总之我们这个社区进行之顺利，简直有如神助。"

"真的很顺利，甚至我们并无心……"

"我们有时候会感到某种全体共用的精力源源不绝，每个人都可以自由取用。很奇怪。"

"我曾听过，与蔷薇十字会（译者注：Rose Croix，17世纪德国神秘的秘密结社。）和一些共济会团体有关。"杰森说，"他们称之为'共同念力'——'群体'的精神资产。好比每个人把力量灌进一个盒子里变成一大锅，然后每个人都能取用……一般而言，终究会有一个害群之马，为一己之私公器私用，盗用其他人的精力。"

"我们没有这种问题。当一小群人住在地底时，个人不会有什么自私的企图……"

沉默。

"而且我们之间的交谈愈来愈少，我们不再需要靠言语来了解对方。"

"没错，这里事情的确在转变。我们还不太了解，也还无法控制。我们还没到达目的地，才走了一半的路程而已。"

再度沉默。

"好了，长话短说，希望你们会喜欢我们的小社区。"

▼

801号精疲力竭地奔回故乡。

她做到了！她成功了！

希丽·普·妮立即进行绝对沟通，以便了解事情的经过。有关花岗岩板底下隐藏的秘密,她所听见的证实了她的预想。她决定马上发兵攻打贝洛岗。整个夜里,兵蚁忙着整装待发。最新型的甲虫空中部队也宣告准备完毕。103683 号建议一项作战计划——一部分军队率先直攻,另有 12 队人马悄悄绕过城邦突袭皇城所在的树墩。

宇宙进程——

宇宙进程是愈演愈复杂。从氢到氦,从氦到碳,愈来愈复杂。愈来愈精细一直是事物演化亘古不变的历程。就目前所知的星球而论,地球最复杂。它位处一个气温变化多端的地域里。上面有山和海覆盖。尽管地球上有数不尽的生命形式,却只有两种生物能够累积智慧超越其他物种——蚂蚁和人类。仿佛上帝在地球进行一项实验。孕育两种生物,各具背道而驰的逻辑,神把他们放在意识的跑道上,看谁跑得快。目的可能是为了创造全球的共同意识——各类物种的脑力融合。依我看,这正是意识在下个阶段面临的冒险。下个阶段必须达到的复杂化水准。

然而,两大主导力量采取各自平行发展的路线。

——为了变得更聪明,人类不断扩充大脑容量,大脑的体积已到了恐怖的程度,像一颗粉红花椰菜。

——为了获致同样的目标,蚂蚁偏向以精巧的沟通系统结合数千个小小脑袋。

以绝对的价值标准来判定,蚂蚁成堆的高丽菜碎片和人类花椰菜里面包含的物质以及智慧不相上下,双方的较劲目前是平手的局面。万一两大智慧形态不再平行发展、相互合作,将会有什么后果呢?

埃德蒙·威尔斯
《相对且绝对知识百科全书》

△

　　荣和菲利普只爱看电视，其他最多玩玩弹珠而已。连最近斥资兴建完成的迷你高尔夫球场都引不起他们的兴趣。更不用说到森林散步……对他们而言，最惨的莫过于被学监强迫到外面呼吸新鲜空气。

　　上个礼拜，他们兴致勃勃地解剖蟾蜍，但没过多久就意兴阑珊。然而，今天荣发现了非常值得注意的好玩意儿。他拖着他的同伴离开孤儿院那群人。他们正像呆瓜般地捡拾枯叶，准备做一些笑死人的图案。荣指着一座泥土塑的圆锥体——白蚁窝。

　　他们跑过去想用脚踹烂它。结果没有东西跑出来，白蚁窝是空的，菲利普蹲下用力闻。

　　"白蚁窝被养护工人喷了药。你瞧，还有杀虫剂的臭味，里面的东西全死光了。"

　　他们大叹扫兴准备归队，荣发现小河的另一边，灌木丛下有个金字塔形的东西若隐若现。

　　"这次，错不了！一座大得惊人的蚁窝，圆顶至少有 1 米高！长排的蚂蚁进出频繁，千百只工蚁、兵蚁和探险员。这里还没喷过 DDT（编者注：滴滴涕，有机氯农药。）。"

　　荣兴奋得跳起来。

　　"喂，你看见那个了吗？"

　　"哇！你不会还想吃蚂蚁吧？最后吃的那些味道真恶心！"

　　"谁说要吃！你面前是一座城市，没有比这个更好玩的了，好比纽约或莫斯科。你还记得那个电视节目怎么说的？里面万头攒动。你瞧瞧，这些蠢东西像笨蛋一样勤奋地工作！"

　　"可是……尼古拉就是因为太迷蚂蚁才会失踪，你也看到他的下场。我确定他家的地窖里一定爬满了蚂蚁，蚂蚁把尼古拉吃了。我跟你说，我不喜欢留在这玩意儿的旁边，一点都不喜欢！可恶的蚂蚁，昨天我还看见蚂蚁从迷你高尔夫球场的球洞里冒出来，它们也许想在里面盖蚁窝……天杀的愚蠢的烂蚂蚁！"

　　荣摇摇菲利普的肩膀。

"正好！你不喜欢蚂蚁，我也一样。我们杀死它们！为我们的朋友尼古拉报仇！"

这个提议引起了菲利普的兴趣。

"杀死它们？"

"是啊！为什么不呢？在城里放火！你想想看莫斯科发生大火，只因为我们高兴？"

"好啊，我们来放火。没错，为了尼古拉……"

"等等，我有更棒的主意——先往里面灌一些除草剂，这样就能制造出真正的烟火。"

"棒呆了！"

"听好，现在11点，准两个钟头后回来这里碰面。到时候学监也不会来啰里啰唆的，而且所有人都还在食堂里。我嘛，去找除草剂，你想办法带一盒火柴来，火柴比打火机好。"

"搞定！"

▼

陆军部队雄赳赳气昂昂地大踏步向前。其他的联邦子城问她们要往何处去，希丽普岗人民回答，蜥蜴在西边一带出没，中央城邦向她们请求派兵支援。

她们的头上，鞘翅目甲虫嗡嗡作响，身上负载的炮兵重量根本不足以影响他们的飞行速度，炮兵在甲虫头上跃跃欲试。

13点，贝洛岗里每个人正忙得不可开交，她们趁着晴朗好天气，将蚁卵、蚁蛹和蚜虫都搬运到太阳能育婴室。

△

"我带了酒精来，一定可以烧得更旺。"菲利普说。

"帅呆了。"荣说道，"我买了一份杀虫剂，一剂20法郎，这些坑人的浑蛋！"

▼

　　城邦之母逗弄着肉食性植物。自从这些植物被送进来后，她自问为什么不曾真正去种一排防御墙，像她早先寄望的那样。
　　接着她想起轮子。该如何应用这个妙点子？也许可以用泥土做一些大圆珠，用脚推压死敌人。她应该发起这项计划。

△

　　"好了，我都放进去了，酒精和除草剂。"
　　荣说话的当儿，一只蚂蚁探险员爬上他的身体。用触角轻敲裤管的布。
　　"你似乎是个巨大的有机体，能给我你的身份确认气息吗？"
　　荣捉住蚂蚁用拇指和食指压死。噗！黄色和黑色的液体沿着指尖流下。
　　"一只完蛋了。好，现在，走开一点，会有火星！"
　　"这一定是道超级烤全蚁窝大餐！"菲利普大叫。
　　"约翰预言的世界末日到了！"另一个男孩奸声冷笑。
　　"里面有多少只？"
　　"一定有好几百万。听说，去年蚂蚁曾攻击本地的一座别墅。"
　　"我们也替他们报仇。"荣说。
　　"来吧，你躲到那棵树后面去。"

▼

　　城邦之母想到人类。下一次要多提一些问题。他们如何应用轮子？

△

荣划着一根火柴,往树枝和松针的圆顶抛去。然后他快步跑开,生怕被火苗烧着。

▼

好了,希丽普岗军队已经可以看到中央城邦了。雄伟壮硕!

△

火柴在空中划出一道下坠的圆弧线。

▼

城邦之母决定不再多等,直接去跟他们谈。同时也该对他们说,再增加蜜露的供应也没有问题,今年的预估产量相当不错。

△

火柴落在圆顶的树枝上。

▼

希丽普岗军队已经非常靠近。她们准备展开攻势。

△

荣连跑带跳地逃到大松树后面,菲利普已经躲在那里。
火柴没有接触到酒精或除草剂喷洒到的地带,所以熄灭了。男孩站起身。

"他妈的!"

"我知道该怎么做。我们在上面放一张纸,就会有一团够炫的大烟火。这样一定能碰到酒精。"

"你身上有纸吗?"

"哦,只有一张地铁票。"

"拿来。"

▼

圆顶上的卫兵发现了一个神秘的现象——好几个地区都酒气熏天,现在又多了一片黄色木片(译者注:巴黎地铁票为黄色。),而且就在圆顶正中央。她立刻召来一队工作小组清洗树枝去除酒精,同时移走那片黄色木片。

另一只卫兵飞也似的穿过5号门。

"警戒!警戒!"

一团褐蚁部队向我们发动攻击!

△

硬纸片燃起。小男孩再次躲到松树背后。

▼

第3只卫兵看见高大的火焰从黄色木片的一端蹿起。

希丽普岗军队飞驰呐喊冲锋,就像她们见过的蓄奴蚁一样。

第一次爆炸。圆顶变成火海。赤焰,火舌。虽然温度很高,荣和菲利普仍勉强睁着眼睛。壮阔的场景果然精彩非凡。干燥的树枝迅速燃烧。火焰一碰上除草剂,又是轰然爆裂。噼啪的声响和绿色、红色、紫色的火苗正从"迷失的蚂蚁城邦"往上冲。

希丽普岗军队骤然停住。太阳能育婴室最先遭火焰吞噬，里面的卵、牲畜全都身陷火窟，火舌急遽地扫过整个圆顶。巨变发生不到数秒，随即蔓延到皇室所在的树墩。守门蚁被炸得粉碎。兵蚁奋勇冲入，想要营救唯一的生育者。太迟了。蚁后吸入过多毒气已经窒息而亡。

警戒信号急促发放。第一级警戒——激动的费洛蒙出现；第二级警戒——费洛蒙在每条地道哀戚地呼天喊地；第三级警戒——疯子在地道里盲目狂奔，互相传播恐慌；第四级警戒——最珍贵的东西（蚁卵、生殖者、牲畜、食物……）全塞到最底下几层，而兵蚁逆向往上冲与敌人对抗。

圆顶里，大伙急得像热锅上的蚂蚁。炮兵用浓度少于10%的稀释蚁酸熄灭了一些区域的火苗。这批临时编制的消防队眼见她们的方法奏效，接着向皇城喷洒，也许只要弄湿一点树墩就能保住。然而，火势持续蔓延。被困的居民吸入毒烟窒息而亡。炙热的圆拱木砸落在惊慌失措的人群当中。甲壳熔化变形，好像放在热锅里的塑胶。在极端灼热的连番攻势下，没有东西能侥幸逃过一劫。

插曲——

我错了。

我们并不平等，也不是竞争对手。人类的出现只不过是它们独揽地球统治大权过程中短暂的插曲。它们的数目比我们多得数不清。它们拥有更多的城市，更多生态学上的优势。它们可以在人类无法生存的干燥地区、冰封地区、热带地区或潮湿地区安居乐业。我们目光所及之处，必有蚂蚁。它们比我们早1亿年就生活在这里。它们是少数几个能在原子弹爆炸后仍存活的有机体，若单以此事实判断，它们至少能比我们再多传续1亿年。就历史而论，我们只是一场为期300万年的小意外。所以万一有一天外星人驾临地球，他们一定不会弄错的，外星人无疑会找它们沟通。它们才是地球的真正主人。

埃德蒙·威尔斯
《相对且绝对知识百科全书》

翌日清晨，圆顶完全消失。焦黑的树墩，光秃秃地插在城邦中央。500万居民死亡，即所有当时位于圆顶和比邻区域里的蚂蚁。躲到城邦底层的居民都安然无恙。

住在城邦下的人类浑然不知。巨大的花岗岩阻断了消息。这些都发生在小社区自行设定为夜晚的时间里。

贝洛·姬·姬妮之死是严重的危机——没有孕育者，族群自然饱受威胁。希丽普岗军队居然加入救火的行列。当兵蚁得知贝洛·姬·姬妮薨逝，立即快马回报。数小时后，希丽·普·妮乘坐一只甲虫翩然而至，亲自视察灾情。

她步入皇城，消防队仍在努力地扑灭余烬。作战的对象已经消失了。她询问众人这次悬疑离奇灾变的经过。由于孕育子民的蚁后已逝，理所当然地，她成了新一任的贝洛·姬·姬妮，迁入皇城内室。

△

乔纳坦第一个醒过来，听到列表机不停的列印声响，大吃一惊。

荧幕上出现三个字。

"为什么？"

这些字大概是深夜时分传送过来的。她们想交谈。乔纳坦键入每次交谈前的客套话。

人类：我是乔纳坦，向您致意。

蚂蚁：我是新任贝洛·姬·姬妮。为什么？

人类：新任贝洛·姬·姬妮？原来的那一位呢？

蚂蚁：你们杀了她。我是新任贝洛·姬·姬妮。为什么？

人类：出了什么事？

蚂蚁：为什么？

然后沟通中断。

▼

现在她全明白了。是人类做的。城邦之母认识他们。她自始至终都知道人类的存在，而她一直不肯泄露消息。她下令处决任何可能泄密的人。她甚至支持人类，对付自己的族群。

新任贝洛·姬·姬妮看着已死的母亲。守卫前来搬运尸体到垃圾场丢弃时，她惊跳。

"不，这具尸体不能丢。"

她目不转睛地看着故去的贝洛·姬·姬妮，身体开始释放出死亡的气息。她建议用树脂将损坏的四肢重新黏接，并将体内柔软的肌肉刮去填上沙子。她要把这个躯壳留在自己房里。希丽·普·妮，也就是新任的贝洛·姬·姬妮召集一些兵蚁开会。她提议用更现代化的方式重建城邦。根据她的看法，圆顶和树墩都太脆弱。同时还要致力寻找地下河流，甚至凿开运河建立联络联邦所有城市的水道网络。对她而言，未来操纵在对水的掌控上。水不仅能够防御火灾，就算在清明太平时期也可以提供快捷之旅。

"人类呢？"

她发射含糊的回答：

"他们没有多少实用价值。"

兵蚁坚持说：

"万一他们再用火攻怎么办？"

"对手愈强，我们愈要超越。"

"那些住在岩石底下的人呢？"

贝洛·姬·姬妮不做声。她要求独处，接着她转而面对已逝贝洛·姬·姬妮的尸身。新任蚁后轻轻地垂下头，将触角靠在母亲的前额。静止不动，好久好久，仿佛正进行一次恒久的绝对沟通。

图书在版编目（CIP）数据

蚂蚁帝国 /（法）贝尔纳·韦尔贝尔著；蔡孟贞译
. -- 北京：北京联合出版公司，2021.3
（蚂蚁三部曲）
ISBN 978-7-5596-4914-0

Ⅰ.①蚂… Ⅱ.①贝… ②蔡… Ⅲ.①幻想小说—法国—现代 Ⅳ.① I565.45

中国版本图书馆 CIP 数据核字 (2021) 第 002998 号

Originally published in France as:
Les fourmis by Bernard Werber
© Éditions Albin Michel, 1991
Current Chinese translation rights arranged through Divas International, Paris
巴黎迪法国际版权代理
《蚂蚁帝国》译文经立村文化有限公司授权使用。
本书中文简体版由银杏树下（北京）图书有限责任公司出版。

蚂蚁帝国

著　　者：［法］贝尔纳·韦尔贝尔
译　　者：蔡孟贞
出 品 人：赵红仕
选题策划：后浪出版公司
出版统筹：吴兴元
编辑统筹：朱　岳　梅天明
特约编辑：宁天虹
责任编辑：徐　鹏
营销推广：ONEBOOK
装帧制造：墨白空间·黄怡祯

北京联合出版公司出版
（北京市西城区德外大街 83 号楼 9 层　100088）
后浪出版咨询（北京）有限责任公司发行
北京盛通印刷股份有限公司印刷
字数 1131 千字　655 毫米 × 1000 毫米　1/32　35.75 印张
2021 年 3 月第 1 版　2021 年 3 月第 1 次印刷
ISBN 978-7-5596-4914-0
定价：148.00 元（全三册）

后浪出版咨询（北京）有限责任公司常年法律顾问：北京大成律师事务所　周天晖 copyright@hinabook.com
未经许可，不得以任何方式复制或抄袭本书部分或全部内容
版权所有，侵权必究
本书若有质量问题，请与本公司图书销售中心联系调换。电话：010-64010019